MONA LISA OVERDRIVE

2ª EDIÇÃO

TRADUÇÃO:
CARLOS IRINEU
CANDICE SOLDATELLI

WILLIAM GIBSON

Aleph

Mona Lisa Overdrive

TÍTULO ORIGINAL:
Mona Lisa Overdrive

COPIDESQUE:
Ana Cristina Teixeira

REVISÃO:
Carlos Orsi
Fernanda Dias

BRIEFING DE CAPA:
Simone Vollbrecht

CAPA:
Pedro Inoue

ILUSTRAÇÃO DE CAPA:
Josan Gonzalez

PROJETO GRÁFICO:
Desenho Editorial

DIAGRAMAÇÃO:
IO Design

MONTAGEM DE CAPA:
Pedro Fracchetta

DADOS INTERNACIONAIS DE CATALOGAÇÃO NA PUBLICAÇÃO (CIP)
(CÂMARA BRASILEIRA DO LIVRO, SP, BRASIL)

Gibson, William, 1948 –
Mona Lisa Overdrive / William Gibson ; tradução de Carlos Irineu e Candice Soldatelli. -- 2. ed. -- São Paulo : Aleph, 2017.
320 p.

Título original: Mona Lisa Overdrive
ISBN 978-85-7657-302-9

1. Literatura norte-americana 2. Ficção científica I. Título II. Irineu, Carlos III. Soldatelli, Candice

15-1273 CDD-813

ELABORADO POR ANGÉLICA ILACQUA CRB-8/7057

ÍNDICES PARA CATÁLOGO SISTEMÁTICO:
1. Literatura norte-americana

Aleph

Rua Bento Freitas, 306 - Conj. 71 - São Paulo/SP
CEP 01220-000 • TEL 11 3743-3202
www.editoraaleph.com.br

@editoraaleph
@editora_aleph

Para minha irmã,

Fran Gibson,

com espanto e amor...

MONA LISA

OVERDRIVE

1

A FUMAÇA

O fantasma foi o presente de despedida de seu pai, entregue por um secretário vestido de preto, no salão de embarque em Narita.

Nas primeiras duas horas do voo para Londres, ficou esquecido em sua bolsa um objeto alongado, liso e escuro, um lado impresso com o logo onipresente da Maas-Neotek, o outro ligeiramente curvo, para que se encaixasse na palma da mão do usuário.

Ela estava sentada bem ereta em seu assento de primeira classe, seus traços compondo uma pequena máscara fria, nos moldes da expressão mais característica de sua falecida mãe. Todos os assentos ao redor estavam vazios: seu pai os havia comprado. Ela recusou a refeição que um comissário de bordo lhe ofereceu nervosamente. Os assentos vazios assustavam o comissário, sendo evidência do poder e da riqueza do pai dela. O homem hesitou, depois fez uma mesura e se retirou. Por um breve instante, ela permitiu à máscara sorrir como sua mãe.

Fantasmas, pensou mais tarde, sobrevoando a Alemanha, olhando fixamente para o estofamento da poltrona ao lado. Como seu pai tratava bem seus fantasmas.

Havia fantasmas além da janela também, fantasmas na estratosfera do inverno europeu, imagens parciais que tomavam forma se ela deixasse seus olhos vagarem, sem foco. Sua mãe no parque Ueno, o rosto frágil ao sol de setembro. "Os grous, Kumi! Olhe os grous!"

E Kumiko olhava sobre o lago Shinobazu e não via nada, nenhum grou, apenas alguns pontos pretos saltitantes que, certamente, eram corvos. A água era lisa como seda, cor de chumbo, e hologramas pálidos piscavam indistintamente sobre uma linha distante de estandes para a prática de arco-e-flecha. Mais tarde, Kumiko veria os grous muitas vezes, em sonhos; eram origamis, objetos de ângulos retos dobrados em folhas de neon, pássaros rígidos e brilhantes velejando na paisagem lunar da loucura de sua mãe...

Lembrou-se de seu pai, o robe preto aberto revelando um ciclone de dragões tatuados, inclinado sobre a vasta superfície de ébano de sua escrivaninha, os olhos brilhantes mas sem profundidade, como os de uma boneca pintada. "Sua mãe está morta. Você entende?" E, ao redor dela, os planos de sombra do escritório, a escuridão cortada em ângulos retos. A mão se aproximando, dentro do círculo de luz do abajur, trêmula, apontando para ela, a manga do robe deslizando até revelar um Rolex dourado e mais dragões, suas crinas serpenteando em ondas, marcas nítidas e escuras em seu pulso, apontando. Apontando para ela. "Você entende?" Ela não havia respondido; em vez disso, correra para um lugar secreto que conhecia, o armário das menores máquinas de limpeza. Pulsaram ao redor dela por toda a noite, varrendo-a periodicamente com feixes de laser rosado, até que seu pai a encontrou e, cheirando a uísque e cigarros Dunhill, carregou-a para o quarto, no terceiro andar do apartamento.

Lembrou-se das semanas seguintes, dias entorpecidos, passados quase sempre na companhia de um ou outro secretário de terno preto, homens cautelosos com sorrisos automáticos e guarda-chuvas bem dobrados. Um deles, o mais jovem e menos cauteloso, tentou distraí-la numa movimentada calçada em Ginza, à sombra do relógio de Hattori, numa demonstração improvisada de kendô, movendo-se com maestria entre balconistas admiradas e turistas de olhos arregalados, seu guarda-chuva preto transformado em um borrão pelos movimentos antigos e formais da arte. E Kumiko sorriu, seu próprio sorriso, quebrando a máscara funerária, e por conta disso sua culpa foi empurrada, de forma ainda mais profunda e aguda, para aquele lugar em seu coração onde ela reconhecia sua vergonha e sua desonra. Contudo, na maioria das vezes, levavam-na para fazer compras, de uma imensa loja de departamentos de Ginza para outra, ou numa das dezenas de butiques no bairro de Shinjuku recomendadas por um guia Michelin de plástico azul que falava em um japonês desajeitado de turista. Ela comprou apenas coisas muito feias, coisas feias e muito caras, e os secretários marchavam impassíveis ao seu lado, as sacolas brilhantes em suas mãos enrijecidas. A cada tarde, voltando ao apartamento de seu pai, as sacolas eram depositadas cuidadosamente no quarto dela, onde permaneciam fechadas e intocadas até que as empregadas as removessem.

E, na sétima semana, na véspera de seu décimo terceiro aniversário, ficou combinado que Kumiko iria para Londres.

– Você será hóspede na casa de meu *kobun* – disse seu pai.

– Mas não quero ir – respondeu, mostrando-lhe o sorriso de sua mãe.

– É necessário – declarou ele, virando-se. – Há complicações – disse para o escritório em sombras. – Você estará segura em Londres.

– E quando posso voltar?

Seu pai não respondeu. Ela se inclinou em uma reverência e deixou seu escritório, ainda usando o sorriso de sua mãe.

O fantasma acordou ao toque de Kumiko quando começaram a descida para Heathrow. A 51ª geração de biochips Maas-Neotek conjurou uma figura indistinta no assento ao seu lado, um rapaz saído de alguma cena de caça de uma pintura desbotada, pernas cruzadas informalmente, usando calças marrons e botas de equitação.

– Oi – disse o fantasma.

Kumiko piscou, abriu a mão. O rapaz cintilou e desapareceu. Olhou para baixo, para a unidade pequena e lisa em sua mão, e vagarosamente fechou os dedos.

– Oi de novo – disse ele. – Sou Colin. E você?

Olhou para ele fixamente. Os olhos eram feitos de fumaça verde-clara, a testa alta era pálida e lisa, sob uma franja escura e desalinhada.

Ela podia ver, nitidamente, as poltronas ao longo do corredor entre o brilho de seus dentes.

– Se isto parece fantasmagórico demais para você – disse, com um sorriso irônico – podemos aumentar a resolução... – E lá estava ele por um instante, desconfortavelmente nítido e real, o tecido das lapelas do casaco escuro vibrando com a clareza de uma alucinação. – O problema é que gasta muita bateria – falou, dissipando-se até o seu estado inicial. – Você não me disse o seu nome. – Aquele sorriso novamente.

– Você não é real – respondeu ela, severa.

Ele deu de ombros.

– Melhor não falar alto, moça. O pessoal em volta pode achar um pouco estranho – você entende, não é? Subvocal é melhor. Capto tudo através da pele... – Descruzou as pernas e se alongou, cruzando as mãos atrás da cabeça. – Cinto de segurança, moça. Não preciso dele, claro, já que sou, como você mesma observou, irreal.

Kumiko olhou-o com desdém e atirou a unidade no colo do fantasma. Ele desapareceu. Ela ajustou o cinto, deu uma olhada para o objeto, hesitou, depois pegou-o novamente.

– Primeira vez em Londres, então? – perguntou ele, surgindo na extremidade de seu campo visual. Ela assentiu com a cabeça, sem se dar conta.

– Você não se importa de voar? Não tem medo?

Ela assentiu de novo, sentindo-se ridícula.

– Não importa – disse o fantasma. – Eu cuido de você. Heathrow em três minutos. Alguém está esperando, no aeroporto?

– Um sócio do meu pai – respondeu ela, em japonês.

O fantasma sorriu. – Então você estará em boas mãos, com certeza. – Ele piscou. – Pelo meu jeitão você não diria que sou poliglota, não é?

Kumiko fechou os olhos e o fantasma começou a sussurrar para ela algo sobre a arqueologia de Heathrow, sobre o período Neolítico e a Idade do Ferro, cerâmica e ferramentas...

* * *

– Senhorita Yanaka? Kumiko Yanaka? – O inglês era bem mais alto que ela, seu corpo forte de gaijin envolto em dobras paquidérmicas de lã preta. Pequenos olhos escuros a observavam gentilmente através dos óculos com armação de aço. Seu nariz parecia ter sido esmagado quase completamente, e nunca mais reconstituído. Seu cabelo, ou o que havia sobrado dele, era grisalho e tinha sido cortado rente, e suas luvas pretas tricotadas estavam esfiapadas e deixavam a ponta dos dedos de fora. – Meu nome, sabe – ele disse, como se isso fosse tranquilizá-la instantaneamente –, é Petal.

Petal chamava a cidade de Fumaça.

Kumiko tremeu de frio sobre o estofamento de couro vermelho. Através da janela do antigo Jaguar, observava a neve caindo em redemoinhos até derreter na autoestrada que Petal chamou de M4. O céu do fim de tarde não tinha cor. Ele dirigia em silêncio, com eficiência, seus lábios contraídos, como se fosse assobiar. O trânsito, para olhos acostumados a Tóquio, era incrivelmente tranquilo. Aceleraram, ultrapassando um veículo de carga autônomo da Eurotrans, com sua frente rombuda cheia de sensores e faróis. Apesar da velocidade do Jaguar, Kumiko sentiu-se como se, de algum modo, estivesse parada; as partículas de Londres começaram a agregar-se ao seu redor. Paredes de tijolos úmidos, arcos de concreto, estruturas de ferro pintado de preto se erguendo em lanças.

Enquanto observava, a cidade começou a se definir. Fora da M4, enquanto o Jaguar aguardava nos cruzamentos, ela pôde ver, de relance, rostos através da neve, as faces coradas dos gaijin sobre roupas escuras, queixos enfiados em mantas, os saltos das botas femininas pisando em poças prateadas. A fila de lojas e casas fazia com que se lembrasse dos acessórios lindamente detalhados que havia visto uma vez em Osaka, expostos ao redor de uma locomotiva de brinquedo, na galeria de um comerciante de antiguidades europeias.

Nada parecido com Tóquio, onde o passado, tudo o que sobrara dele, era nutrido com um cuidado tenso. Lá, a história havia se tornado uma quantidade, uma coisa rara, loteada pelo governo e preservada por decretos e fundos corporativos. Aqui, a história parecia a própria tessitura dos elementos, como se a cidade fosse uma construção única de pedra e tijolo, camadas incontáveis de mensagem e significado, era após era, gerada ao longo dos séculos, seguindo os ditames de um DNA, agora quase indecifrável, de comércio e império.

– A lamentar que Swain não tenha vindo encontrá-la pessoalmente –, disse o homem chamado Petal. Kumiko tinha menos dificuldades com seu sotaque do que com sua maneira de estruturar as frases. Inicialmente, tomou suas desculpas como se fossem uma ordem... Pensou em acessar o fantasma, depois desistiu.

– Swain – arriscou. – O senhor Swain é meu anfitrião?

Petal olhou para ela pelo espelho. – Roger Swain. Seu pai não lhe disse?

– Não.

– Ah. – Sacudiu a cabeça afirmativamente. – O senhor Kanaka não deixa de lado a segurança nessas situações, é claro... Um homem da sua importância etc... – Suspirou alto. – Lamento pelo aquecimento. Era para a oficina ter cuidado disso...

– Você é um dos secretários do senhor Swain? – Dirigindo-se às dobras de carne acima da gola do pesado casaco escuro.

– Secretário? – Pensou um pouco no assunto. – Não – respondeu, finalmente. – Não é bem isso. – Fez a volta em um trevo, passando pelos toldos metálicos brilhantes e pela turba de pedestres ao entardecer. – Já comeu alguma coisa? Ofereceram uma refeição durante o voo?

– Eu não estava com fome. – Consciente da máscara de sua mãe.

– Bem, Swain certamente terá algo para você. Come muita comida japonesa, Swain. – Ele fez um som estranho com a língua, como um pequeno estalido. Olhou novamente para ela.

Ela desviou o olhar, observando o beijo dos flocos de neve, a passagem dos limpadores de para-brisa apagando tudo.

Swain morava em Notting Hill, ocupando três casas vitorianas interligadas, situadas em meio a uma profusão de praças e ruas residenciais cobertas de neve. Petal, com duas das malas de Kumiko em cada mão, explicou que o número 17 era a entrada principal também para os números 16 e 18.

– Não adianta bater naquela porta – disse ele, gesticulando desajeitadamente com as malas pesadas, indicando a pintura vermelho brilhante e as dobradiças de bronze da porta no número 16. – Não há nada atrás da porta, a não ser meio metro de concreto armado.

Ela olhou para a rua, a pequena praça formando um arco, as fachadas idênticas se sucedendo em sua curva suave. A neve, agora, caía mais rápido e o céu monótono estava iluminado com o brilho rosado das lâmpadas de sódio. A rua estava deserta, a neve fresca e imaculada. Havia um toque estranho no ar gelado, um cheiro fraco e difuso de algo queimando, de combustíveis arcaicos. Os sapatos de Petal deixaram marcas grandes e bem-definidas. Eram oxfords de camurça preta, com bico afilado e solas grossas de plástico escarlate. Ela seguiu suas pegadas, começando a tremer de frio, em direção aos degraus acinzentados do número 17.

– Sou eu – disse ele à porta pintada de preto –, abra. – Logo suspirou, deixou as quatro malas na neve, retirou a meia-luva da mão direita e pressionou sua palma contra um círculo de aço reluzente, embutido num dos painéis da porta. Kumiko pensou ter ouvido um gemido fraco, um zumbido de mosquito subindo em frequência até desaparecer e, então, a porta vibrou com o impacto abafado dos ferrolhos magnéticos se recolhendo.

– Você a chamou de Fumaça – disse, quando Petal foi abrir a maçaneta de bronze – a cidade...

Ele parou. – A Fumaça, sim – abriu a porta para dentro do calor e da luz –, é uma expressão antiga, uma espécie de apelido. – Pegou as malas e entrou no vestíbulo forrado em carpete azul, com as paredes recobertas de painéis brancos de madeira. Ela o seguiu, a porta fechou-se atrás dela, seus ferrolhos travando de volta no lugar. Uma gravura emoldurada em mogno estava pendurada sobre o revestimento branco, cavalos num campo, pequenas figuras elegantes em casacos vermelhos. *Colin, o fantasma do chip, devia morar ali*, pensou. Petal largou as malas no chão, novamente. Lâminas de neve compactada caíram sobre o carpete azul. Abriu outra porta, revelando uma gaiola de aço dourado.

Afastou as barras com um ruído metálico. Confusa, ela observou a gaiola. – O elevador – disse ele. – Não há espaço para as suas coisas. Farei uma segunda viagem.

Apesar de sua idade evidentemente avançada, o elevador subiu com suavidade quando Petal pressionou o botão de porcelana com o dedo indicador. Kumiko foi obrigada a ficar muito próxima a ele – cheirava a lã úmida e a alguma loção pós-barba floral.

– Nós pusemos você lá em cima – falou, enquanto a conduzia por um corredor estreito – porque achamos que iria gostar do silêncio. – Abriu uma porta e convidou-a a entrar, com um gesto. – Espero que goste... – Tirou os óculos e limpou as lentes vigorosamente com um lenço de papel amarrotado. – Vou pegar suas malas.

Quando ele saiu, Kumiko caminhou vagarosamente em torno de uma banheira de mármore escuro que ocupava o centro do quarto, baixo e atulhado de móveis. As paredes, que se inclinavam acentuadamente em direção ao teto, eram recobertas por um espelho mosqueado em dourado. Duas pequenas águas-furtadas ficavam de cada lado da maior cama que já havia visto. Sobre a cama, o espelho tinha pequenas luzes ajustáveis embutidas, como as lâmpadas de leitura de um avião. Parou ao lado da banheira para tocar o pescoço arqueado de um cisne folheado a ouro, que servia como fonte de água. Suas asas abertas eram as torneiras. O ar no quarto era quente e parado, e por um instante a presença de sua mãe parecia preenchê-lo, uma névoa dolorosa.

Petal pigarreou na entrada da porta. – Bom – disse, entrando com a bagagem – está tudo em ordem? Já está com fome? Não? Vou deixar você se instalar... – Colocou as malas ao lado da cama. – Se quiser comer alguma coisa, basta ligar. – Apontou para um antigo telefone ornamentado, com o fone em bronze e base de marfim. – Apenas retire do gancho, não precisa discar. Pode tomar café da manhã quando desejar. Pergunte a qualquer um, lhe mostrarão onde é. Swain estará por lá.

A presença de sua mãe havia desaparecido com o retorno de Petal. Tentou senti-la novamente, depois que o homem disse boa-noite e fechou a porta, mas já havia se desvanecido.

Permaneceu por um longo tempo ao lado da banheira, acariciando o metal frio do pescoço do cisne.

2

KID AFRIKA

Kid Afrika entrou em Dog Solitude no último dia de novembro. Uma mulher branca chamada Cherry Chesterfield conduzia seu Dodge retrô.

Slick Henry e Little Bird estavam desmembrando a serra que formava a mão esquerda do Juiz quando o Dodge de Kid apareceu, com o colchão de ar remendado jogando para cima um leque marrom da água com ferrugem, que formava poças na planície irregular de aço compactado de Solitude.

Foi Little Bird quem o viu primeiro. Tinha olhos aguçados, Little Bird, e um monóculo, que ampliava dez vezes, balançando sobre seu peito, junto com ossos de diversos animais e cartuchos antigos de munição de latão. Slick olhou por cima do punho hidráulico para ver Little Bird se erguer, com seus dois metros de altura, e mirar o monóculo em direção à tela de aço que delimitava a maior parte do perímetro sul da Fábrica. Little Bird era muito magro, quase esquelético, e as asas de cabelo castanho e laqueado que lhe valeram o apelido de "pequeno pássaro" estendiam-se, rígidas, contra o céu sem cor. Mantinha a nuca e as costeletas rapadas bem acima de suas orelhas; com as asas e um topete aerodinâmico, parecia estar vestindo uma gaivota marrom sem cabeça.

– Opa – disse Little Bird –, que merda.

– O quê? – Era difícil fazer Little Bird se concentrar e aquele trabalho precisava de um segundo par de mãos.

– É aquele negão.

Slick se levantou e limpou as mãos em seus jeans enquanto Little Bird arrancava o microsoft Mech-5, o microprograma verde inserido no soquete atrás de sua orelha, esquecendo-se instantaneamente das oito etapas do procedimento de servocalibragem necessário para destravar a merda da serra circular do Juiz. – Quem está dirigindo? – Afrika evitava dirigir, quando possível.

– Não dá pra ver. – Little Bird deixou o monóculo recair sobre a cortina de ossos e latão.

Slick juntou-se a ele na janela para observar a chegada do Dodge. Kid Afrika retocava periodicamente a pintura preto-fosco do hover com aplicações cuidadosas de spray, o efeito sombrio sendo ressaltado pela fileira de caveiras cromadas soldadas no imenso para-choque frontal. Tempos atrás, as caveiras metálicas ocas tinham luzes vermelhas de Natal como olhos. Talvez o Kid estivesse se descuidando da imagem.

Enquanto o hover se aproximava da Fábrica, Slick ouviu Little Bird se esgueirar em meio às sombras, suas botas pesadas arrastando-se pela poeira e por espirais brilhantes de limalha de metal.

Slick observou através do último fragmento de vidro empoeirado enquanto o hover se assentava sobre a saia pneumática em frente à Fábrica, resmungando e soltando vapor. Alguma coisa chacoalhou na escuridão atrás e Slick percebeu que Little Bird tinha se metido atrás da estante de peças velhas, ajeitando um silenciador caseiro na espingarda chinesa que usavam para caçar coelhos.

– Bird – falou Slick, jogando seu alicate sobre a lona –, sei que você é um caipira bundão e ignorante de Jersey, mas precisa me lembrar disso o tempo todo?

– Não gosto desse negão – respondeu Little Bird, por detrás da pilha.

– Tá, mas se esse negão desse a mínima, também não gostaria de você. Se o cara soubesse que você tá aí com essa arma, ele a enfiaria por sua goela abaixo, virada de lado.

Little Bird ficou quieto. Tinha sido criado nos subúrbios brancos de Jersey, onde ninguém sabia porra nenhuma de nada e odiavam quem soubesse.

– E eu ajudaria numa boa. – Slick puxou o zíper de sua velha jaqueta marrom e partiu em direção ao hover de Kid Afrika.

O vidro empoeirado, do lado do motorista, desceu com um rangido, revelando um rosto pálido, parcialmente coberto por um enorme par de óculos de aviador com lentes âmbar. As botas de Slick iam esmagando latas velhas, tão enferrujadas que pareciam folhas secas. O motorista tirou os óculos e olhou para ele – era uma mulher, mas agora os óculos âmbar pendiam em seu pescoço, cobrindo-lhe a boca e o queixo. O Kid estava do outro lado, uma boa coisa, no caso improvável de Little Bird resolver atirar.

– Dê a volta – disse a garota.

Slick caminhou em volta do hover, passando pelas caveiras cromadas, ouvindo o vidro de Kid Afrika descer com o mesmo rangido peculiar.

– Slick Henry – disse o Kid, sua respiração formando lufadas brancas ao se dissipar no ar de Solitude –, e aí?

Slick olhou para baixo, para o rosto alongado e negro. Kid Afrika tinha grandes olhos cor de avelã, estreitos como os de um gato, um bigode fino e sua pele brilhava como couro cru.

– E aí, Kid? – Slick sentiu o cheiro de algum tipo de incenso vindo de dentro do hover. – Como é que vai?

– Indo – disse Kid, aguçando seus olhos. – Cara, lembro de você ter dito uma vez, se algum dia eu precisasse de um favor...

– Certo – disse Slick, sentindo uma primeira fisgada de apreensão. Kid Afrika tinha salvado sua pele uma vez, em Atlantic City. Convenceu alguns manos irados a não jogá-lo de uma sacada no 43º andar de um arranha-céu incendiado. – Alguém quer jogar você do alto de um prédio?

– Slick – disse Kid –, quero lhe apresentar alguém.

– E daí ficamos quites?

– Slick Henry, esta beldade aqui é a senhorita Cherry Chesterfield, de Cleveland, Ohio. – Slick se inclinou e olhou para a motorista. Cabelo louro espevitado, olhos delineados. – Cherry, este é um grande amigo meu, o senhor Slick Henry. Quando era jovem e mau, ele andava com os Deacon Blues. Agora que é velho e mau, ele se esconde neste buraco e se dedica à sua *arte*, sabe? Um homem de *talento*, sabe?

– É o que constrói robôs – disse a garota, por trás de uma bola de chiclete –, você tinha falado.

– O próprio – confirmou Kid, abrindo a sua porta. – Espera aqui, Cherry querida. – O Kid, envolto num casaco de mink que tocava de leve as pontas imaculadas de suas botas amarelas de couro de avestruz, botou os pés em Solitude e Slick viu, de relance, algo na traseira do hover, uma rápida entrevisão de ambulância, curativos e sondas cirúrgicas.

– Ei, Kid, o que tem lá atrás? – A mão cheia de joias de Kid surgiu, gesticulando para que Slick se afastasse enquanto a porta do hover se fechava e Cherry Chesterfield subia os vidros.

– Temos que conversar sobre isso, Slick.

– Não acho que seja pedir muito – disse Kid Afrika, apoiado numa bancada de metal, envolto em seu mink. – Cherry tem uma autorização de med-tec e sabe que será paga. É uma boa garota, Slick – Ele piscou.

– Kid...

Kid Afrika tinha este cara na traseira do hover, que estava meio que morto, ou em coma, ou algo assim. O cara estava conectado a bombas e bolsas e tubos e algum tipo de equipamento simstim, a coisa toda aparafusada a uma velha maca de ambulância, com baterias e tudo.

– O que é isto? – Cherry tinha seguido os dois depois de Kid haver levado Slick para trás, para mostrar a ele o cara na traseira do hover. Ela olhando com curiosidade para o enorme Juiz, ou pelo menos para a maior parte dele; o braço com a serra circular continuava onde o deixaram, no chão, sobre a lona cheia de graxa. *Se ela realmente tem uma autorização de med-tec*, pensou Slick, *a med-tec verdadeira provavelmente ainda não havia notado que a perdeu*. Ela estava vestindo umas quatro jaquetas de couro, todas excessivamente grandes.

– A arte de Slick, como eu te disse.

– Aquele cara está morrendo. Ele fede a urina.

– A sonda se soltou – disse Cherry. – Para que serve esta coisa, afinal?

– Nós não podemos mantê-lo aqui, Kid, ele vai empacotar. Se é para matar o cara, joga num buraco de Solitude.

– O cara não está morrendo – disse Kid Afrika. – Não está ferido nem doente...

– Então, que porra tem de errado com ele?

– Ele está *em imersão,* amigo. Está numa *longa viagem*. Precisa de *paz e tranquilidade*.

Slick olhou do Kid para o Juiz, depois de volta para Kid. Queria trabalhar naquele braço. Kid esperava que Slick ficasse com o cara por duas semanas, talvez três; Cherry ficaria para cuidar dele.

– Não estou sacando. Este cara, é tipo um amigo seu?

Kid Afrika deu de ombros, dentro do seu casaco de mink.

– Então, por que não fica com ele na sua casa?

– Não é tão calmo. Não é suficientemente tranquilo.

– Kid – prosseguiu Slick –, eu lhe devo uma, mas nada tão estranho. De qualquer modo, tenho que trabalhar e, putz, é muito esquisito. E tem o Gentry também. Está em Boston agora, volta amanhã à noite e não vai gostar nada disso. Você sabe como ele é estranho em relação às pessoas... E, na verdade, isso aqui é basicamente dele...

– Eles estavam te segurando do lado de fora do parapeito, cara. – Kid Afrika falou, num tom triste. – Você lembra?

– Ei, eu me lembro, eu...

– Você não lembra o bastante – disse o Kid. – Ok, Cherry. Vamos. Não quero atravessar Dog Solitude à noite. – Afastou-se da mesa de trabalho com um impulso.

– Kid, olha...

– Esquece. Eu não sabia nem a porra do seu nome, daquela vez em Atlantic City, apenas pensei que não queria ver o garotão branco espatifado na calçada, sabe? Não sabia seu nome naquela época, tô vendo que continuo não sabendo.

– Kid...

– Sim?

– Ok. Ele fica. Duas semanas, no máximo. Você me dá sua palavra que voltará para pegar o sujeito? E precisa me ajudar a segurar a barra com o Gentry.

– Do que ele precisa?

– Drogas.

Little Bird reapareceu enquanto o Dodge de Kid sumia através de Solitude. Veio se esgueirando por trás de uma pilha de carros compactados, plataformas de ferro enferrujado onde ainda se viam pedaços de esmalte brilhante.

Slick observou-o de uma janela bem no alto da Fábrica. Os quadrados da estrutura de aço haviam sido fechados com pedaços de plástico de refugo, cada um com uma cor e espessura diferentes, então, quando Slick virava a cabeça para um lado, via Little Bird através de um painel de acrílico rosa-choque.

– Quem mora aqui? – perguntou Cherry, do quarto atrás dele.

– Eu, Little Bird, Gentry...

– Não, neste quarto.

Ele se virou e viu-a atrás da maca e das máquinas afixadas a ela. – Você – respondeu ele.

– É seu quarto? – Ela estava examinando os desenhos afixados às paredes, suas concepções originais do Juiz e seus Investigadores, o Triturador de Cadáveres e a Bruxa.

– Não se grila.

– Melhor você não pensar em besteira – respondeu a moça.

Olhou para ela. Tinha uma ferida grande e vermelha no canto da boca. Seu cabelo oxigenado permanecia erguido como se estivesse cheio de estática. – Já disse, não se preocupa com isso.

– Kid disse que você tem eletricidade.

– É.

– Melhor ligar esse cara – prosseguiu, virando-se para a maca. – Ele não consome muito, mas as baterias devem estar quase descarregadas.

Ele atravessou o quarto e olhou para o rosto abatido. – É melhor você me explicar uma coisa – falou. Não gostava dos tubos. Um deles entrava por uma narina, e essa ideia o deixava enjoado. – Quem é este cara e, exatamente, que merda Kid Afrika tá fazendo com ele?

– Nada – respondeu, batendo com os dedos no visor do painel do biomonitor preso ao pé da maca com uma fita adesiva prateada. – Ele está em REM intenso, é como se sonhasse o tempo todo... – O homem na maca estava envolto num saco de dormir azul novo em folha. – O que rola é que ele – quem quer que seja – está pagando ao Kid por isto.

Havia uma rede de trodos grudada na testa do cara; um único cabo preto estava preso ao longo das extremidades da maca. Slick seguiu-o até um invólucro grande e cinza que parecia ser o maior dispositivo montado na superestrutura. Simstim? Não parecia. Algum tipo de dispositivo de ciberespaço? Gentry sabia muito sobre o ciberespaço, ou pelo menos falava muito a respeito, mas Slick não conseguia se lembrar de nada sobre ficar inconsciente e permanecer conectado... Pessoas se conectavam para curtir. Bastava colocar os trodos e estavam lá fora, todos os dados do mundo empilhados como uma grande cidade de neon, de modo que era possível circular por lá e entender a coisa toda, pelo menos visualmente, porque, de outra forma, era muito complicado tentar encontrar um caminho até os dados de que você precisava. Icônica, era como Gentry chamava aquilo.

– Ele está pagando ao Kid?

– É – respondeu ela.

– Para quê?

– Mantê-lo assim. E para escondê-lo.

– De quem?

– Não sei. Ele não disse.

No silêncio que se seguiu, ele podia ouvir o chiado contínuo da respiração do homem.

3

MALIBU

Havia um cheiro na casa; sempre estivera lá.

Era um cheiro do tempo e do ar salgado, da entropia própria às casas luxuosas construídas muito perto do mar. Talvez fosse também característico de lugares que frequentemente ficavam vazios por curtos períodos, casas que eram abertas e fechadas conforme seus residentes irrequietos chegavam e partiam. Ela imaginou os quartos vazios, as manchas de corrosão florescendo silenciosamente no cromo, o mofo tomando conta dos cantos obscuros. Os arquitetos, como se fosse um reconhecimento aos processos eternos, tinham encorajado uma certa oxidação; trilhos imensos de aço ao longo do terraço haviam sido corroídos até ficarem bem finos, devido aos anos de maresia.

A casa se assentava, como suas vizinhas, nos fragmentos de fundações em ruínas, e suas caminhadas ao longo da praia às vezes envolviam ensaios de fantasia arqueológica. Tentava imaginar um passado para o lugar, outras casas, outras vozes. Era acompanhada, nessas caminhadas, por um minúsculo helicóptero Dornier, armado e controlado a distância, que se erguia de um ninho invisível do alto do telhado assim que ela pisava fora do terraço. Ele podia pairar no ar quase sem fazer ruído e estava programado para evitar o campo de visão dela. Havia algo melancólico no modo como ele a seguia, como um presente de Natal caro, porém desprezado.

Sabia que Hilton Swift observava tudo através das câmeras do Dornier. Muito pouco do que acontecia na casa da praia escapava à Sense/Net; sua solidão, a semana a sós que havia requisitado, transcorria sob vigilância constante.

Seus anos de profissão tinham-lhe conferido uma imunidade singular a ser observada.

À noite, por vezes, ligava os holofotes montados sob o terraço, iluminando os movimentos hieroglíficos peculiares de enormes níguas acinzentadas. Deixava o terraço em si no escuro, bem como a sala que ficava ao fundo. Sentava-se numa cadeira simples de plástico branco, observando a dança browniana dos insetos. No brilho dos holofotes, projetavam pequenas sombras pouco visíveis, pontinhos fugazes contra a areia.

O som do mar a envolvia em seu movimento. Tarde da noite, enquanto dormia no menor dos dois quartos de hóspedes, aquele som entrava em seus sonhos. Mas nunca dentro das memórias invasivas do estranho.

A escolha dos quartos tinha sido instintiva. A suíte principal estava minada com detonadores de dor antiga.

Os médicos na clínica tinham usado bloqueadores químicos para extrair a dependência dos receptores em seu cérebro.

Ela cozinhava para si mesma na cozinha branca, descongelando pão no micro-ondas, despejando pacotes de sopa suíça desidratada nas panelas de aço imaculadas, movendo-se pesadamente no espaço sem nome, porém cada vez mais familiar, do qual ela havia sido tão sutilmente isolada pela droga de designer.

"Chamam isso de vida" – disse ela ao balcão branco. E como os psicos de plantão na Sense/Net iriam interpretar isso, perguntou-se, caso algum microfone captasse a frase, levando-a até eles? Mexeu a sopa com uma colher grande e esguia, observando o vapor se erguer. Fazer coisas ajudava, pensou, apenas fazer coisas por conta própria. Na clínica, tinham insistido para que ela fizesse sua própria cama.

Agora, preparava sua própria tigela de sopa, rosto franzido, lembrando-se da clínica.

Deu alta a si mesma depois de uma semana de tratamento. Os médicos protestaram. A desintoxicação tinha sido perfeita, disseram, mas ainda não haviam começado a terapia. Apontaram as estatísticas de recaída entre pacientes que deixaram de completar o programa. Explicaram que seu seguro não seria validado se ela interrompesse o tratamento. A Sense/Net pagaria, ela lhes disse, a menos que preferissem que ela pagasse. Mostrou-lhes o chip platinado do MitsuBank.

Seu Learjet chegou uma hora mais tarde; disse para levá-la ao aeroporto de Los Angeles, ordenou que um carro a pegasse lá e cancelou todas as ligações.

– Desculpe, Angela – disse o jato, voando sobre a baía de Montego, segundos após terem decolado –, mas tenho uma chamada de Hilton Swift com prioridade executiva.

– Angie – disse Swift –, sabe que te dou total apoio. Você sabe disso, não é?

Virou-se para encarar a forma oval preta do alto-falante. Estava posicionado no centro de um painel cinza de plástico liso e ela imaginou-o agachado lá dentro, suas longas pernas de atleta dobradas de maneira dolorosa, grotescamente, atrás do painel do Lear.

– Eu sei, Hilton – respondeu. – Muito bom você ter ligado.

– Você está indo para Los Angeles, Angie.

– Sim. Foi o que eu disse ao avião.

– Para Malibu.

– Isso mesmo.

– A Piper Hill está a caminho do aeroporto.

– Obrigada, Hilton, mas não quero encontrar a Piper. Não quero ver ninguém. Só quero um carro.

– Não há ninguém na casa, Angie.

– Bom. É isso que quero, Hilton. Ninguém na casa. A casa, vazia.

– Tem certeza de que é uma boa ideia?

– A melhor que já tive em muito tempo, Hilton.

Houve uma pausa. – Disseram que o tratamento correu muito bem, Angie. Mas queriam que você ficasse.

– Eu preciso tirar uma semana – falou. – Uma semana. Sete dias. Sozinha.

Depois de sua terceira noite na casa, acordou de madrugada, fez café, vestiu-se. A condensação formou gotículas na ampla janela voltada para o terraço. Dormir tinha sido só isso; se houve sonhos, não se lembrava de nada. Mas havia algo – uma aceleração, quase uma vertigem. Ficou parada em pé na cozinha, sentindo o frio do piso de cerâmica através das meias brancas grossas de algodão, as duas mãos ao redor da xícara quente.

Alguma coisa lá. Ela estendeu os braços, erguendo o café como um cálice, num gesto ao mesmo tempo instintivo e irônico.

Já fazia três anos desde que os loa haviam-na cavalgado, três anos desde que a tinham tocado pela última vez. Mas, e agora?

Legba? Um dos outros?

A sensação de uma presença retrocedeu de repente. Colocou a xícara no balcão apressada demais, o café respingando em sua mão, e correu para pegar sapatos e um casaco. Botas verdes de borracha do armário da praia e um pesado casaco azul do qual já não se lembrava, muito grande para ter sido de Bobby. Correu para fora da casa, pelas escadas, ignorando o murmúrio das hélices do pequeno Dornier, enquanto ele decolava por trás dela como uma libélula paciente. Olhou para o norte, ao longo das casas de praia desordenadas, a confusão de linhas de telhados que lembravam uma favela do Rio, depois se virou para o sul, em direção à Colônia.

Quem veio se chamava Mamman Brigitte, ou Grande Brigitte. Enquanto alguns achavam que era esposa de Barão Samedi, outros a chamavam "a mais antiga dos mortos."

A arquitetura de sonhos da Colônia se erguia à esquerda de Angie, um caos de forma e ego. Réplicas de aparência frágil das Watts Towers, embebidas em neon, erguiam-se ao lado de bunkers neobrutalistas revestidos com baixos-relevos em bronze.

Paredes de espelho, enquanto ela passava, refletiam bancos matinais de nuvens do Pacífico.

Houve momentos, durante os últimos três anos, em que se sentira como se estivesse para cruzar, ou cruzar novamente, uma linha, uma fronteira sutil de fé, para descobrir que seu tempo com os loa tinha sido um sonho, ou que, no máximo, eles eram aglomerados contagiosos de ressonância cultural, resíduos das semanas que havia passado no oumphor de Beauvoir em Nova Jersey. Ver com outros olhos: nem deuses, nem Cavaleiros.

Continuou caminhando, reconfortada pelas ondas, pelo momento perpétuo do tempo das praias, o agora-e-sempre daquilo.

Seu pai estava morto há sete anos e o registro que ele tinha mantido sobre sua vida dissera muito pouco a ela. Que ele tinha servido a alguém ou a alguma coisa, que sua recompensa tinha sido conhecimento e que ela tinha sido o seu sacrifício.

Às vezes, tinha a impressão de ter levado três vidas, cada uma separada das outras por algo que não podia denominar, e sem esperança de plenitude, jamais.

Havia as memórias de infância da arcologia Maas, entalhada no topo de um altiplano do Arizona, onde tinha abraçado uma balaustrada de arenito, rosto contra o vento, sentindo-se como se todo o terreno da mesa fosse seu navio, que poderia navegar em direção das cores do pôr do sol para além das montanhas. Mais tarde, voou para longe de lá, seu medo como uma coisa áspera na garganta. Não conseguia mais se lembrar do último relance do rosto de seu pai. Deve ter sido no deck do microlight – um tipo de ultraleve –, os outros aviões amarrados por causa do vento, uma fileira de mariposas com as cores do arco-íris. A primeira vida acabou naquela noite; a vida de seu pai, também.

Sua segunda vida tinha sido curta, rápida e muito estranha. Um homem chamado Turner levou-a para longe, para fora do Arizona, deixando-a com Bobby e Beauvoir e os outros. Lembrava-se pouco de Turner, somente que era alto, tinha músculos fortes e o ar de quem está sendo perseguido. Levou-a para Nova York. Depois, Beauvoir a levou, junto com Bobby, para Nova Jersey. Lá, no 53º andar de um edifício de apartamentos baratos, Beauvoir a ensinara sobre os sonhos. Os sonhos são reais, dissera, seu rosto marrom brilhando com o suor. Ensinou-lhe os nomes daqueles que ela havia visto nos sonhos. Ensinou-lhe que todos os sonhos desaguam num mesmo mar e mostrou-lhe a forma pela qual os sonhos dela eram diferentes mas, ainda assim, os mesmos. *Apenas você navega tanto o velho quanto o novo mar*, disse ele.

Ela estava sendo cavalgada por deuses, em Nova Jersey.

Aprendeu a entregar-se aos Cavaleiros. Ela viu o loa Linglessou possuir Beauvoir no oumphor, viu seus pés espalharem os diagramas desenhados em farinha branca. Ela conheceu os deuses, em Nova Jersey, e também o amor.

Os loa a guiaram, quando partiu com Bobby para construir sua terceira vida, a atual. Formavam um belo par, Angie e Bobby, nascidos de vazios, Angie do reino limpo da Maas Biolabs e Bobby do tédio de Barrytown...

Grande Brigitte tocou-a, sem aviso; ela tropeçou, quase caiu de joelhos na água, enquanto o som do mar era sugado para dentro da paisagem do crepúsculo que se abria à sua frente. Os muros brancos do cemitério, as lápides, os salgueiros. As velas.

Debaixo do mais velho dos salgueiros, uma imensa quantidade de velas, raízes curvadas cobertas de cera.

Criança, saiba quem sou.

E Angie sentiu que ela estava ali, de uma só vez, e reconheceu-a pelo que era, Mamman Brigitte, Mademoiselle Brigitte, a mais antiga dos mortos.

Eu não tenho culto algum, criança, nenhum altar especial.

Percebeu que caminhava para a frente, para dentro do brilho das velas, ouvidos zunindo, como se o salgueiro escondesse uma enorme colmeia de abelhas.

Meu sangue é vingança.

Angie lembrou-se de Bermuda à noite, um furacão; ela e Bobby tinham-se aventurado a penetrar no olho da tempestade. Grande Brigitte era assim. O silêncio, a sensação de pressão, de forças inimagináveis momentaneamente em suspenso. Não havia nada para ser visto, debaixo do salgueiro. Apenas velas.

– Os loa ... Não posso chamá-los. Eu sinto algo ... Vim procurar...

Você foi invocada para o meu reposoir. *Ouça-me. Seu pai desenhou veves em sua cabeça: desenhou numa carne que não era carne. Você foi consagrada a Ezili Freda. Legba guiou-a para o mundo para servir aos seus próprios objetivos. Mas lhe mandaram veneno, criança, um* coup-poudre...

Seu nariz começou a sangrar. – Veneno?

– *Os veves do seu pai foram alterados, parcialmente apagados, redesenhados. Embora você tenha parado de se envenenar, os Cavaleiros ainda não podem alcançá-la. Eu sou de outra ordem.*

Havia uma dor terrível em sua cabeça, sangue pulsando em suas têmporas... – Por favor...

Ouça-me. Você tem inimigos. Conspiram contra você. Há muito em jogo, nisto. Tenha medo do veneno, criança!

Ela olhou para suas mãos. O sangue era brilhante e real. O zumbido ficou mais alto. Talvez estivesse em sua cabeça. – Por favor! Me ajude! Explique...

Você não pode permanecer aqui. É letal.

E Angie caiu de joelhos na areia, o som das ondas quebrando ao redor, ofuscada pelo sol. O Dornier estava flutuando nervosamente na frente dela, dois metros adiante. A dor retrocedeu instantaneamente. Limpou as mãos ensanguentadas nas mangas da jaqueta azul. O conjunto de câmeras no remoto zuniu e girou.

– Está tudo bem – ela se recompôs. – Um sangramento de nariz. É apenas um sangramento de nariz... – O Dornier lançou-se para a frente, depois para trás. – Estou voltando para a casa agora. Estou bem. – Ele se elevou suavemente para longe de sua vista.

Angie se abraçou, tremendo. *Não, não os deixe ver. Saberão que algo aconteceu, mas não o quê*. Esforçou-se para se erguer, virou-se, começou a andar com dificuldade de volta pela praia, seguindo o caminho pelo qual tinha vindo. Enquanto caminhava, procurou, nos bolsos do casaco, um lenço ou qualquer coisa para limpar o sangue de seu rosto.

Quando seus dedos encontraram os cantos do pequeno pacote achatado, soube instantaneamente o que era. Parou, tremendo. Não era possível. Sim, era. Mas quem? Ela se virou e encarou o Dornier até que ele deslizasse para longe.

O pacote. O suficiente para um mês.

Coup-poudre.

Tenha medo do veneno, criança!

4

SQUAT

Mona sonhou que estava dançando na gaiola em algum clube de Cleveland, nua sob uma coluna quente de luz azul, onde os rostos que a buscavam através do véu de fumaça tinham luz azul rasgando o branco dos olhos. Usavam a mesma expressão que os homens sempre usam enquanto assistem você dançar, olhando fixamente mas, ao mesmo tempo, trancados dentro de si, de forma que os olhos deles nada diziam e seus rostos, apesar do suor, podiam ter sido esculpidos em algo que apenas se assemelhava a carne.

Não que se importasse com o modo como a encaravam, quando estava na gaiola, eufórica e quente e na batida, a terceira música do set e o wiz apenas começando a bombar, força renovada em suas pernas fazendo-a subir na ponta dos pés...

Um deles agarrou seu tornozelo.

Ela tentou gritar, mas nada saía, não imediatamente, e quando gritou foi como algo rasgando-se por dentro dela, machucando-a, e a luz azul se fragmentou, mas a mão, a mão ainda estava lá, ao redor do seu tornozelo. Ela pulou da cama como uma marionete de mola, lutando contra a escuridão, puxando o cabelo que cobria seus olhos.

– Que foi, gata?

Ele colocou sua outra mão contra a testa dela e empurrou-a de volta contra a parte afundada e quente do travesseiro.

– Um sonho... – A mão ainda estava lá e lhe dava vontade de gritar. – Tem um cigarro aí, Eddy? – A mão sumiu, um clique e a luz do isqueiro, os planos de seu rosto ressaltados enquanto ele acendia um, passava-o para ela. Sentou-se rapidamente, puxou os joelhos para apoiar o queixo deixando que o cobertor do exército cobrisse ambos, como uma tenda, porque realmente não queria que ninguém a tocasse naquele momento.

A perna quebrada da cadeira de plástico, encontrada no lixo, soltou um gemido de alerta quando ele se recostou e acendeu seu próprio cigarro. *Quebre*, ela pensou, *jogue-o de bunda no chão para que me bata algumas vezes*. Pelo menos estava escuro, então ela não tinha que olhar para o lugar. Era a pior coisa acordar com a cabeça pesada, enjoada demais para se mover, tendo entrado e se jogado na cama, esquecendo de fechar novamente o plástico preto, o sol forte ali para revelar os mínimos detalhes e aquecer o ar, de modo que as moscas pudessem cuidar de suas vidas.

Ninguém nunca a agarrava, em Cleveland; qualquer um, entorpecido o suficiente para atravessar aquele campo, já estava bêbado demais para se mover, talvez até para respirar. Os clientes também nunca a agarravam, a menos que tivessem acertado antes com Eddy, pagando um extra, mas era puro fingimento.

Não importava do que gostassem, acabava sendo uma espécie de ritual, então parecia acontecer num lugar fora de sua vida. E curtia observar quando eles saíam do ar. Aquela era a parte interessante porque realmente saíam do ar, ficavam totalmente vulneráveis, talvez por um breve segundo, mas era como se nem mesmo estivessem lá.

– Eddy, vou ficar louca, posso mais dormir aqui não.

Já havia batido nela antes por menos que aquilo, então ela abaixou o rosto, entre seus joelhos e o cobertor, e esperou.

– Legal – ele disse – quer voltar para a criação de bagres? Quer voltar para Cleveland?

– Só não consigo mais aturar isso...

– Amanhã.

– Amanhã o quê?

– Está bom para você? Amanhã à noite, um jatinho particular? Direto pra Nova York? Daí vai parar de me encher o saco?

– Por favor, querido – estendeu a mão para ele –, podemos pegar o trem...

Deu um tapa na mão dela. – Você tem merda na cabeça.

Se ela reclamasse mais um pouco, qualquer coisa sobre o lugar, qualquer coisa que desse a entender que ele estava se dando mal, que todos os seus grandes esquemas tinham dado em nada, ele perderia a cabeça, sabia que sim. Como na vez em que ela tinha gritado por causa dos insetos, aqueles que chamavam de baratas-das-palmeiras, mas foi porque metade daquelas coisas eram mutantes: alguém tinha tentado exterminá-las com algo que fodeu com o DNA delas, então você via aquelas baratas ferradas morrendo com pernas ou cabeças demais, ou não o suficiente, e uma vez viu uma que parecia ter engolido um crucifixo ou algo assim, suas costas ou carapaça ou o que fosse distorcida de um jeito que lhe dava ânsias de vômito.

– Querido – disse, tentando suavizar a voz –, não posso fazer nada, este lugar está me dando nos nervos...

– Hooky Green's – respondeu, como se não tivesse escutado. – Eu estava no Hooky Green's e encontrei um figurão. Ele *me escolheu*, sabe? O cara tem faro para encontrar talento. – Ela quase podia sentir o sorriso dele através da escuridão. – Veio de Londres, na Inglaterra. Caçador de talentos. Chegou no Hooky's e foi direto, "Você é o cara!"

– Um cliente? – Eddy tinha decidido recentemente que era no Hooky Green's que as coisas aconteciam: o trigésimo terceiro andar de um prédio envidraçado, com a maior parte das paredes internas derrubada, tinha uma enorme pista de dança, mas ele tinha parado de frequentar porque ninguém prestava muita atenção nele. Mona nunca havia visto o próprio Hooky, "o malvado magrelo Hooky Green", jogador de beisebol aposentado, dono do lugar, mas era ótimo dançar lá.

– Quer *ouvir*, porra? Cliente? Porra nenhuma. Ele é *o cara*, é um contato, está subindo e vai me puxar junto. Sabe do que mais? Vou te levar comigo.

– E ele quer o quê?

– Uma atriz. Tipo uma atriz. E um cara esperto para colocá-la no lugar certo e garantir que fique por lá.

– Atriz? Um lugar? Que lugar?

Ela ouviu a jaqueta se abrindo. Alguma coisa caiu na cama, perto dos seus pés. – Dois mil.

Jesus. Talvez não fosse piada. Mas se não fosse, que diabos era aquilo?

– Quanto você ganhou hoje à noite, Mona?

– Noventa. – Na verdade, cento e vinte, mas considerou o último cliente como hora extra. Em geral, tinha medo de esconder o dinheiro dele, mas precisava da grana para o wiz.

– Fica com isso e compra umas roupas. Nada para o trabalho. Ninguém quer ver a sua bundinha de fora, não nesta viagem.

– Quando?

– Amanhã, já disse. Pode se despedir daqui.

Quando ouviu isso, teve vontade de prender a respiração.

A cadeira rangeu novamente. – Noventa, hein?

– Sim.

– Me conta.

– Eddy, estou tão cansada...

– Não – respondeu.

Mas o que ele queria não era a verdade ou algo assim. Queria uma história, a história que lhe havia ensinado a contar. Não queria ouvir sobre o que haviam falado (e a maioria deles tinha algo que realmente queria contar, e geralmente contavam), ou como enrolaram até pedir para ver os certificados de análise sanguínea, ou como quase todos contavam sempre a mesma piada sobre – se não podiam curar algo, pelo menos podiam aliviar por um tempo –, ou até mesmo o que queriam na cama.

Eddy queria ouvir sobre um grandalhão que a tratava como se não desse a mínima. Exceto que ela tinha que ser cuidadosa, ao contar a história, para não fazer o cara parecer rude demais, porque isso teoricamente custaria mais do que ela tinha ganhado de fato. O principal era que este cliente imaginário a tratasse como se fosse um equipamento alugado por meia hora. Havia muitos desses caras, claro, mas a maioria gastava seu dinheiro nas cabines ou curtiam seu barato no stim. Mona geralmente pegava os que queriam conversar, que tentavam comprar um sanduíche depois, o que podia ser ruim de certa forma, mas não era o tipo de ruindade de que Eddy precisava. A outra coisa de que Eddy precisava era que lhe dissesse como ela não gostava daquilo, mas tinha acabado desejando no final, desejando ardentemente.

Tateou no escuro e tocou o envelope cheio de dinheiro.

A cadeira rangeu novamente.

Ela lhe disse que estava saindo de uma loja de conveniências e o cara tinha chegado nela, o grandalhão, perguntou direto quanto custava, o que a deixou envergonhada, mas respondeu assim mesmo e foram em frente. Então entraram no carro dele, que era velho e grande e cheirava a mofo (detalhe retirado de seus dias em Cleveland), e que ele a jogou sobre o assento.

– Em frente à lojinha?

– Nos fundos.

Eddy nunca a acusava de inventar nada, mesmo que ela soubesse que foi ele quem tinha lhe ensinado aquela história em linhas gerais e que, basicamente, era sempre a mesma. No momento em que o grandalhão tinha erguido a saia dela (a preta, disse, e eu estava com minhas botas brancas) e tinha abaixado as calças, ela pôde ouvir o barulho da fivela do cinto de Eddy, que estava tirando o seu jeans. Uma parte dela estava se perguntando, quando ele se deitou na cama ao seu lado, se a posição que estava descrevendo era fisicamente possível, mas prosseguiu e, de qualquer forma, estava funcionando com Eddy. Lembrou-se de explicar como machucava, quando o cara estava metendo, mesmo que já estivesse toda molhada. Deu os detalhes sobre como ele havia segurado seus pulsos, embora estivesse agora bastante confusa sobre o que estava onde, mas sabia que sua bunda estava virada para cima. Eddy começou a tocá-la, acariciando seus seios e a barriga, então ela passou da brutalidade do cliente para como ele supostamente fez com que ela se sentisse.

Como supostamente tinha feito com que ela se sentisse era como nunca havia se sentido. Ela sabia que tinha um ponto em que trepar doía um pouco mas continuava sendo bom, mas sabia que não era aquilo. O que Eddy queria ouvir é que doía muito e ela se sentia mal, mas gostava mesmo assim. Isso não fazia o menor sentido para Mona, mas tinha aprendido a dizer o que ele queria.

Porque desse jeito funcionava e Eddy se virou com o cobertor sobre as suas costas e meteu entre as suas pernas. Pensou que ele deveria estar vendo tudo em sua mente, como um desenho animado, as coisas que estava contando para ele e que, ao mesmo tempo, ele se tornava o grandalhão sem rosto metendo fundo. Estava segurando os pulsos dela presos sobre a cabeça, do jeito que ele gostava.

E quando ele terminou, curvado do seu lado, dormindo, Mona ficou ali, deitada e acordada na escuridão, revirando o sonho de partir, brilhante e maravilhoso.

E, por favor, que fosse verdade.

5

PORTOBELLO

Kumiko acordou na cama enorme e ficou deitada, bem quieta, escutando. Havia um murmúrio contínuo de trânsito distante.

O ar do quarto era frio; enrolou o edredom rosa em torno do corpo, como uma túnica, e saltou da cama. As janelas, pequenas, estavam cobertas por uma brilhante camada de gelo. Foi até a banheira e girou uma das asas douradas do cisne. O pássaro tossiu, gargarejou, começou a encher a banheira. Ainda envolta na coberta, abriu as malas e começou a escolher as roupas do dia, estendendo as peças escolhidas sobre a cama.

Quando seu banho estava pronto, deixou a coberta escorregar no chão e subiu sobre o parapeito de mármore, entrando estoicamente na água escaldante. O vapor da banheira havia derretido o gelo; agora, as janelas escorriam com a condensação. Será que todos os quartos britânicos tinham banheiras como esta? – pensou. Ensaboou-se metodicamente com um sabonete francês de formato oval, levantou-se, enxaguou a espuma o melhor que pôde, envolveu-se numa enorme toalha preta e, depois de procurar um pouco, descobriu uma pia, um vaso sanitário e um bidê. Estavam escondidos num cômodo muito pequeno que um dia devia ter sido um closet, suas paredes cobertas de verniz escuro.

O telefone de aparência teatral tocou duas vezes.

– Sim?

– Aqui é Petal. Aceita um café da manhã? Roger está aqui. Ansioso por encontrá-la.

– Obrigada – respondeu. – Estou me vestindo agora.

Vestiu sua calça de couro melhor e mais larga, depois enfiou-se num blusão de lã azul tão largo que poderia caber facilmente em Petal. Quando abriu a bolsa para procurar sua maquiagem, viu a unidade Maas-Neotek. Sua mão apertou-a automaticamente. Não pretendia invocá-lo, mas seu toque foi o bastante: ele estava lá, virando seu pescoço comicamente e olhando, perplexo, para o teto, baixo e espelhado.

– Presumo que não estejamos no Dorchester?

– Eu faço as perguntas – disse ela. – Que lugar é este?

– Um quarto. De gosto um tanto duvidoso.

– Responda à minha pergunta, por favor.

– Bem – disse ele, flutuando entre a cama e a banheira –, pela decoração, poderia ser um bordel. Posso acessar os dados históricos sobre a maior parte das construções em Londres, mas não há nada de especial sobre esta aqui. Construída em 1848. Sólido exemplo do predomínio do estilo vitoriano clássico. A vizinhança é cara, sem estar na moda, popular entre advogados de um certo renome. – Sacudiu os ombros; ela podia ver o canto da cama através do brilho queimado de suas botas de cowboy.

Jogou a unidade dentro da bolsa e ele desapareceu.

Conseguiu manejar o elevador com bastante facilidade. Uma vez no vestíbulo pintado de branco, seguiu o som das vozes. Ao longo de um corredor. Virando em uma esquina.

– Bom dia – disse Petal, erguendo a tampa prateada de uma bandeja. Uma nuvem de vapor subiu. – Aqui está o evasivo sr. Swain, Roger para você, e aqui está o seu café da manhã.

– Olá – disse o homem, aproximando-se com a mão estendida. Olhos claros num rosto comprido e ossudo. O cabelo escorrido, castanho-claro, estava penteado diagonalmente sobre sua testa. Kumiko não soube adivinhar a sua idade; era o rosto de um homem jovem, mas havia rugas profundas sob seus olhos acinzentados.

Era alto, com braços e ombros de atleta. – Bem-vinda a Londres. – Pegou a mão dela, apertou-a e largou-a.

– Obrigada.

Ele vestia uma camisa sem colarinho, listras vermelhas muito finas contra um fundo azul-claro, os punhos fechados por abotoaduras de um dourado sem brilho; aberta no pescoço, revelava um triângulo preto de pele tatuada. – Falei com seu pai esta manhã, disse que você havia chegado em segurança.

– Você é um homem de alta hierarquia.

Os olhos claros se aguçaram. – Como?

– Os dragões.

Petal riu.

– Deixe-a comer – disse alguém, uma voz de mulher.

Kumiko virou-se, notando uma mulher esguia e sombria contra altas janelas recortadas em painéis, como um vitral; para além das janelas, um jardim murado, coberto de neve. Os olhos da mulher estavam ocultos por óculos prateados, que refletiam o cômodo e seus ocupantes.

– Outra de nossas convidadas – disse Petal.

– Sally – apresentou-se a mulher – Sally Shears. Coma, querida. Se você estiver tão entediada quanto eu, vai sentir vontade de dar uma caminhada. – Enquanto Kumiko a observava, ela levantou a mão para tocar os óculos, como se fosse tirá-los. – Portobello Road fica a poucos quarteirões. Preciso de um pouco de ar. – As lentes espelhadas pareciam não ter armação, nem hastes.

– Roger – falou Petal, pegando, com o garfo, pedaços rosados de bacon de uma bandeja de prata –, você acha que Kumiko estará segura com nossa Sally?

– Mais segura do que eu estaria, levando-se em conta o humor dela – disse Swain. – Lamento dizer que não há muito aqui para entretê-la – disse a Kumiko, conduzindo-a para a mesa –, mas tentaremos fazer com que você se sinta o mais confortável possível e planejar para que veja um pouco da cidade. Não é Tóquio, contudo.

– Pelo menos não, por enquanto – disse Petal, mas Swain pareceu não ouvir.

– Obrigada – disse Kumiko, enquanto Swain segurava sua cadeira.

– Uma honra – respondeu Swain. – Nosso respeito por seu pai...

– Ei! – disse a mulher. – Ela é jovem demais para precisar dessa babaquice. Poupe-nos.

– Sally está ligeiramente mal-humorada, como você pode ver – disse Petal, enquanto servia um ovo frito no prato de Kumiko.

O humor de Sally Shears, como se tornou claro mais tarde, era como uma raiva contida por um fio, uma fúria que se fazia notar em suas passadas, no ruído furioso dos saltos de suas botas pretas sobre o calçamento gelado.

Kumiko tinha que apertar o passo para acompanhá-la, enquanto a mulher se afastava da casa de Swain, os óculos brilhando friamente na luz sem direção do inverno. Ela vestia calças justas de camurça marrom-escura e uma jaqueta preta larga, com a lapela levantada: roupas caras. Com seu cabelo escuro curto, poderia ser confundida com um garoto.

Pela primeira vez desde que deixara Tóquio, Kumiko sentiu medo.

A energia presa na mulher era quase tangível, um nó de raiva que poderia se desfazer a qualquer momento.

Kumiko escorregou sua mão para dentro da bolsa e apertou a unidade Maas-Neotek. Colin apareceu instantaneamente ao seu lado, acompanhando seu passo, suas mãos enfiadas nos bolsos da jaqueta, botas pisando a neve suja sem deixar qualquer traço. Soltou a unidade e ele desapareceu, mas sentiu-se mais segura. Não precisava ter medo de se perder de Sally Shears, cujo passo era difícil de acompanhar; o fantasma certamente poderia guiá-la de volta para a casa de Swain. *E se eu fugir dela*, pensou, *ele me ajudará.* A mulher esgueirou-se em meio ao tráfego num cruzamento, puxando automaticamente Kumiko para fora do caminho de um táxi Honda preto e, de algum modo, dando um jeito de chutar o para-choque quando o veículo passou.

– Você bebe? – perguntou, sua mão segurando o antebraço de Kumiko.

Kumiko sacudiu a cabeça. – Por favor, você está machucando meu braço.

Sally relaxou um pouco a pegada, mas Kumiko foi conduzida por portas de vidro ornado para dentro do barulho e do calor, um lugar cavernoso, cheio de gente, revestido de madeira escura e de uma camurça castanho-clara desgastada.

Logo estavam frente a frente numa mesinha de mármore sobre a qual havia um cinzeiro com a marca da cerveja Bass, uma caneca de chope escuro, o copo de uísque que Sally havia esvaziado voltando do bar e um suco de laranja.

Kumiko viu que as lentes prateadas encontravam a pele clara sem qualquer sinal de junção.

Sally pegou o copo de uísque vazio, inclinou-o sem erguê-lo da mesa e observou-o compenetradamente. – Encontrei seu pai uma vez – disse. – Não era tão poderoso naquela época. – Largou o copo para tomar a cerveja. – Swain diz que você é metade gaijin. Diz que sua mãe era dinamarquesa. – Tomou um gole. – Não parece.

– Ela fez com que trocassem meus olhos.

– Combinam com você.

– Obrigada. E suas lentes – disse, automaticamente –, são muito bonitas.

Sally deu de ombros. – Seu velho já levou você a Chiba?

Kumiko sacudiu a cabeça, fazendo que não.

– Esperto. Se fosse ele, também não levaria. – Bebeu mais cerveja. Suas unhas, evidentemente acrílicas, eram do tom e tinham o brilho de madrepérola. – Me contaram sobre a sua mãe. – Com o rosto ardendo, Kumiko baixou os olhos.

– Não é por isso que você está aqui, sabia? Ele não a enviou para Swain por causa dela. Há uma guerra em andamento. Não houve nenhum conflito no alto escalão da Yakuza desde antes que eu nascesse, mas agora está havendo um. – O copo vazio tiniu quando Sally o largou na mesa. – Ele não pode ficar com você por lá, é só isso. Seria uma presa fácil. Um cara como o Swain está bem longe no mapa, pelo menos no que diz respeito aos rivais de Kanaka. Por isso você tem um passaporte com um nome diferente, certo? Swain está em débito com Kanaka. Então você está ok, certo?

Kumiko sentiu as lágrimas quentes surgirem.

– Ok, então você não está ok. – As unhas de pérola tamborilaram no mármore. – Então, ela deu cabo de si mesma e você não está ok. Sente-se culpada, certo?

Kumiko fixou o olhar nos espelhos gêmeos.

Portobello estava entulhada de turistas, tão cheia quanto em Shinjuku. Sally Shears, depois de insistir que Kumiko bebesse a laranjada, que tinha ficado quente e insípida, guiou-a para a rua entupida de gente. Puxando Kumiko com firmeza, Sally começou a abrir caminho pela calçada, passando por mesas dobráveis de aço recobertas com cortinas de veludo rasgadas e milhares de objetos feitos de prata e cristal, bronze e porcelana. Kumiko olhava atentamente enquanto Sally a guiava pelas pilhas de prataria para colecionadores e chaleiras Churchill.

– Isto é *gomi* – arriscou Kumiko, quando pararam no cruzamento. Lixo. Em Tóquio, objetos gastos e inúteis viravam material para aterros. Sally sorriu, manhosa. – Isto é a Inglaterra. *Gomi* é um grande recurso natural. *Gomi* e profissionais. Justamente o que eu estou procurando agora. Profissionais.

O profissional em questão vestia um terno de veludo verde-escuro com lapelas impecáveis de camurça e Sally encontrou-o em outro pub, chamado Rose and Crown. Apresentou-o como Tick. Era um pouco mais alto que Kumiko e alguma coisa estava torta em suas costas ou quadris, fazendo com que mancasse fortemente, o que piorava a impressão de assimetria. Seu cabelo preto era rapado na nuca e nos lados, mas se acumulava numa pilha de cachos oleosos sobre a testa.

Sally apresentou Kumiko – Minha amiga do Japão, e mantenha suas mãos longe dela. – Tick deu um sorriso cansado e levou-as até uma mesa.

– Como vão os negócios, Tick?

– Bem – respondeu, tristonho. – Como vai a aposentadoria?

Sally sentou-se num banco estofado, as costas apoiadas na parede. – Um pouco como – disse ela – voltar, parar, voltar de novo.

Kumiko a olhou. A raiva tinha evaporado, ou talvez tivesse sido camuflada com habilidade. Enquanto Kumiko se sentava, escorregou a mão para dentro da bolsa e encontrou a unidade. Colin apareceu no banco ao lado de Sally.

– Legal da sua parte se lembrar de mim – disse Tick, pegando uma cadeira. – Já se passaram dois anos, eu diria. – Ele ergueu uma sobrancelha na direção de Kumiko.

– Tudo limpo com ela. Você conhece Swain, Tick?

– Apenas pela reputação, obrigado.

Colin estava estudando aquela interação, completamente entretido e fascinado, movendo a cabeça de um lado para outro como se estivesse assistindo a uma partida de tênis. Kumiko tinha que se lembrar de que era a única que podia vê-lo.

– Eu quero que você o investigue para mim. Não quero que ele saiba.

Tick encarou-a. Todo o lado esquerdo de seu rosto contorceu-se numa longa piscadela. – Tudo bem – respondeu. – Você não quer quase nada, não é?

– Boa grana, cara. A melhor.

– Procurando por alguma coisa em particular, ou é uma lavagem? Todo mundo sabe que é um figurão do crime organizado. Vou dizer que não queria que ele me encontrasse em sua mansão...

– É onde entra o dinheiro, Tick.

Duas piscadas rápidas.

– Roger está me enganando, Tick. Alguém está enganando ele. Não sei o que os outros têm contra ele, nem me importo. O que ele tem contra mim já basta. O que quero saber é quem, onde, quando. Intercepta o tráfego interno e externo. Ele está em contato com alguém, porque o acordo muda o tempo todo.

– Eu reconheceria se visse?

– Basta dar uma olhada, Tick. Faz isso por mim.

A piscada convulsiva novamente. – Beleza, então. Vamos nessa. – Tamborilou os dedos nervosamente no canto da mesa. – Paga uma rodada?

Colin olhou para Kumiko do outro lado da mesa e revirou os olhos.

* * *

– Não entendo – disse Kumiko, enquanto seguia Sally de volta para Portobello Road. – Você acabou de me envolver numa intriga...

Sally ergueu a lapela para se proteger do vento.

– Mas eu poderia traí-la. Você está tramando contra um sócio de meu pai. Não tem nenhuma razão para confiar em mim.

– Nem você em mim, querida. Talvez eu seja uma daquelas pessoas malvadas com quem seu pai está preocupado.

Kumiko considerou a ideia. – Você é?

– Não. E, se você fosse uma espiã do Swain, ele estaria usando métodos bem exóticos. Se você é uma espiã do seu velho, talvez eu não precise de Tick. Mas se é a própria Yakuza que está rodando a coisa toda, qual o objetivo de usar Roger como proteção?

– Não sou espiã.

– Melhor passar a ser sua própria espiã, então. Se Tóquio é a frigideira, você pode ter caído no fogo.

– E por que me envolver?

– Você já está envolvida. Você está aqui. Dá medo?

– Não – disse Kumiko, e ficou em silêncio, pensando por que aquilo seria verdade.

No final daquela tarde, sozinha no sótão espelhado, Kumiko sentou-se na beira da enorme cama e tirou suas botas úmidas. Pegou a unidade Maas-Neotek na bolsa.

– O que são eles? – perguntou ao fantasma, que pairava sobre o parapeito da banheira de mármore escuro.

– Seus amigos do pub?

– Sim.

– Criminosos. De minha parte, recomendaria procurar melhores companhias. A mulher é estrangeira. Americana. O homem é londrino. Do East End. É um ladrão de dados, evidentemente. Não tenho acesso aos registros policiais, exceto se forem crimes de interesse histórico.

– Não sei o que fazer...

– Vire a unidade de cabeça para baixo.

– O quê?

– Na parte traseira. Vai encontrar uma meia-lua. Coloque o polegar ali e gire...

Uma pequena portinhola se abriu. Microinterruptores.

– Reconfigure o interruptor A/B para a posição B. Use alguma coisa estreita, pontuda, mas não uma esferográfica.

– Uma o quê?

– Uma caneta. Tinta e poeira. Fica tudo sujo. Um palito de dentes seria ideal. Isto vai programar a unidade para gravação ativada por voz.

– E depois?

– Esconda-a lá embaixo. Ouviremos amanhã.

6

LUZ DA MANHÃ

Slick passou a noite num pedaço de espuma cinza gasta embaixo de uma bancada no térreo da Fábrica, envolto numa barulhenta folha de plástico-bolha que fedia a monômeros livres. Sonhou com Kid Afrika, com o carro de Kid, e, em seus sonhos, os dois se tornaram indistintos e os dentes de Kid eram pequenas caveiras cromadas.

Ele acordou com o vento cortante cuspindo a primeira neve de inverno através das janelas vazadas da Fábrica.

Ficou deitado lá e pensou sobre o problema da serra circular do Juiz, de como o pulso tinha tendência de travar quando tentava cortar algo mais denso do que uma folha de papelão. Seu plano original para a mão havia previsto dedos articulados, cada um com uma miniserra elétrica nas pontas, mas o conceito se perdeu devido a inúmeras razões. Eletricidade, de algum modo, simplesmente não bastava: não era suficientemente *físico*. Ar era a saída, grandes tanques de ar comprimido, ou combustão interna, se fosse possível encontrar as peças. Era possível encontrar peças para quase tudo em Dog Solitude, se você procurasse por um bom tempo; se não desse certo, havia uma penca de cidades, no cinturão da ferrugem em torno de Jersey, onde havia acres de máquinas mortas para escolher.

Saiu de debaixo da mesa, arrastando atrás de si o cobertor transparente de travesseiros plásticos em miniatura, como uma capa. Pensou sobre o cara na maca, lá em cima, no seu quarto, e sobre

Cherry, que tinha dormido na cama dele. Ela não estaria com um torcicolo. Espreguiçou-se e gemeu.

Gentry ia chegar a qualquer momento. Tinha que explicar aquilo tudo para Gentry, que não gostava nem um pouco de ter gente por perto.

Little Bird tinha feito café no cômodo que servia como cozinha da Fábrica. O chão era feito de lajotas de plástico recurvadas e havia pias de inox fosco ao longo de uma parede. As janelas estavam cobertas com telas transparentes que eram alternadamente sugadas e insufladas pelo vento, deixando passar um brilho leitoso que fazia o cômodo parecer ainda mais frio do que era.

– Como estamos de água? – perguntou Slick ao entrar. Uma das tarefas de Little Bird era checar os tanques no telhado todas as manhãs, retirando as folhas trazidas pelo vento ou um eventual corvo morto. Depois, tinha de checar a vedação dos filtros, talvez deixar entrar uns 50 litros de água, se estivessem em baixa. Levava boa parte do dia para os 50 litros serem filtrados pelo sistema até o tanque de armazenamento. O fato de Little Bird cuidar disso rigorosamente era a principal razão para que Gentry o tolerasse, mas a timidez do garoto provavelmente ajudava. Little Bird dava um jeito de permanecer invisível aos olhos de Gentry.

– Tá cheio – disse Little Bird.

– Tem como tomar um banho? – perguntou Cherry, de seu assento improvisado num velho engradado de plástico. Tinha uma sombra embaixo dos olhos, como se não tivesse dormido, mas havia coberto o machucado com maquiagem.

– Não – respondeu Slick. – Não dá, nesta época do ano.

– É, foi o que pensei – disse Cherry, mal-humorada, contraída em sua coleção de jaquetas de couro.

Slick pegou o que tinha sobrado do café e ficou em pé na frente dela, enquanto bebia.

– Algo de errado contigo? – ela perguntou.

– Sim. Você e o cara lá em cima. Por que você está aqui embaixo? Está de folga ou algo assim?

Ela tirou um pager preto do bolso da jaqueta que estava por cima de todas as outras. – Se algo mudar, isto dispara.

– Dormiu bem?

– É, o suficiente.

– Eu não. Há quanto tempo você trabalha para Kid Afrika, Cherry?

– Uma semana, por aí.

– Você é mesmo uma med-tec?

Ela encolheu os ombros dentro das jaquetas. – O bastante para poder cuidar do Conde.

– Conde?

– Conde, isso aí. Foi como Kid o chamou, uma vez.

Little Bird estremeceu. Não tinha modelado seu cabelo ainda, então estava arrepiado em todas as direções. – E se – começou a falar Little Bird – ele for um vampiro?

Ela o encarou – Está brincando?

Olhos arregalados, Little Bird sacudiu a cabeça solenemente.

Ela se voltou para Slick. – Seu amigo é pirado?

– Sem vampiros – Slick falou para Little Bird –, não são reais, entende? Só existem lá nos stims. O cara não é vampiro, ok?

Little Bird assentiu vagarosamente, parecendo não estar muito convencido, enquanto o vento inflava a cobertura de plástico contra a luz leitosa.

Ele tentou aproveitar a manhã para trabalhar no Juiz, mas Little Bird tinha desaparecido de novo e a imagem da figura na maca ficava surgindo dentro de sua cabeça. Estava frio demais, precisava pegar uma linha elétrica lá no território de Gentry e trazer até o alto da Fábrica, conseguir alguns aquecedores. Mas isso significava negociar com Gentry sobre a energia. A força era dele porque Gentry sabia como roubar a eletricidade do Departamento de Fissão sem que percebessem.

Aquele seria o terceiro inverno de Slick na Fábrica, mas Gentry já estava lá há quatro anos quando Slick chegou. Quando tinham conseguido colocar de pé o loft de Gentry, Slick herdou o quarto onde havia colocado Cherry e o homem que ela disse que Kid

Afrika chamava de Conde. Na visão de Gentry, a Fábrica era dele, porque tinha chegado primeiro e conseguido trazer energia elétrica sem que o Departamento ficasse sabendo. Mas Slick cuidava de muitas coisas na Fábrica que Gentry não gostaria de fazer por conta própria, como garantir que houvesse comida e, se algo sério quebrasse, se a fiação entrasse em curto ou se o filtro da água entupisse, era Slick quem tinha as ferramentas e quem fazia o conserto.

Gentry não gostava de pessoas. Passava dias com seus consoles e órgãos FX e projetores holográficos e aparecia somente quando ficava com fome. Slick não entendia o que Gentry estava tentando fazer, mas invejava o foco limitado de sua obsessão. Nada irritava o Gentry. Kid Afrika não conseguiria irritar o Gentry, porque Gentry não teria ido a Atlantic City, nem se metido numa grande merda, nem ficado em dívida com Kid.

Entrou em seu quarto sem bater e Cherry estava lavando o peito do cara com uma esponja, usando luvas descartáveis brancas. Ela tinha levado para cima o fogão de butano em que cozinhavam e aquecera água numa bacia de aço.

Ele se obrigou a olhar o rosto contraído, os lábios frouxos, entreabertos apenas o suficiente para revelar dentes amarelados de fumante. Era um rosto das ruas, um rosto da multidão, um desses que você veria em um bar por aí.

Ela olhou para o Slick.

Ele se sentou no canto da cama, onde ela havia aberto o zíper do saco de dormir e estendido-o como um cobertor, com o canto rasgado dobrado por baixo da espuma.

– Temos de conversar, Cherry. Resolver essa coisa, sabe?

Ela espremeu a esponja sobre a bacia.

– Como você se meteu com Kid Afrika?

Ela colocou a esponja num invólucro de plástico e guardou-a na sacola de nylon preta do hover de Kid. Enquanto a observava, ele viu que não havia um movimento desperdiçado, e ela parecia não pensar no que estava fazendo. – Você conhece um lugar chamado Moby Jane's?

– Não.

– É um bar de beira de estrada, perto da interestadual. Então, eu tinha um amigo, o gerente, estava por lá fazia um mês quando fui morar com ele. Moby Jane é uma mulher enorme, inacreditável; fica sentada lá no fundo do clube, num tanque de flutuação com freebase entrando por uma sonda intravenosa no braço dela, totalmente nojento. Daí, como estava dizendo, me mudei para lá com meu amigo Spencer, ele é o novo gerente, porque tive um problema com a minha licença em Cleveland e não podia trabalhar naquela época.

– Que tipo de problema?

– O *de sempre*, ok? Vai querer ouvir a história ou não? Daí, Spencer me deixou a par da horrível condição da proprietária, certo? Daí, a última coisa que eu queria que qualquer um soubesse é que eu era uma med-tec, porque do contrário teriam me colocado lá trocando os filtros do tanque dela e injetando freebase dentro de duzentos quilos de psicótica alucinada. Daí, me colocaram para atender mesas e servir cerveja. Era legal, tinha boa música lá. Um lugar meio grosseiro, mas eu não tinha problemas porque as pessoas sabiam que estava com Spencer. Exceto um dia, quando acordei, Spencer tinha sumido. Depois descobriram que ele tinha fugido e levado um monte de dinheiro. – Ela secava o peito do paciente enquanto falava, usando uma bucha grossa de fibra absorvente. – Então, me deram uma dura. – Olhou para ele e sacudiu os ombros. – Daí foi quando me disseram o que pretendiam fazer. Iam algemar minhas mãos nas costas e me colocar no tanque com Moby Jane e colocar o dreno a toda, daí contar que o meu namorado tinha roubado a grana dela... – Ela jogou a bucha úmida dentro da bacia. – Então me trancaram num closet para que eu pensasse a respeito antes de fazerem isso. Quando a porta se abriu, contudo, era o Kid Afrika. Nunca tinha visto o cara antes. "Senhorita Chesterfield", ele me disse, "tenho razões para crer que você era, até recentemente, uma técnica médica certificada."

– Então ele lhe fez uma proposta.

– Proposta uma ova. Ele apenas conferiu meus papéis e me levou direto para fora dali. Não havia uma alma por lá, curiosamente, e era sábado à tarde. Me levou para o estacionamento, o hovercraft estacionado lá, com as caveiras na frente, dois caras negros bem grandes esperando por nós, e qualquer saída para longe daquele tanque de flutuação, cara, por mim tudo bem.

– Nosso amigo já estava na traseira?

– Não. – Tirando as luvas. – Me fez dirigir de volta a Cleveland, até um subúrbio. Grandes casarões antigos, mas os jardins estavam abandonados, a grama alta. Fomos até um deles, com segurança reforçada, acho que era dele. Este aqui – e ela fechou o saco de dormir até o queixo do homem – estava num quarto. Tive que começar imediatamente. Kid me disse que pagaria bem.

– E você sabia que viriam para cá, para Solitude?

– Não. Acho que nem ele sabia. Alguma coisa aconteceu. Ele apareceu no dia seguinte dizendo que estávamos de partida. Alguma coisa o assustou. Foi quando ele o chamou assim, o Conde. Porque ele estava nervoso e, talvez, meio apavorado. "O Conde e sua porra de LF", ele disse.

– Sua o quê?

– "LF".

– O que é isso?

– Isso aqui, acho – disse ela, apontando para o volume completamente cinza, e sem nenhuma marcação, montado sobre a cabeça do homem.

7

NÃO HÁ NADA, LÁ

Imaginou Swift esperando-a no terraço, vestindo seu terno de tweed favorito para o inverno de Los Angeles, o colete e o casaco que não combinavam, um em ziguezague, outro quadriculado, mas ambos tecidos com a mesma lã, que provavelmente provinha da mesma ovelha do mesmo lado da montanha, sua aparência orquestrada em Londres, por um comitê, numa sala sobre uma loja de Floral Street que ele nunca tinha visto. Faziam camisas listradas para ele, traziam o algodão de Charvet, em Paris; faziam suas gravatas com seda criada em Osaka, o logo da Sense/Net em bordado nítido e discreto. Ainda sim, de algum modo, parecia ter sido vestido por sua mãe.

O terraço estava vazio. O Dornier pairou, depois voltou para o seu canto. A presença de Mamman Brigitte ainda se agarrava a ela.

Entrou na cozinha branca e esfregou o sangue seco do rosto e das mãos. Quando entrou na sala, foi como se estivesse vendo o lugar pela primeira vez. O chão esbranquiçado, as armações douradas e o forro de veludo das cadeiras Luís XVI, o fundo cubista de um Valmier. Como o guarda-roupas de Hilton, pensou, elaborado por desconhecidos talentosos. Suas botas deixaram um rastro de areia pelo chão claro enquanto se dirigia para a escada.

Kelly Hickman, responsável pelo seu vestuário, havia passado pela casa enquanto ela estivera na clínica; havia arrumado sua bagagem de trabalho no quarto principal. Nove valises Herm, tipo rifle, planas e retangulares, como caixões de pele curtida e lustrada. Suas roupas nunca eram dobradas; ficavam estendidas, separadas por finas camadas de papel de seda.

Parou no batente da porta, encarando a cama vazia, os nove caixões de couro.

Entrou no banheiro, blocos de vidro e cerâmica branca, trancando a porta atrás de si. Abriu um armário, depois outro, ignorando as fileiras organizadas de produtos de higiene, remédios e cosméticos intocados. Encontrou o carregador no terceiro armário, ao lado de um envelope com bolhas de plástico que continha dermas. Aproximou-se, examinando o plástico cinza, o logotipo japonês, com medo de tocá-lo. O carregador parecia novo, ainda sem ter sido usado. Estava quase certa de que não o havia comprado, não o havia deixado lá. Pegou a droga no bolso da sua jaqueta e examinou-a, revirando-a várias vezes, observando as doses de pó violeta separadas em seus compartimentos selados.

Viu a si mesma enquanto colocava o pacote sobre a bancada de mármore branco, posicionava o carregador sobre a bancada, removia o derma de seu invólucro plástico e o inseria. Viu a luz vermelha de um diodo se acendendo quando o carregador extraiu uma dose; viu a si mesma removendo o derma, balançando-o como uma sanguessuga de plástico branco na ponta de seu dedo indicador, sua superfície interna úmida brilhando com gotículas de DMSO.

Virou-se, deu três passos em direção à privada e jogou o pacote fechado lá dentro. Flutuou como uma canoa de brinquedo, a droga ainda perfeitamente seca. Perfeitamente. Com sua mão tremendo, encontrou uma lixa de unha em aço inox e se ajoelhou no piso branco. Teve de fechar os olhos quando segurou o pacote e espetou a ponta da lixa na junção, arrebentando-a. A lixa caiu sobre o piso quando acionou a descarga e as duas metades do pacote vazio desapareceram. Recostou a testa contra a fria cerâmica, depois se esforçou para se levantar, ir até a pia e lavar cuidadosamente as mãos.

Porque queria, agora *sabia que queria* lamber seus dedos.

* * *

Mais tarde, no mesmo dia, numa tarde cinza, encontrou na garagem um cilindro de carga feito de plástico ondulado, levou-o para o quarto e começou a empacotar os pertences de Bobby que ficaram para trás. Eram poucas coisas: uma calça de couro de que ele não tinha gostado, algumas camisas que tinha esquecido e, na gaveta de baixo da cômoda em madeira de teca, um console de ciberespaço. Era um Ono-Sendai, pouco mais que um brinquedo. Estava junto com um emaranhado de cabos pretos, um conjunto barato de trodos de stim, um tubo de plástico de pasta salina com aparência engordurada.

Lembrava-se do console que ele costumava usar, aquele que havia levado embora, um Hosaka cinza, personalizado de fábrica, com teclas sem signos. Era um console de cowboy, e ele insistia em viajar com aquilo, mesmo que causasse problemas nas inspeções alfandegárias. Por que, ela se perguntava, ele tinha comprado o Ono-Sendai? E por que o tinha abandonado ? Estava sentada na beirada da cama; retirou o console da gaveta e colocou-o no colo.

Seu pai, há muito tempo, no Arizona, tinha dito a ela que não se conectasse. Você não precisa, dissera. E ela, de fato, não precisava, porque sonhava com o ciberespaço, como se as linhas de neon da matrix esperassem por ela atrás de suas pálpebras.

Não há nada, lá. Era o que ensinavam para as crianças, para explicar o ciberespaço. Ela se lembrava da palestra de um professor sorridente na creche executiva da arcologia, imagens se alternando numa tela: pilotos com capacetes enormes e luvas desengonçadas, a tecnologia neuroeletrônica primitiva do "mundo virtual" conectando-os mais efetivamente com seus aviões, pares de terminais miniaturizados de vídeo alimentando-os com o fluxo de dados de combate gerado por computador, as luvas de retroalimentação vibrotáctil oferecendo um universo táctil de botões e disparadores... Conforme a tecnologia evoluiu, os capacetes encolheram, os terminais de vídeo se atrofiaram...

Debruçou-se e pegou o console, sacudiu-o para desemaranhar seus fios.

Não há nada, lá.

Esticou a faixa elástica e ajustou os trodos em volta de suas têmporas – um dos gestos humanos mais característicos, mas que ela raras vezes executava. Pressionou o botão de teste da bateria no Ono-Sendai. Verde, pronto para usar. Tocou no botão de "ligar" e o quarto desapareceu atrás de uma parede sem cor de estática sensorial. Sua cabeça se encheu com uma torrente de ruído branco.

Seus dedos encontraram um segundo botão e ela foi lançada através da parede de estática, dentro de uma vastidão desordenada, o vácuo nocional do ciberespaço, a rede brilhante da matrix rangendo em sua volta como uma gaiola infinita.

– Angela – disse a casa, em sua voz tranquila, mas firme –, tenho uma chamada de Hilton Swift...

– Em prioridade executiva? – Estava comendo feijões cozidos e torrada, no balcão da cozinha.

– Não – respondeu, com segurança.

– Mude seu tom – disse, com a boca cheia de feijões. – Algo com um leve toque de ansiedade.

– O senhor Swift está *esperando* – disse a casa, nervosamente.

– Melhor – falou, levando a tigela e o prato para a lavadora –, mas queria algo mais próximo de uma verdadeira histeria...

– Vai atender a ligação? – a voz estava engasgada de tensão.

– Não – disse ela –, mas mantenha a voz deste jeito, eu gosto assim.

Caminhou pela sala, contando em silêncio. Doze, treze...

– Angela – disse a casa gentilmente –, há uma ligação de Hilton Swift...

– Em prioridade executiva – completou Swift.

Ela fez um ruído de desdém com os lábios.

– Você sabe que respeito sua necessidade de estar sozinha, mas estou preocupado.

– Estou bem, Hilton. Não precisa se preocupar. Tchau.

– Você tropeçou hoje de manhã, na praia. Parecia desorientada. Seu nariz começou a sangrar.

– Foi uma pequena hemorragia nasal.

– Queremos que você faça outro check-up...

– Ótimo.

– Você acessou a matrix hoje, Angie. Sua presença foi registrada no setor industrial do BAMA.

– Ah, era isso, então?

– Quer falar a respeito?

– Não tenho nada a dizer. Estava apenas me divertindo. Mas, se você quer saber, eu estava empacotando uma tralha que o Bobby deixou aqui. Você teria *aprovado*, Hilton! Encontrei um console que ele deixou e experimentei. Apertei uma tecla, fiquei sentada lá olhando em volta, depois me despluguei.

– Sinto muito, Angie.

– Por quê?

– Por te incomodar. Estou indo.

– Hilton, você sabe onde o Bobby está?

– Não.

– Você está me dizendo que a segurança da Net não o tem monitorado?

– Estou dizendo que não sei, Angie. Esta é a verdade.

– Você poderia descobrir, se quisesse?

Outra pausa. – Não sei. Mesmo que pudesse, não estou certo de que faria isso.

– Obrigada. Tchau, Hilton.

– Tchau, Angie.

Sentou-se no terraço aquela noite, no escuro, observando os insetos na areia iluminada. Pensando em Brigitte e em seu aviso, na droga na jaqueta e no carregador de dermas em seu armário de medicamentos. Pensando no ciberespaço e no triste confinamento que havia sentido com o Ono-Sendai, tão longe da liberdade dos loa.

Pensando nos sonhos de outros, corredores retorcidos sobre si mesmos, matizes desbotados de tapetes antigos... Um velho, uma cabeça feita de joias, um rosto pálido e tenso com olhos que eram espelhos... E uma praia, no vento e na escuridão.

Não esta praia, não Malibu.

* * *

E, em algum lugar, numa madrugada escura da Califórnia, poucas horas antes do amanhecer, entre os corredores, as galerias, os rostos de sonho, fragmentos de uma conversa de que mal se lembrava, acordando em meio à neblina pálida das janelas do quarto principal, ela fez com que algo se soltasse e o arrastou de volta através do muro do sono.

Rolando da cama, tateando dentro de uma gaveta na mesa de cabeceira, encontrou uma caneta Porsche, presente de um assistente; inscreveu seu tesouro na contracapa brilhante de uma revista italiana de moda:

T-A

– Ligue para a Continuidade – ordenou para a casa, após sua terceira xícara de café.

– Olá, Angie – disse a Continuidade.

– Aquela sequência orbital que fizemos há dois anos. O iate do belga... – Ela bebeu o café que esfriava. – Qual era o nome daquele lugar para onde ele queria me levar? Aquele que o Robin decidiu que era muito decadente.

– Freeside – disse o sistema especialista.

– Quem gravou lá antes?

– Tally Isham gravou nove sequências em Freeside.

– Não era decadente demais para ela?

– Isso foi há quinze anos. Estava na moda.

– Me envie aquelas sequências.

– Feito.

– Tchau.

– Tchau, Angie.

A Continuidade estava escrevendo um livro. Robin Lanier tinha lhe contado. Ela havia perguntado sobre o que era. Não funcionava assim, ele respondeu. Ela se fechava sobre si mesma e mudava constantemente – A Continuidade estava *sempre* escrevendo. Ela perguntou o porquê. Mas Robin já tinha mudado de assunto, porque a Continuidade era uma IA e aquele era o tipo de coisa que inteligências artificiais faziam.

Sua ligação para a Continuidade lhe custou outra ligação de Swift.

– Angie, sobre aquele check-up...

– Você ainda não marcou? Quero voltar a trabalhar. Liguei para a Continuidade esta manhã. Estou pensando sobre uma sequência orbital. Estou dando uma olhada em algumas coisas que Tally fez, talvez eu tenha algumas ideias.

Houve um silêncio. Ela queria rir. Era difícil deixar Swift sem saber o que dizer. – Tem certeza, Angie? É maravilhoso, mas você está realmente disposta?

– Estou bem melhor, Hilton. Estou bem. Quero trabalhar. As férias acabaram. Chame Porphyre aqui para arrumar meu cabelo, antes que eu encontre alguém.

– Você sabe, Angie – disse –, ficamos muito felizes com isso.

– Chame Porphyre. Marque o check-up. – *Coup-poudre. Quem, Hilton? Talvez você?*

Ele tinha os meios, pensou, meia hora mais tarde, enquanto andava de um lado para o outro, no deck enevoado. Seu vício não havia ameaçado a Net, nem tinha afetado sua produção. Não houve efeitos colaterais físicos. Se houvesse, Sense/Net jamais a teria deixado começar. O designer da droga, pensou. O designer saberia. E nunca lhe diria, mesmo se pudesse chegar até ele, e duvidava que pudesse. Suponha, pensou, suas mãos na ferrugem do corrimão, que não tinha sido o designer? Que a molécula houvesse sido projetada por outra pessoa, para fins próprios?

– Seu cabeleireiro – disse a casa.

Ela entrou.

Porphyre a esperava, envolto num jérsei opaco, alguma coisa da temporada parisiense. Seu rosto, tão suave quanto ébano polido, abriu-se num sorriso afetado quando a viu. – Querida – ele a repreendeu –, você está parecendo lixo artesanal.

Ela riu. Porphyre soltou gritinhos e exclamações, e se aproximou para passar seus longos dedos nas franjas de Angie, com uma repugnância fingida. – Você se comportou mal, mocinha. Porphyre *disse* que aquelas drogas faziam mal!

Ela o olhou. Era muito alto e, sabia, muito forte. Como um galgo cheio de esteroides, alguém disse uma vez. Sua cabeça depilada revelava uma simetria inconcebível na natureza.

– Você está bem? – perguntou ele, com a outra voz, aquele entusiasmo maníaco desaparecendo como se tivessem apertado um botão.

– Estou bem.

– Doeu?

– Sim. Doeu.

– Você sabe – disse, tocando o queixo dela suavemente com a ponta do dedo –, ninguém entendia o que você queria com aquela merda. Você não parecia ficar numa boa...

– Não era para isso. Era como estar aqui, estar lá, só que não era preciso...

– Sentir tanto as coisas?

– Sim.

Ele concordou com a cabeça, lentamente. – Então era um troço realmente forte.

– Que se dane – disse ela. – Estou de volta.

O sorriso dele voltou. – Vamos lavar seu cabelo.

– Já lavei ontem!

– No quê? Não. Fala sério! – Ele a conduziu para as escadarias.

No banheiro branco, massageou algo em seu couro cabeludo.

– Tem visto Robin?

Despejou água fria sobre o cabelo. – Esse senhor Lanier está em Londres, querida. Esse senhor Lanier e eu não estamos nos falando no momento. Agora, sente-se. – Ergueu as costas da cadeira e enrolou uma toalha no pescoço dela.

– Por que não? – Sentiu voltar sua curiosidade sobre as fofocas da Net, uma das outras especialidades de Porphyre.

– Porque – disse o cabeleireiro, seu tom cuidadosamente neutro, enquanto penteava os cabelos – ele andou dizendo coisas bem ruins sobre Angela Mitchell enquanto ela estava na Jamaica, colocando sua cabecinha no lugar.

Não era o que ela esperava. – Ele disse?

– E como, querida. – Começou a cortar o cabelo usando tesouras, o que era uma de suas marcas registradas; recusava-se a usar o pincel a laser e dizia que nunca tinha encostado em um.

– Você está brincando, Porphyre?

– Não. Claro, ele não diria essas coisas *para mim*, mas Porphyre *ouve*, Porphyre sempre *ouve*. Partiu para Londres no dia seguinte à sua chegada.

– E o que ele teria dito?

– Que você está louca. Com ou sem as drogas. Que ouve vozes. Que os psicólogos da Net sabem.

Vozes ... – Quem lhe contou isso? – Tentou virar a cadeira.

– Não mexa a sua cabeça. Assim. – Voltou ao seu trabalho. – Não posso dizer. Confie em mim.

Houve várias ligações depois que Porphyre foi embora. Sua equipe de produção, louca para dizer oi. – Sem mais ligações hoje à tarde – disse para a casa. – Eu vou assistir às sequências de Tally lá em cima.

Ela encontrou uma garrafa de Corona no fundo da geladeira e levou-a para o quarto. A unidade stim na cômoda de teca estava equipada com trodos de qualidade de estúdio que não tinham estado lá quando ela havia ido para a Jamaica. Técnicos da Net faziam a atualização periódica dos equipamentos da casa. Ela tomou um gole de cerveja, colocou a garrafa na mesinha de cabeceira e deitou com os trodos sobre a testa. – Certo – disse ela –, pode soltar.

Dentro da carne de Tally, da respiração de Tally.

Como fui capaz de substituir você?, ela se perguntou, dominada pelo ser físico da ex-estrela. *Dou às pessoas este mesmo prazer?*

Tally-Angie observando um precipício recoberto por vinhedos, que também era um bulevar, olhando para o horizonte invertido, retângulos distantes de quadras de tênis, o "sol" do Freeside, um filamento axial brilhando sobre sua cabeça...

– Passe adiante – ordenou à casa.

Entrou em um músculo se movendo com suavidade e um borrão de concreto, Tally guiando sua bicicleta num velódromo de baixa gravidade...

Uma cena de jantar, a tensão das tiras de veludo sobre seus ombros, o rapaz no outro lado da mesa se debruçando para servir mais vinho...

– Passe adiante.

Lençóis de linho, uma mão entre suas pernas, luz púrpura através de vidro laminado, som de água correndo...

– Volte. O restaurante.

O vinho tinto borbulhando em seu copo...

– Um pouco mais. Pausa. Isso.

Os olhos de Tally tinham se focado no pulso bronzeado do rapaz, não na garrafa.

– Eu quero uma cópia dessa imagem – disse, tirando os trodos. Sentou-se e tomou um gole de cerveja, que se misturou estranhamente com o sabor fantasma do vinho gravado por Tally.

A impressora, no andar de baixo, fez um barulho suave enquanto completava a tarefa. Ela se forçou para descer as escadas lentamente, mas, quando chegou à impressora, na cozinha, a imagem a desapontou.

– Não dá para limpar isso? – perguntou à casa. – Quero ler o rótulo da garrafa.

– Centralizando a imagem – disse a casa – e girando o objeto-alvo oito graus.

A impressora murmurou suavemente enquanto a nova imagem era gerada. Angie encontrou seu tesouro antes que a máquina pudesse terminar, seu sinete onírico em tinta marrom: T-A.

Eles possuíram vinhedos próprios, pensou.

Tessier-Ashpool S.A., em tipologia comprida e fina.

– Te peguei – murmurou.

8

RÁDIO TEXAS

Mona podia ver o sol através de alguns rasgos no plástico preto que mantinha preso sobre a janela. Odiava demasiado aquele lugar, o squat, para ficar lá quando estava acordada ou sóbria, e agora ela estava nestes dois estados.

Ela saiu silenciosamente da cama, fazendo uma careta quando seus pés nus encostaram no chão e tateou, procurando suas sandálias de plástico. O lugar estava sujo; provavelmente dava para pegar tétano só de se encostar na parede. Sua pele ficou arrepiada ao pensar nisso. Essas coisas pareciam não incomodar Eddy; ele estava absorto demais em seus esquemas para perceber o que o rodeava. E sempre dava um jeito de se manter limpo, como um gato. Era limpo como um gato, nunca havia um grama de poeira debaixo de suas unhas bem cuidadas. Ela pensava que Eddy gastava a maior parte do dinheiro que ela ganhava com as roupas dele, embora nunca lhe tenha ocorrido questionar o fato. Mona tinha 16 anos e não tinha um SIN, e um cliente mais velho tinha dito que aquilo era uma canção, "Sixteen and SINless". Isso significava que não havia sido inscrita com um SIN – Single Identification Number, um número único de identificação –, quando nasceu, então ela cresceu fora da maior parte dos sistemas oficiais. Sabia que era possível conseguir um SIN, se você não tivesse um, mas isso significava ter de ir a um prédio em algum lugar, falar com um figurão, e isso estava longe de ser a ideia que Mona tinha de curtir a vida, ou mesmo ter um comportamento normal.

Ela tinha uma rotina para vestir-se naquele lugar e era capaz de fazer tudo no escuro. Colocava os chinelos, depois de bater um contra o outro e sacudir para desalojar possíveis insetos, e depois caminhava para onde sabia que estava um rolo de fax antigo, numa caixa de isopor ao lado da janela. Pegava cerca de um metro de fax, talvez um dia e meio do jornal *Asahi Shimbun* que era dobrado e alisado, então colocado no chão. Aí era possível ficar em pé em cima dele, pegar a sacola de plástico ao lado da caixa, desfazer o nó do arame que a mantinha fechada e pegar as roupas que quisesse. Quando tirasse as sandálias para colocar as calças, tinha certeza de que estaria pisando em fax fresco. Era uma questão de fé para Mona acreditar que nada estaria vagando pelo fax na hora em que ela colocasse o jeans e, depois, se calçasse de novo.

Dava para colocar uma camisa ou algo do tipo, lacrar de novo a sacola cuidadosamente e sair de lá. Maquiagem, quando necessária, era feita no corredor do lado de fora; ainda havia um pedaço de espelho ao lado do elevador abandonado, com uma tira biofluorescente da Fuji colada acima dele.

Havia um cheiro forte de urina ao lado do elevador naquela manhã, então decidiu não se maquiar.

Nunca se via ninguém no prédio, mas algumas vezes era possível ouvi-los; música através de uma porta fechada ou passos logo após a dobra no final de um corredor. Bem, fazia sentido; Mona também não desejava encontrar seus vizinhos.

Ela desceu três lances de escada em direção à escuridão da garagem no subsolo. Tinha sua lanterna na mão, encontrou seu caminho com seis rápidas piscadas que a guiaram ao redor de poças de água estagnada e emaranhados de cabos de fibra óptica suspensos, para cima nos degraus de concreto que davam no beco. Podia sentir o cheiro da praia, às vezes, ali no beco, se o vento estivesse na direção certa, mas naquele dia só dava para sentir o cheiro do lixo. A lateral do prédio se erguia acima dela, então se moveu rápido, antes que algum babaca resolvesse jogar uma garrafa ou coisa pior. Chegando à avenida, diminuiu o passo, mas não muito; estava ciente do dinheiro em seu bolso e cheia de planos sobre como gastá-lo. Não adiantaria fugir, não agora quando parecia que Eddy havia conseguido uma passagem para sair daquele lugar. Ficava alternando entre se dizer que isso era uma coisa certa, que estavam praticamente de partida, e alertar-se que era melhor não se iludir. Conhecia muito bem os negócios 'certos' de Eddy: a Flórida não tinha sido um deles? Como era agradável na Flórida e como as praias eram lindas, cheias de caras bonitões com dinheiro, o lugar certo para umas férias remuneradas que tinham se tornado o mês mais longo de que Mona podia se lembrar. Na prática, fazia um calor cão na Flórida, como uma sauna. As únicas praias que não eram privativas estavam poluídas, peixes mortos rolando de barriga para cima na água rasa. Talvez as praias privativas fossem iguais, mas não era possível vê-las, somente os cordões de isolamento e os guardas de bermuda circulando. Eddy ficava entusiasmado com as armas que os guardas portavam e descrevia cada uma delas nos mínimos detalhes. Ele não tinha uma arma, contudo, não que ela soubesse, e Mona achava que isso era bom. Às vezes não se sentia o cheiro dos peixes mortos, porque havia outro cheiro, um cheiro de cloro que queimava o céu da boca, alguma coisa que vinha das fábricas ao longo da costa. Se havia caras bonitões, ainda assim eram clientes e não estavam exatamente a fim de pagar o dobro.

A única coisa bacana na Flórida eram as drogas, fáceis de comprar, baratas e extremamente fortes. Às vezes, imaginava que o cheiro de água sanitária era o cheiro de milhares de laboratórios de drogas preparando algum tipo de coquetel impensável, moléculas estranhas agitando seus rabos excêntricos, prontas para seu destino e para as ruas.

Saiu da Avenida e caminhou por uma fileira de barraquinhas de comida sem licença. Seu estômago começou a roncar com o aroma, mas ela não confiava em comida de rua, não se pudesse evitar, e havia alguns lugares licenciados no shopping que ainda aceitariam dinheiro vivo. Alguém tocava um trompete no quadrado de concreto que havia sido um estacionamento, um solo cubano estridente que ricocheteava e se distorcia entre os muros de concreto, notas se esvaindo no tumulto matinal do mercado. Um evangelista pregava, seus braços abertos no alto, em formato de cruz, enquanto um Jesus desbotado e pálido copiava o gesto no ar acima dele. O dispositivo de projeção estava na caixa em que ele estava de pé, mas usava uma mochila de nylon bastante desgastada, com dois alto-falantes despontando sobre cada ombro, como cabeças cromadas sem face. O evangelista olhou para Jesus, fez uma careta e ajustou alguma coisa em seu cinto. Jesus piscou, ficou verde, desapareceu. Mona riu. Os olhos do homem refletiam a fúria de Deus, um músculo trabalhando em sua bochecha vincada. Mona dobrou à esquerda, entre fileiras de feirantes de frutas empilhando laranjas e toranjas em pirâmides nos seus velhos caixões de metal.

Entrou num prédio baixo, cavernoso, que abrigava corredores de negócios mais permanentes: vendedores de peixes e comidas embaladas, eletrodomésticos baratos, balcões servindo dúzias de tipos de comida quente. Era mais fresco ali, na sombra, e um pouco mais tranquilo. Encontrou um lugar que vendia comida chinesa com seis assentos vazios e pegou um. O cozinheiro chinês falou com ela em espanhol; fez o pedido apontando para o cardápio. Ele trouxe a sopa numa tigela de plástico; pagou-lhe com a menor das notas e ele deu o troco em oito fichas de papelão oleoso. Se Eddy realmente estivesse falando sério sobre partir, ela não poderia usar aquilo; se ficassem na Flórida, poderia voltar para comer wonton. Sacudiu a cabeça. Tenho que ir, é preciso. Jogou os discos amarelos e desgastados de volta sobre o balcão. "Fique com eles." O cozinheiro tirou os discos de vista, tranquilo e inexpressivo, um palito de dentes de plástico azul no canto de sua boca.

Ela pegou pauzinhos do copo no balcão e pescou um noodle dobrado de sua tigela. Havia um figurão observando-a do corredor, por trás das panelas e chapas do cozinheiro. Um figurão que estava tentando parecer algo que não era, de camiseta branca e óculos escuros. Tem mais a ver com a pose do que qualquer outra coisa, pensou. Mas tinha os dentes, também, e o corte de cabelo, exceto que tinha uma barba. Fingia que estava apenas olhando ao redor, como se estivesse fazendo compras, mãos nos bolsos, sua boca ajustada no que ele pensava ser um sorriso despreocupado. Era bonito, o figurão, pelo pouco que dava para ver atrás da barba e dos óculos. O sorriso, contudo, não era nada bonito; era meio retangular, de modo que era possível ver a maioria de seus dentes. Ela se mexeu um pouco no assento, incomodada. Prostituição era legal, mas apenas se fosse tudo certinho, com o chip de impostos e tudo mais. De repente, deu-se conta do dinheiro em seu bolso. Fingiu examinar a licença laminada afixada sobre o balcão; quando olhou novamente, ele já tinha partido.

Gastou cinquenta em roupas. Circulou por dezoito mostruários em quatro lojas, tudo o que havia no shopping, antes de se decidir. As vendedoras não gostavam que ela experimentasse tantas roupas, mas nunca tinha tido tanto dinheiro para gastar. Passava de meio-dia quando terminou, e o sol da Flórida estava cozinhando o asfalto enquanto cruzava o estacionamento com duas sacolas de plástico. As sacolas, assim como as roupas, eram de segunda mão: numa estava impresso o logo de uma loja de sapatos de Ginza; a outra anunciava croquetes de frutos do mar argentinos, produzidos a partir de crustáceos reconstituídos. Ela estava, mentalmente, combinando as coisas que havia comprado, pensando em diferentes conjuntos.

Do outro lado do calçadão, o evangélico recomeçou a todo volume, quase esganiçado, como se tivesse se aquecido para uma fúria em meio a jatos de saliva antes de ligar o amplificador, o holograma de Jesus tremendo em seus braços abertos e gesticulando furiosamente para o céu, o shopping, o céu de novo. O Final dos Tempos, disse ele. O Final dos Tempos está chegando.

Mona dobrou uma esquina aleatoriamente, reflexo automático para evitar um louco, e se viu caminhando frente a mesas de carteado desbotadas pelo sol com sistemas baratos de simstim indianos, cassetes usados, hastes coloridas de microsoft presas em blocos de espuma de poliestireno azul-claro. Havia um retrato de Angie Mitchell preso atrás de uma das mesas, um pôster que Mona nunca havia visto antes. Parou e observou-o atentamente, assimilando, primeiro, as roupas e a maquiagem da estrela, e, depois, tentando descobrir o que estava no fundo, onde a foto havia sido tirada. Inconscientemente, ajustou sua expressão para se aproximar da expressão de Angie no pôster. Não era um sorriso, exatamente. Um tipo de meio sorriso, talvez um pouco triste. Mona sentia algo especial por Angie. Porque – e seus clientes às vezes lhe diziam isso – era parecida com ela. Como se fosse a irmã de Angie. Exceto pelo nariz, o de Mona tinha um pouco mais de inclinação, e ela, Angie, não tinha aquela linha de sardas nas maçãs do rosto. O meio sorriso de Mona, estilo Angie, se abriu um pouco mais enquanto olhava, extasiada pela beleza do pôster, o luxo do quarto retratado. Pensou que era um tipo de castelo, provavelmente onde Angie vivia, certamente, com muitas pessoas cuidando dela, para fazer seu cabelo e pendurar suas roupas, porque era possível ver que as paredes eram feitas de pedras grandes, e aqueles espelhos tinham molduras de ouro sólido, esculpidos com folhas e anjos. Os dizeres, na parte de baixo do pôster, talvez dissessem onde era, talvez, mas Mona não sabia ler. De qualquer modo, não haveria baratas circulando por lá, estava certa disso, e nenhum Eddy também. Olhou para baixo, para os equipamentos de stim, e por alguns instantes pensou em usar o resto do dinheiro. Mas não teria o suficiente para um stim e, além disso, aqueles eram realmente velhos, alguns até mais velhos do que ela. Tinham a tal da... aquela Tally, ela tinha sido famosa quando Mona tinha uns nove anos, por aí...

Quando voltou, Eddy estava esperando por ela. Tinha tirado o plástico que recobria a janela e as moscas estavam zunindo. Eddy estava estendido na cama, fumando um cigarro, e o figurão com a barba, aquele que tinha ficado observando-a, estava sentado na cadeira quebrada, ainda usando seus óculos escuros.

Prior, disse que era seu sobrenome, como se não tivesse um primeiro nome. Ou podia ser ao contrário, como Eddy, que não tinha um sobrenome. Bem, ela não tinha um sobrenome, a não ser que se contasse Lisa, o que, na verdade, era mais como ter dois nomes.

A presença dele naquele buraco não fazia muito sentido. Talvez por ser inglês. Ele não era mesmo um figurão, contudo, não do modo como ela pensou quando o viu no shopping; ele devia estar em alguma espécie de jogada, só não estava muito claro o que seria. Mantinha os olhos nela, observando-a embalar seus pertences numa mala azul da Lufthansa que ele havia trazido, mas não havia clima nenhum ali, não era como se ele a desejasse. Ele apenas observava, observava Eddy fumar, batendo seus óculos escuros em seus joelhos, ouvia a sequência de bobagens ditas por Eddy e falava apenas quando necessário. Quando dizia alguma coisa, geralmente era engraçado, mas o modo como falava tornava difícil saberem se ele realmente estava brincando.

Ao fazer as malas, ela se sentiu leve, como se estivesse alterada, mas não completamente. As moscas estavam transando em frente à janela, batendo no vidro empoeirado, mas ela não se importava. Estava indo, ela já havia partido.

Fechando a sacola.

Estava chovendo quando chegaram ao aeroporto, chuva da Flórida, urinando quente de lugar nenhum do céu. Ela nunca havia estado num aeroporto antes, mas os conhecia por conta dos stims.

O carro de Prior era um Datsun branco, alugado, com piloto automático e música de elevador tocando em alto-falantes quadrafônicos. Ele os deixou ao lado da bagagem numa câmara nua de concreto e se distanciou na chuva. Se Prior tinha uma mala, não estava com ele; Mona tinha sua sacola da Lufthansa e Eddy tinha duas malas de imitação de couro de crocodilo.

Ela ajustou sua saia nova sobre seus quadris e ficou pensando se tinha comprado os sapatos apropriados. Eddy estava curtindo, com as mãos nos bolsos e os ombros inclinados para mostrar que estava fazendo algo importante.

Lembrou-se dele em Cleveland, a primeira vez, como ele tinha aparecido no lugar para olhar uma motoneta que o velho estava vendendo, uma Skoda de três rodas que era quase toda ferrugem. O velho criava bagres em tanques de concreto que faziam divisa com um pátio sujo. Ela estava em casa quando Eddy chegou, o espaço comprido com paredes altas de uma carreta de caminhão pousada sobre blocos. Havia janelas cortadas num lado, buracos quadrados selados com plástico. Ela estava em pé, ao lado do fogão, cheiro de cebolas em sacos e tomates pendurados para secar, quando sentiu que ele estava lá, no fundo do cômodo, sentiu os músculos e os ombros dele, seus dentes brancos, segurando o boné de nylon preto timidamente. O sol estava entrando pelas janelas, o lugar iluminado, parecendo vazio e simples, o chão bem varrido, do jeito que o velho mandava que ela fizesse, mas era como se viesse uma sombra, sombra de sangue, na qual ouviu a batida de seu coração, e ele se aproximando, colocando o boné sobre a mesa de compensado ao passar, já não parecia mais tímido, parecia que vivia ali, direto para ela, passando a mão com um anel brilhante por seus cabelos oleosos. O velho entrou e Mona virou-se, fingindo fazer alguma coisa no fogão. Café, pediu o velho, e Mona foi pegar água, encher o bule, a água borbulhando pelo filtro. Eddy e o velho sentados na mesa, bebendo café preto, as pernas de Eddy abertas debaixo da mesa, as coxas duras no denim surrado. Sorrindo, enrolando o velho, negociando a Skoda. Como parecia que estava funcionando bem, como ele o compraria se o velho tivesse os documentos. O velho levantou-se para fuçar dentro de uma gaveta. Os olhos de Eddy nela, novamente. Ela os seguiu em direção ao pátio e observou-o montar no assento de vinil rachado. O barulho do escapamento levou os cães do velho a latir, o cheiro forte de álcool barato e a estrutura tremendo entre suas pernas.

Agora ela o observava posando ao lado de suas malas e era difícil ligar tudo, porque partiu com ele no dia seguinte na Skoda, em direção a Cleveland. A Skoda tinha um radinho detonado que não se ouvia por causa do barulho do motor, mas tocava à noite, baixo, num descampado à beira da estrada. O sintonizador estava quebrado, então só pegava uma estação, música fantasmagórica de alguma torre solitária em meio ao Texas, a guitarra havaiana surgindo e desaparecendo a noite inteira, sentindo como ficava molhada de encontro à perna dele e como a grama seca e pontiaguda picava a parte de trás de seu pescoço.

Prior colocou a sacola azul num carrinho branco com uma cobertura listrada e ela subiu no carro em seguida, ouvindo vozes fininhas em espanhol do fone de ouvidos do motorista cubano. Depois Eddy arrumou as malas de crocodilo e ele e Prior entraram no carro. Foram para a pista de decolagem através de muralhas de chuva.

O avião não era como aquele que ela conhecia dos stims, não como um ônibus luxuoso, com muitos assentos. Era uma coisinha preta com asas estreitas e finas, e janelas que o faziam parecer como se estivesse forçando os olhos.

Ela subiu pelas escadas de metal e havia um espaço com quatro assentos e o mesmo carpete cinza por todo lado, nas paredes e no teto também, tudo limpo, frio e cinza. Eddy entrou logo atrás dela e escolheu o assento como se fosse algo que fizesse todos os dias, afrouxando sua gravata e esticando suas pernas. Prior estava apertando botões ao lado da porta, que pareceu suspirar quando se fechou.

Ela olhou para fora, através das janelas estreitas, para as luzes da pista refletidas no concreto molhado.

Cheguei aqui de trem, pensou, *de Nova York para Atlanta e lá se faz uma conexão.*

O avião tremeu. Ela ouviu a fuselagem estalar enquanto começava a andar pela pista.

Acordou brevemente, duas horas depois, na cabine escurecida, embalada pelo longo murmúrio do jato. Eddy estava adormecido, sua boca entreaberta. Talvez Prior estivesse dormindo também, ou talvez apenas estivesse de olhos fechados, ela não conseguia saber.

A meio caminho do sonho de que não se lembraria pela manhã, ela ouviu o som daquela rádio no Texas, as cordas de aço tocando os acordes como uma dor.

9

METRÔ

Jubilee e Bakerloo, Circle e District. Kumiko olhou para o mapinha plastificado que Petal tinha dado a ela e estremeceu. A plataforma de concreto parecia irradiar o frio através das solas de suas botas.

– Essa coisa é tão velha – disse Sally Shears distraidamente, seus óculos refletindo uma parede convexa coberta de azulejos de cerâmica branca.

– Desculpa?

– O metrô. – Uma manta de tartan nova estava amarrada debaixo do queixo de Sally, e seu hálito era branco quando falava. – Você sabe o que me dá nos nervos? É que algumas vezes os caras vêm colocar novos azulejos nestas estações, mas não tiram os antigos antes. Ou então abrem um buraco na parede para chegar até uma fiação, dá pra ver as diferentes camadas de azulejos...

– Sim?

– Está ficando mais *estreito* o tempo todo, entende? Como placas na artéria...

– Sim – disse Kumiko, incerta –, entendo... Aqueles rapazes, Sally, qual o significado da roupa deles, por favor?

– Jacks. São chamados de Jack Dráculas.

Os quatro Jack Dráculas se agrupavam como corvos na plataforma em frente. Usavam capas de chuva pretas sem detalhes e botas militares pretas, lustradas e amarradas até o joelho. Um deles virou-se para conversar com outro e Kumiko viu que seu cabelo formava um rabo de cavalo atrás da cabeça, preso com um pequeno laço preto.

– Foi enforcado – disse Sally –, depois da guerra.

– Quem?

– Jack Drácula. Houve enforcamentos públicos por um tempo, depois da guerra. Quanto aos Jacks, melhor ficar longe deles. Odeiam estrangeiros...

Kumiko queria acessar Colin, mas a unidade Maas-Neotek tinha ficado escondida atrás de um busto de mármore no cômodo onde Petal servia as refeições, e em seguida o trem chegou, deixando-a fascinada com o trovejar arcaico das rodas nos trilhos de aço.

Sally Shears, sobreposta ao fundo em mosaico da arquitetura da cidade, suas lentes refletindo a desordem de Londres, cada período moldado pela economia, o fogo, a guerra.

Kumiko, já confusa com três baldeações de trem, rápidas e aparentemente aleatórias, deixou-se levar numa sequência de corridas de táxi. Saíam de um táxi para outro, entravam na loja de departamentos mais próxima, depois pegavam a primeira saída disponível para outra rua, para outro táxi. – Harrods – disse Sally em dado momento, enquanto cruzavam rapidamente um salão ricamente ornamentado, com paredes de cerâmica e colunas de mármore. Kumiko ficou perplexa ao ver grandes cortes de assado e pernil exibidos em balcões de mármore, achando que fossem feitos de plástico. E, depois, para fora novamente, Sally chamando outro táxi. – Covent Garden – disse ao motorista.

– Sally, desculpe, o que estamos fazendo?

– Nos perdendo.

Sally bebia brandy quente num pequeno café, debaixo do telhado de vidro coberto de neve da piazza. Kumiko bebia chocolate.

– Estamos perdidas, Sally?

– Sim. Espero que sim, ao menos. – Parecia mais velha hoje, pensou Kumiko; linhas de tensão, ou fadiga, ao redor de sua boca.

– Sally, o que é que você faz? Seu amigo perguntou se você ainda estava aposentada...

– Sou uma mulher de negócios.

– E meu pai é um homem de negócios?

– Seu pai é realmente um homem de negócios, querida. Somos diferentes. Sou freelancer. Faço investimentos, basicamente.

– No que você investe?

– Em outros freelancers. – Ela deu de ombros. – Está curiosa hoje? – Tomou um gole de seu brandy.

– Você me aconselhou a ser minha própria espiã.

– Bom conselho. Precisa ser mais sutil, contudo.

– Você mora aqui, Sally, em Londres?

– Eu viajo.

– Swain é um outro "freelancer"?

– Ele pensa que sim. Está no jogo de influência, de agradar as pessoas convenientes; é preciso isso aqui, para fazer negócios, mas me irrita. – Tomou o resto do brandy e lambeu os lábios.

Kumiko tremeu.

– Você não precisa ter medo do Swain. Yanaka acabaria com ele como uma mosca...

– Não. Pensava naqueles garotos no metrô. Tão magros...

– Os Dráculas.

– Uma gangue?

– *Bosozoku* – disse Sally, com boa pronúncia. – Algo como tribos nômades? Bem, como uma tribo. – Não era a palavra certa, mas Kumiko pensou ter entendido a diferença. – São magros porque são pobres. – Acenou para o garçom pedindo um segundo brandy.

– Sally – disse Kumiko –, quando viemos para cá, o caminho que fizemos, os trens e os táxis, era para termos certeza de que não estávamos sendo seguidas?

– Nada nunca é certo.

– Mas quando fomos encontrar Tick, você não tomou precauções. Poderíamos facilmente ter sido seguidas. Você contrata Tick para espionar Swain, mas não toma precauções. Você me traz aqui, toma muitas precauções. Por quê?

O garçom colocou um copo quente à sua frente. – Você é uma garota esperta, não? – Debruçou-se para inalar o vapor do brandy. – Funciona assim... Com Tick, talvez, eu queira apenas agitar um pouco as coisas.

– Mas Tick está preocupado que Swain o descubra.

– Swain não vai tocar nele, não se souber que está trabalhando para mim.

– Por quê?

– Porque sabe que eu provavelmente o mataria. – Ergueu o copo, aparentando estar mais feliz repentinamente.

– Matar Swain?

– Isso mesmo – ela bebeu.

– Então, por que está tão cautelosa hoje?

– Porque, algumas vezes, é bom deixar tudo para trás, sair às claras. É possível que não tenhamos conseguido. Ou talvez tenhamos. Talvez ninguém, ninguém mesmo, saiba onde estamos. Faz você se sentir bem, não? Você pode estar com um transmissor, já pensou nisso? Talvez seu pai, o mestre da guerra da Yakuza, tenha um pequeno grampo plantado em você para que possa acompanhar os movimentos da filha dele. Você tem esses lindos dentinhos, talvez o dentista do papai tenha camuflado um pequeno hardware aí dentro, enquanto você estava num stim. Você vai ao dentista?

– Sim.

– Você fica no stim enquanto ele trabalha?

– Sim...

– Pronto! Talvez ele esteja nos ouvindo agora mesmo...

Kumiko quase derrubou o que havia sobrado de seu chocolate.

– Ei! – as unhas pintadas encostaram no pulso de Kumiko. – Não se preocupe com isso. Ele não a teria mandado para cá assim, com um grampo. Seria um alvo fácil para seus inimigos rastrearem. Mas você entende o que quero dizer? É bom ficar longe da vista deles, ou pelo menos tentar. Por conta própria, ok?

– Sim – disse Kumiko, seu coração ainda disparado, o pânico continuando a crescer. – Ele matou a minha mãe – falou sem pensar, depois vomitou chocolate no chão de mármore cinza do café.

* * *

Sally a conduziu entre as colunas da catedral de Saint Paul, caminhando, silenciosa. Kumiko, num transe desarticulado de vergonha, registrava informações aleatórias: o debruado branco que delineava o casaco de couro de Sally, o brilho oleoso, em arco-íris, nas penas de um pombo que se afastou do caminho delas, ônibus vermelhos como brinquedos gigantes no Museu dos Transportes, Sally aquecendo as mãos dela em torno de uma xícara descartável de chá quente.

Frio, seria sempre frio agora. A umidade gélida nos ossos antigos da cidade, as águas frias do Sumida que tinham enchido os pulmões de sua mãe, o voo arrepiante dos grous de neon.

Sua mãe tinha traços finos e era negra, seus cabelos grossos entremeados de mechas douradas, como madeira de lei tropical e rara. Sua mãe exalava perfume e tinha a pele quente. Sua mãe lhe contava histórias, sobre elfos e fadas e Copenhagen, que era uma cidade muito longínqua. Quando Kumiko sonhava com os elfos, eram como os secretários de seu pai, ágeis e sérios, com ternos escuros e guarda-chuvas dobrados. Os elfos faziam muitas coisas curiosas nas histórias de sua mãe e as histórias eram mágicas, porque mudavam ao serem contadas e nunca era possível dizer como um conto poderia terminar numa determinada noite. Havia princesas nas histórias também, e bailarinas, e cada uma delas, Kumiko sabia, era, de algum modo, sua mãe.

As princesas-bailarinas eram lindas mas pobres, dançando por amor no coração da cidade longínqua, onde eram cortejadas por artistas e poetas aprendizes, lindos e sem um centavo. Para prover para os pais já velhos ou comprar um órgão para um irmão doente, uma princesa-bailarina era obrigada a viajar para bem longe, talvez tão longe quanto Tóquio, para dançar por dinheiro. Dançar por dinheiro, os contos davam a entender, não era uma coisa feliz.

Sally a levou para um bar que servia robata em Earls Court e fez com que bebesse um copo de saquê. Uma barbatana defumada de baiacu flutuava no saquê quente, dando-lhe a cor de uísque.

Comeram robata na grelha fumegante e Kumiko sentiu o frio retroceder, mas não o torpor. A decoração do bar induzia um profundo senso de deslocamento cultural: conseguia refletir o design tradicional japonês e, ao mesmo tempo, parecia ter sido projetado por Charles Rennie Mackintosh.

Era muito estranha aquela Sally Shears, mais estranha que todos os gaijin de Londres. Agora estava contando histórias para Kumiko, histórias sobre pessoas que viviam no Japão e que Kumiko nunca tinha conhecido, histórias que definiam o papel de seu pai no mundo. *Oyabun*, era como se referia ao pai de Kumiko. O mundo que as histórias de Sally descreviam parecia tão irreal quanto o mundo dos contos de fadas de sua mãe, mas Kumiko começou a entender a base e a extensão do poder de seu pai.

– *Kuromaku* – disse Sally. A palavra significava cortina preta. – É do Kabuki, mas significa alguém que faz acertos, alguém que vende favores. Significa "por trás da cena", certo? Este é o seu pai. Este é Swain, também. Mas Swain é o *kobun* do seu velho, ou pelo menos um deles. *Oyabun-kobun*, pai-filho. É em parte de onde Roger tira seu poder. É por isso que você está aqui agora, porque Roger deve isso ao *oyabun*. *Giri*, entende?

– Ele é um homem de alta hierarquia.

Sally sacudiu a cabeça. – Seu pai, Kumi, ele é o cara. Se teve que te mandar para fora da cidade para mantê-la a salvo, há algumas mudanças sérias a caminho.

– Estiveram enchendo a cara? – perguntou Petal, quando entraram na sala, os cantos de seu monóculo brilhando com uma luz Tiffany vinda de uma árvore de bronze e vitral no aparador. Kumiko queria olhar para a cabeça de mármore onde estava escondida a unidade Maas-Neotek, mas se forçou a olhar para fora, para o jardim. A neve tinha ficado da cor do céu de Londres.

– Onde está Swain? – perguntou Sally.

– O patrão não está – respondeu Petal.

Sally dirigiu-se ao aparador e encheu um copo com scotch de um decantador pesado. Kumiko viu Petal contrair o rosto quando o decantador bateu com força sobre a madeira lustrada. - Recados?

- Não.

- Ele volta hoje à noite?

- Não saberia dizer, na verdade. Quer jantar?

- Não.

- Eu queria um sanduíche - disse Kumiko.

Quinze minutos depois, com o sanduíche intocado no mármore escuro do criado-mudo, sentou-se no meio da cama enorme, a unidade Maas-Neotek entre seus pés descalços. Tinha deixado Sally bebendo o uísque de Swain e olhando para o jardim cinzento.

Pegou a unidade e Colin oscilou até ficar em foco no pé da cama.

- Ninguém pode ouvir minha metade disso - disse ele rapidamente, colocando o dedo sobre os lábios -, o que é uma boa coisa. Há escutas no quarto.

Kumiko começou a responder, depois concordou com a cabeça.

- Bom - disse ele. - Garota esperta. Tenho duas conversas para você. Uma entre seu anfitrião e seu guarda-costas, a outra entre seu anfitrião e Sally. Gravei a primeira cerca de quinze minutos depois de você ter me escondido lá embaixo. Ouça... - Kumiko fechou os olhos e ouviu o tilintar do gelo num copo de uísque.

- Onde está nossa japinha, então? - perguntou Swain.

- Trancada no quarto essa noite - disse Petal. - Fala sozinha, a figura. Só ela. Bizarro.

- Sobre o quê?

- Nada importante. Algumas pessoas fazem isso, sabe...

- O quê?

- Falam sozinhas. Quer ouvir?

- Deus, não. Onde está a adorável srta. Shears?

- Saiu para a sua caminhada.

- Chame Bernie para segui-la da próxima vez; veja se descobre o que ela anda aprontando nessas caminhadas...

- Bernie... - e Petal riu. - Ele voltaria numa porra de um caixão!

Agora Swain riu. – Não seria de todo mau, Bernard longe de nós e a sede de sangue da famosa garota das lâminas aplacada... Sirva mais uma rodada.

– Para mim chega. Vou dormir, a não ser que precise de mim...

– Não – disse Swain.

– Portanto – disse Colin, quando Kumiko abriu os olhos, encontrando-o ainda sentado na cama – há uma escuta ativada por voz em seu quarto; o guarda-costas ouviu a gravação e ouviu quando você se dirigiu a mim. Nosso segundo trecho, agora, é mais interessante. Seu anfitrião está sentado com o seu segundo uísque e lá vem nossa Sally...

– Olá – ouviu Swain dizer –, foi tomar um ar?

– Vá se foder.

– Sabe – disse Swain –, nada disso foi ideia minha. Seria bom tentar se lembrar disso. Você sabe que me pegaram de jeito, também.

– Roger, algumas vezes me sinto tentada a acreditar em você.

– Tente. Tornaria as coisas mais fáceis.

– Outras vezes, fico tentada a cortar essa sua garganta escrota.

– Seu problema, minha cara, é que você nunca aprendeu a delegar; ainda quer resolver tudo pessoalmente.

– Ouça, seu merda, sei de onde você vem e sei como chegou aqui, e não me importo o quanto você puxou o saco de Kanaka ou de qualquer outro. *Sarakin*! – Kumiko nunca tinha ouvido aquela palavra antes.

– Tenho notícias deles – disse Swain, ainda em tom contido, conversando. – Ela ainda está na costa, mas parece que vai se mover em breve. Leste, provavelmente. De volta à velha mansão. Acho que é a nossa melhor chance. A casa é impossível. Há segurança privada naquela área suficiente para parar um exército de pequeno porte...

– Você ainda está tentando me dizer que isto é apenas um sequestro, Roger? Está tentando me dizer que vão mantê-la presa em troca de dinheiro?

– Não. Ninguém disse nada sobre vendê-la de volta.

– Então, por que não contratam o tal exército? Não há motivo para pararem em "pequeno porte", não é? Chamem os mercenários!

Os caras de extração corporativa. Ela não é um alvo muito difícil, não mais do que um pesquisador fodão. Mandem os profissionais resolverem isso...

– Pela centésima vez, já te disse que não é isso o que querem. Querem você.

– Roger, o que eles têm contra você, hein? Quero dizer, você de fato não sabe o que eles têm contra mim?

– Não, não sei. Baseado no que têm contra mim, contudo, posso arriscar um palpite.

– Sim?

– Tudo.

Sem resposta.

– Há uma outra abordagem, uma que surgiu hoje. Querem que tudo pareça como se ela tivesse sido suprimida.

– O quê?

– Querem que pareça que matamos a garota.

– E como poderíamos dar conta disso?

– Vão providenciar um corpo.

– Eu presumo – disse Colin – que ela tenha saído da sala sem responder. Termina aqui.

10

A FORMA

Passou uma hora checando os rolamentos da serra; depois, lubrificou-os novamente. Já estava muito frio para trabalhar; teria que aquecer a sala onde mantinha os outros, os Investigadores e o Triturador e a Bruxa. Só isso já seria o suficiente para perturbar a harmonia do seu acordo com Gentry, mas não era nada em comparação com o problema de explicar seu acordo com Kid Afrika e o fato de haver dois estranhos na Fábrica. Não havia como discutir com Gentry; a energia era dele, pois era ele quem dava um jeito no Departamento de Fissão; sem os passes mensais que Gentry fazia no console, os movimentos rituais que mantinham o Departamento convencido de que a Fábrica ficava em outro lugar, algum lugar que pagava as suas contas, não haveria eletricidade.

E Gentry, de qualquer jeito, era tão estranho, pensou, sentindo seus joelhos estalarem ao se erguer e tirar a unidade de controle do Juiz do bolso de sua jaqueta. Gentry estava convencido de que o ciberespaço tinha uma Forma, uma forma geral e total. Não que fosse a ideia mais estranha que Slick já havia encontrado, mas Gentry tinha esta convicção obsessiva de que a Forma era completamente importante. A apreensão da forma era o Santo Graal de Gentry.

Uma vez, Slick tinha assistido a uma sequência stim da Net/Knowledge sobre que forma tinha o universo. Slick pensou que, se o universo era tudo que existia, então como teria uma forma? Se tivesse uma forma, precisava haver alguma coisa em volta na qual ele pudesse ter essa forma, não? E se esta coisa era uma coisa, então não seria parte do universo também? Este era o tipo de discussão em que você não queria se meter com Gentry, porque o cara daria um nó na sua cabeça. Em todo caso, Slick não pensava que o ciberespaço tinha algo a ver com o universo; era apenas um meio de representar dados. O Departamento de Fissão sempre pareceu uma grande pirâmide asteca vermelha, mas não precisava; se o DF quisesse, poderia se parecer com qualquer outra coisa. Grandes empresas tinham copyright sobre como suas coisas se pareciam. Então, como alguém podia pensar que toda a matrix tinha uma forma em particular? E por que isso deveria significar alguma coisa, mesmo que tivesse?

Apertou o botão de força da unidade; o Juiz, há dez metros dali, zumbiu e tremeu.

Slick Henry odiava o Juiz. Era o que o pessoal de arte nunca entendia. Isso não significava que não tivesse tido prazer em construir aquela coisa, colocar o Juiz no mundo, onde poderia vê-lo e cuidar dele e, finalmente, de certa forma, ficar livre da ideia dele, mas isso certamente não era o mesmo que gostar dele.

Com cerca de quatro metros de altura, dois metros de ombro a ombro, sem cabeça, o Juiz se erguia, trêmulo, em sua carapaça remendada, uma cor específica de ferrugem, como as hastes de um velho carrinho de mão, polidas pela fricção de milhares de mãos. Tinha descoberto um jeito de conseguir aquela textura com produtos químicos e abrasivos, foi algo que usou em quase todo o Juiz; as peças mais antigas, pelo menos, as que tinham sido recolhidas do lixo, não os dentes frios das lâminas circulares ou as superfícies espelhadas das juntas, mas o resto do Juiz era daquela cor, aquele acabamento, como uma ferramenta muito velha, ainda em uso diário.

Mexeu nos controles do joystick e o Juiz deu um passo à frente, depois outro. Os giroscópios estavam trabalhando perfeitamente; mesmo sem um braço, a coisa movia-se com uma dignidade terrível, plantando seu pé gigante com firmeza.

Slick sorriu na escuridão da Fábrica enquanto o Juiz andava pesadamente em sua direção, um-dois, um-dois. Podia se lembrar de cada passo da construção do Juiz, se quisesse, e às vezes fazia isso, só pelo conforto de poder fazê-lo.

Não conseguia lembrar-se de quando não tinha sido capaz de lembrar mas, algumas vezes, quase podia.

Era por isso que tinha construído o Juiz, porque tinha feito alguma coisa – nada muito grave, mas foi pego no flagra, duas vezes – e depois julgado por isso, e sentenciado, e então a sentença foi cumprida e ele não podia se lembrar de nada, nada além de um intervalo de cinco minutos de cada vez. Roubar carros. Roubar carros de gente rica. Eles faziam questão de que você se lembrasse do que fizera.

Manejando o joystick, fez com que o Juiz virasse e caminhasse para o outro cômodo, ao longo de um corredor, entre filas de blocos de concreto manchados pela umidade que, um dia, sustentaram tornos mecânicos e soldadores. Bem alto, na escuridão, entre as vigas empoeiradas, estavam suspensas instalações desativadas de luz fluorescente, onde os pássaros às vezes faziam seus ninhos.

Korsakov, era assim que chamavam, alguma coisa que fizeram aos seus neurônios para que as memórias de curto prazo não se fixassem. Então, o tempo de pena a ser cumprido era um tempo perdido, mas soube depois que não faziam mais isso, pelo menos não para roubo de automóvel. As pessoas que não passaram pela coisa pensavam que era fácil, como ir para a cadeia e depois ter tudo apagado, mas não era bem assim. Quando saiu, quando terminou – três anos encadeados numa cadeia oscilante longa e vaga de medo e confusão, medida em intervalos de cinco minutos, e não era dos intervalos que você se lembrava, mas das transições... Quando isso terminou, ele precisava construir a Bruxa, o Triturador, depois os Investigadores e agora, finalmente, o Juiz.

Enquanto guiava o Juiz pela rampa de concreto até a sala onde os outros aguardavam, ouviu Gentry acelerando o motor na planície de Dog Solitude.

Gentry se sentia desconfortável com as pessoas, pensou Slick, enquanto subia as escadas, mas na verdade era uma via de mão dupla. Estranhos podiam sentir a Forma queimando atrás dos olhos de Gentry; sua fixação se revelava em tudo que fazia. Slick não tinha ideia de como ele se virava em suas viagens para o Sprawl; talvez lidasse apenas com gente tão intensa quanto ele, solitários nos limites endentados dos mercados de drogas e software. Aparentemente, não se importava nem um pouco com sexo, a tal ponto que Slick não tinha ideia de qual seria o barato dele, se algum dia pensasse no assunto.

Sexo era a grande desvantagem de Solitude, ao menos para Slick e, particularmente, no inverno. No verão, às vezes podia encontrar uma garota numa daquelas pequenas cidades corroídas; foi por conta disso que tinha ido a Atlantic City daquela vez e ficado em dívida com o Kid. Nos últimos tempos, dizia a si mesmo que a melhor solução era apenas concentrar-se no trabalho, mas subindo as escadas bambas de metal em direção à passarela que conduzia ao espaço de Gentry, ficou imaginando como seria Cherry Chesterfield debaixo de todas aquelas jaquetas. Pensou em suas mãos, como eram limpas e rápidas, mas isso fez com que visse o rosto inconsciente do homem na maca, o tubo alimentando-o pela narina esquerda, Cherry umedecendo com um lenço suas bochechas afundadas; estremeceu.

– Ei, Gentry – falou alto, em meio à estrutura de ferro vazada da Fábrica –, estou subindo...

Três coisas em Gentry não eram aguçadas, finas e firmes: seus olhos, seus lábios, seu cabelo.

Seus olhos eram grandes e claros, acinzentados ou azuis, dependendo da luz; seus lábios eram cheios e flexíveis; seu cabelo era penteado para trás, num rabo de cavalo desfiado e loiro que se agitava quando caminhava. Sua magreza não era como o corpo esquálido de Bird, resultado de uma dieta pobre e nervos ruins; Gentry apenas era estreito, os músculos definidos e rígidos, sem gordura. Vestia-se de forma fina e firme, também: couro preto enfeitado com contas brilhantes e escuras, um estilo de que Slick se lembrava de seus tempos no Deacon Blues. Aquelas contas escuras, além de outras coisas, faziam Slick achar que ele tinha uns trinta anos; o próprio Slick estava perto disso.

Gentry encarou Slick quando este entrou pela porta, ofuscado por dez lâmpadas de 100 watts, deixando claro para Slick que ele era outro obstáculo se erguendo entre Gentry e a Forma. Estava colocando um par de mochilas da motocicleta sobre a longa mesa de aço; pareciam pesadas.

Ao chegar a Dog Solitude, Slick tinha cortado as folhas de zinco, instalado escoras onde era necessário, fechado os buracos com folhas de plástico duro, vendado as claraboias resultantes com silicone. Depois, Gentry veio com uma máscara e uma pistola de tinta e vinte galões de látex branco; não limpou nem tirou o pó de nada, só jogou uma grossa camada sobre toda a crosta de sujeira e merda de pombo seca, meio que colando tudo junto e pintando novamente por cima, até que ficasse razoavelmente branco. Pintou tudo menos as claraboias, então Slick começou a içar equipamento que estava no chão da Fábrica, um carregamento de computadores, consoles de ciberespaço, uma mesa de projeção holográfica velha e enorme que quase quebrou o guindaste, geradores de efeito, dúzias de caixas de plástico corrugado cheias de arquivos que Gentry acumulou em sua busca pela Forma, centenas de metros de cabos ópticos em bobinas novas de plástico reluzente que faziam Slick pensar em roubo industrial. E livros, livros velhos com capas feitas de tecido colado sobre papelão. Slick não sabia o quanto eram pesados. Tinham um cheiro triste, os livros velhos.

– Você está puxando uns ampères a mais desde que eu parti – disse Gentry, abrindo a primeira das duas mochilas. – No seu quarto. Arrumou um aquecedor novo? – Começou a fuçar apressadamente o conteúdo da mochila, como se procurasse por algo de que precisava mas que havia perdido. Não era nada disso, contudo, e Slick sabia; era ter de receber alguém, mesmo alguém conhecido, inesperadamente, em seu espaço.

– É. Tenho que aquecer a área de armazenamento também. Muito frio pra trabalhar, se não fizer isso.

– Não – disse Gentry, olhando para cima repentinamente –, a coisa no seu quarto não é um aquecedor. A amperagem está errada.

– É. – Slick deu um sorriso forçado, com a ideia de que aquilo faria Gentry pensar que ele era estúpido e facilmente intimidável.

– "É" o quê, Slick Henry?

– Não é um aquecedor.

Gentry fechou a bolsa bruscamente. – Você me diz o que é, ou eu corto a sua energia.

– Sabe, Gentry, se eu não estivesse por aqui, você teria bem menos tempo para... as coisas. – Slick ergueu as sobrancelhas sugestivamente em direção à enorme mesa de projeção. – O fato é o seguinte, tem duas pessoas aqui comigo... – Viu Gentry endurecer, os olhos claros se abrirem. – Mas você não verá nenhuma delas, não vai ouvi-las, nada.

– Não – disse Gentry, sua voz presa, enquanto dava a volta pelo canto da mesa –, porque você vai tirá-las daqui, não vai?

– Duas semanas no máximo, Gentry.

– Fora. Agora. – O rosto de Gentry estava a centímetros do seu e Slick sentiu o hálito azedo da exaustão. – Ou você sai com eles.

Slick era dez quilos mais pesado que Gentry, a maior parte eram músculos, mas isso nunca intimidava Gentry; ele parecia não saber, ou não se importar, que pudesse se machucar. Era bem intimidante, de certa forma. Gentry já tinha dado um tapa nele, uma vez, forte, no rosto, e Slick tinha olhado para baixo, para a grande chave inglesa de cromo-molibdênio em suas mãos, e sentido um estranho constrangimento.

Gentry estava teso, começando a tremer. Slick tinha quase certeza de que Gentry não dormia quando ia para Boston ou Nova York. Também dormia bem pouco na Fábrica. Voltava pilhado e o primeiro dia era sempre o pior. – Olha – disse Slick, como alguém que estivesse falando com uma criança prestes a chorar, e pegou o pacote no seu bolso, o suborno do Kid Afrika. Ergueu o envelope de plástico para Gentry ver: dermas azuis, pílulas rosas, ópio que parecia um monte de merda embalada em celofane vermelho, cristais de wiz no formato de tabletes amarelos gordos, inaladores de plástico com o nome do fabricante japonês raspado com uma faca... – Do Afrika – disse Slick, sacudindo o pacote.

– África? – Gentry olhou para o pacote, para Slick, para o pacote novamente. – Da África?

– Do Kid Afrika. Você não conhece. Deixou isto para você.

– Por quê?

– Porque ele precisa que eu ature esses amigos dele aqui por um tempo. Devo um favor pro cara, Gentry. Expliquei que você não gosta de ter ninguém por perto. Que isso te atrapalha. Então – mentiu – ele disse que queria deixar uma coisinha para você, para compensar o incômodo.

Gentry pegou o pacote e passou o dedo ao longo do lacre, abrindo-o. Tirou o ópio e devolveu-o a Slick. – Não vou precisar disso. – Pegou um dos dermas azuis, tirando a cobertura do adesivo, e colocou-o cuidadosamente na parte interna de seu pulso. Slick ficou lá, amassando o ópio entre seu dedão e o indicador, o celofane fazendo barulho, enquanto Gentry caminhava de volta para a longa mesa e abria a mochila. Tirou um novo par de luvas de couro pretas.

– Acho que será melhor... eu ir lá conhecer seus hóspedes, Slick.

– Hein? – Slick piscou, atônito. – É... mas... você não precisa, quero dizer, não seria...

– Não – disse Gentry, arrumando sua gola. – Faço questão.

Descendo as escadas, Slick lembrou-se do ópio e jogou-o por cima do corrimão, no escuro.

Odiava drogas.

– Cherry? – Sentiu-se um idiota, com Gentry observando-o bater em sua própria porta. Sem resposta. Abriu. Meia-luz. Viu como ela havia feito um quebra-luz para uma das lâmpadas, um cone de papel amarelado de fax amarrado com um arame. Tinha removido as outras duas lâmpadas. Ela não estava lá.

A maca permanecia no mesmo lugar, seu ocupante embrulhado no saco de nylon azul. *Está devorando o cara*, pensou Slick, enquanto olhava a superestrutura do equipamento de suporte, os tubos, os sacos de fluidos. *Não*, disse a si mesmo, *está mantendo o cara vivo, como em um hospital.* Mas a impressão foi morrendo aos poucos: e se estivesse drenando-o, drenando-o até secar? Lembrou-se do papo de Bird sobre vampiros.

– Bem – disse Gentry, passando por ele e parando no pé da maca. – Você tem amigos estranhos, Slick Henry... – Gentry caminhou ao redor da maca, mantendo um metro de distância segura entre seus tornozelos e a figura imobilizada.

– Gentry, você tem certeza de que não quer voltar lá pra cima? Acho que aquele derma... Talvez você tenha exagerado.

– Mesmo? – Gentry inclinou a cabeça, seus olhos brilhando na luz amarelada. Piscou. – Por que você acha isso?

– Bem – Slick hesitou, – você está diferente do normal. Quero dizer, de como estava antes.

– Você acha que eu estou passando por uma alteração de humor, Slick?

– Sim.

– Estou gostando dessa alteração de humor.

– Você não está sorrindo – Cherry disse, da porta.

– Este é Gentry, Cherry. A Fábrica meio que é dele. Cherry é de Cleveland...

Mas Gentry estava segurando uma pequena lanterna em sua mão, enfiada na luva; estava examinando a rede de trodos que cobria a testa do paciente dormente. Endireitou-se, o feixe de luz incidindo sobre a unidade sem traços nem marcas, depois apontando para baixo novamente para seguir o cabo até a rede de trodos.

– Cleveland – disse Gentry, finalmente, como se fosse um nome que tivesse escutado num sonho. – Interessante... – Ergueu sua lanterna novamente, suspendendo-a para a frente, procurando o ponto onde o cabo se juntava à unidade. – E Cherry... Cherry, quem é ele? – o feixe de luz dura recaindo sobre o rosto acabado, irritantemente comum.

– Não sei – disse Cherry. – Tire isso dos olhos dele. Pode atrapalhar seu REM ou algo assim.

– E isto? – Iluminou o pacote cinza achatado.

– O LF, foi como Kid chamou. Chamou o cara de "Conde" e disse que aquilo era o LF dele. – Enfiou as mãos dentro de suas jaquetas e se coçou.

– Bom, então – disse Gentry, virando-se, um clique quando o feixe se apagou, a luz de sua obsessão brilhando forte atrás de seus olhos, amplificada tão incrivelmente pelo derma de Kid Afrika que parecia a Slick que a Forma deveria estar bem ali, resplandecendo na testa de Gentry para todo mundo ver, exceto o próprio Gentry – deve ser exatamente o que é...

11

PELAS CALÇADAS

Mona acordou quando estavam pousando.

Prior estava ouvindo Eddy, assentindo com a cabeça e exibido seu sorriso retangular. Era como se o sorriso sempre estivesse lá, por trás da barba. Tinha trocado de roupa, contudo, então devia ter levado algo para o avião. Agora, vestia um terno cinza de executivo e uma gravata com listras diagonais. Meio que parecido com os clientes que Eddy arranjava para ela em Cleveland, exceto que o terno assentava de outro modo.

Tinha visto um cliente experimentar um terno uma vez, um cara que a levou para um Holiday Inn. A loja de ternos ficava perto do vestíbulo do hotel e ele ficou parado, só de cuecas, varrido por linhas de luz azul, observando a si mesmo em três enormes telas. Nas telas, não era possível ver as linhas azuis, porque ele estava vestindo um terno diferente em cada imagem. E Mona tinha que se segurar para não rir, porque o sistema tinha um programa cosmético que fazia com que parecesse diferente nas telas, esticava um pouco seu rosto e tornava seu queixo mais pronunciado, mas ele parecia não perceber isso. Então escolheu um terno, vestiu novamente o que estava usando e foram embora.

Eddy estava explicando alguma coisa para Prior, algum ponto crucial na arquitetura de um de seus golpes. Ela sabia como não prestar atenção, mas o tom ainda a irritava, como se ele soubesse que as pessoas não conseguiriam sacar o truque do qual tanto se orgulhava, então falava lenta e tranquilamente, como se estivesse conversando com um garotinho, e mantinha sua voz baixa, para parecer paciente. Isso não parecia incomodar Prior, mas Mona percebia que Prior não dava muita bola para o que Eddy dizia.

Ela bocejou, espreguiçou-se, e o avião quicou duas vezes no concreto da pista, rugiu e começou a diminuir a velocidade. Eddy nem tinha parado de falar.

– Tem um carro esperando – disse Prior, interrompendo-o.

– Pra onde estamos indo? – perguntou Mona, ignorando a cara feia de Eddy.

Prior mostrou o sorriso. – Para nosso hotel. – Desatou o cinto de segurança. – Ficaremos lá por alguns dias. Temo que você terá que passar a maior parte deles dentro do quarto.

– Este é o acordo – disse Eddy, como se a ideia fosse dele.

– Você gosta de stims, Mona? – perguntou Prior, ainda sorrindo.

– Claro – respondeu –, quem não gosta?

– Tem um favorito, Mona, uma estrela favorita?

– Angie – disse ela, vagamente irritada. – Quem mais seria?

O sorriso ficou um pouco maior. – Bom. Vamos comprar todas as últimas fitas dela.

O universo de Mona consistia, em grande parte, de coisas e lugares que conhecia, mas que nunca tinha visto ou visitado fisicamente. O centro da parte norte do Sprawl não tinha cheiro, nos stims. Cortavam na edição, pensou, do mesmo jeito como Angie nunca teve uma dor de cabeça ou uma menstruação dolorosa. Mas lá fedia. Como em Cleveland, só que pior. Pensou que era apenas o fedor do aeroporto, quando saíram do avião, mas tinha se tornado ainda mais forte quando saíram do carro para entrar no hotel. E fazia muito frio na rua, também, com um vento que atacava os seus tornozelos nus.

O hotel era maior do que aquele Holiday Inn, porém era mais antigo, também, pensou ela. O vestíbulo estava mais cheio que os lobbies dos stims, mas havia muitos carpetes azuis bem limpos. Prior fez com que esperasse perto de um anúncio de um spa orbital enquanto ele e Eddy percorriam o longo balcão preto e conversavam com uma mulher com um crachá de bronze. Ela se sentiu estúpida esperando lá, naquela capa de chuva branca de plástico que Prior obrigou-a a vestir, como se pensasse que a roupa dele não fosse adequada. Cerca de um terço da multidão ocupando o vestíbulo eram japas, que tomou por turistas. Todos pareciam ter algum tipo de equipamento de gravação – vídeo, holográficos, alguns com unidades simstim em seus cintos – mas, fora isso, não pareciam ter muito dinheiro. Ela achava que todos os japas nadavam em dinheiro. *Talvez sejam espertos e não queiram mostrar*, decidiu-se.

Viu Prior passar um chip de crédito sobre o balcão para a mulher com o crachá, que pegou o chip e passou-o por uma fenda de metal.

Prior colocou a sacola dela na cama, um bloco largo de espuma sintética bege, e tocou um painel que fez as cortinas se abrirem. – Não é o Ritz – disse –, mas tentaremos deixá-la confortável.

Mona soltou um grunhido vago. O Ritz era uma lanchonete que vendia hambúrguer em Cleveland, e não conseguia entender o que isso tinha a ver com o resto.

– Olha – disse Prior –, sua favorita. – Ele estava em pé ao lado da cabeceira estofada da cama. Havia uma unidade stim embutida lá, além de uma pequena prateleira com um conjunto de trodos fechados num plástico e cerca de cinco cassetes. – São os novos stims da Angie.

Perguntou-se quem havia colocado aqueles cassetes lá e se haviam feito isso depois de Prior ter perguntado quais eram os stims de que ela gostava. Ela lhe devolveu um sorriso do jeito dela e foi até a janela. O Sprawl era exatamente como nos stims; a janela parecia um cartão-postal holográfico, prédios famosos cujos nomes não sabia, mas sabia que eram famosos.

O cinza dos domos, cúpulas geodésicas salpicadas de branco de neve, por trás o cinza do céu.

– Feliz, querida? – Eddy perguntou, chegando por trás e colocando as mãos sobre seus ombros.

– Tem chuveiros por aqui?

Prior riu. Ela se soltou das mãos de Eddy e levou sua bolsa para dentro do banheiro. Fechou e trancou a porta. Ouviu Prior rir novamente e Eddy retomar sua conversa sobre seus esquemas. Sentou-se na privada, abriu a bolsa e procurou a frasqueira onde guardava o wiz. Ainda tinha quatro cristais de sobra. Parecia suficiente; três bastavam, mas quando sobravam apenas dois, ela começava a procurar mais. Ela não curtia muito os *jumpers*, não todos os dias, ao menos, exceto que recentemente tinha entrado nessa, mas só porque a Flórida era enlouquecedora.

Agora podia começar a diminuir a dose, decidiu, enquanto tirava um cristal do frasco. Parecia um doce duro e amarelo; tinha que esmagá-lo, depois triturá-lo entre duas grades de nylon. Quando fazia isso, a droga exalava um cheiro parecido com o de hospitais.

Os dois haviam saído quando ela terminou o banho. Ficou lá dentro até encher o saco, o que levou um longo tempo. Na Flórida, geralmente usava chuveiros de piscinas públicas ou rodoviárias, os que funcionavam com uma moeda. Pensou que havia alguma coisa ligada àquele ali que media os litros e colocava na conta; era assim que funcionava no Holiday Inn. Havia um grande filtro branco acima do chuveiro de plástico e um adesivo na parede de azulejos, com um olho e uma lágrima, significava que era ok tomar uma chuveirada, mas não era para deixar entrar água nos olhos, como se fosse água de piscina. Havia um conjunto de tubos cromados no azulejo, e, quando se apertava o botão sob cada um deles, saía xampu, gel para banho, sabonete líquido, óleo de banho. Ao fazer isso, um pequeno ponto vermelho acendia ao lado do botão, significando que seria cobrado em sua conta. Na conta de Prior. Estava feliz por eles terem saído, porque gostava de ficar sozinha e alta e limpa. Raramente ficava sozinha, exceto na rua, e aí era diferente. Seus pés úmidos deixaram marcas sobre o carpete bege, quando caminhou em direção à janela. Estava enrolada numa grande toalha que combinava com a cama e com o carpete e tinha uma palavra gravada num canto, provavelmente o nome do hotel.

Havia um prédio de estilo antigo a uma quadra de distância, e os cantos de seu topo escalonado tinham sido esculpidos para formar um tipo de montanha, com rochas e grama, além de uma cascata que caía e batia nas rochas e depois caía novamente. Ela sorriu, por que alguém se daria ao trabalho de fazer aquilo? Nuvens de vapor saíam da água, onde ela batia. Não poderia apenas cair na rua, contudo, pensou, porque custaria muito caro. Deduziu que bombeavam a água de volta e usavam-na novamente, num círculo fechado.

Algo cinza moveu sua cabeça por lá, balançou os chifres anelados como se estivesse olhando para ela. Deu um passo para trás no carpete e piscou. Era como um carneiro, mas tinha que ser um autômato, um holograma ou algo assim. Ele sacudiu a cabeça e começou a comer a grama. Mona riu.

Podia sentir o wiz no tendão de Aquiles e entre suas escápulas, um formigamento gelado e agudo, e o cheiro de hospital no fundo de sua garganta.

Tinha ficado com medo antes, mas não estava assustada agora.

Prior tinha um sorriso maldoso, mas ele era apenas um jogador, apenas um cara fazendo o jogo de alguém. Se tivesse dinheiro, seria de outra pessoa. E ela não tinha mais medo de Eddy; era quase como se estivesse com medo por ele, porque podia ver o que os outros pensavam dele.

Bem, pensou, não importava; não iria mais criar bagres em Cleveland e ninguém a levaria de volta para a Flórida.

Lembrou-se do fogão a álcool, as manhãs frias de inverno, o velho curvado em seu casacão cinza. No inverno, ele colocava uma segunda camada de plástico sobre as janelas. O fogão bastava para aquecer o lugar, então, porque as paredes eram cobertas por camadas de espuma rígida e compensado por cima. Nos lugares onde a espuma aparecia era possível furá-la com o dedo, fazer buracos; se ele a pegasse fazendo aquilo, gritava. Manter os peixes aquecidos no tempo frio era mais trabalhoso; tinha que bombear água para o teto, onde as placas solares estavam, dentro dos tubos de plástico transparente. Mas a matéria orgânica apodrecendo nas bordas dos tanques também ajudava; subia vapor quando se pegava um peixe com a rede.

Ele trocava os peixes por outros tipos de alimento, por coisas que as pessoas produziam, álcool para o fogão e para beber, grãos de café, lixo que os peixes comiam.

Não era o pai dela, e tinha dito aquilo várias vezes, quando chegavam a conversar. Às vezes ainda se perguntava se talvez ele fosse. Quando lhe perguntou pela primeira vez quantos anos ela tinha, ele disse seis, então ela passou a contar a partir disso.

Ouviu a porta abrir atrás dela e virou-se; Prior estava lá, o cartão de plástico dourado em sua mão, a barba aberta para mostrar o sorriso. – Mona – disse ele, entrando –, este é Gerald. – Alto, chinês, terno cinza, cabelo grisalho. Gerald sorriu gentilmente, passou por Prior e foi direto para o móvel com gavetas em frente ao pé da cama. Colocou uma valise preta sobre o móvel e abriu-a. – Gerald é um amigo, ele é médico. Precisa dar uma olhada em você.

– Mona – disse Gerald, tirando alguma coisa da valise –, quantos anos você tem?

– Ela tem dezesseis – disse Prior. – Certo, Mona?

– Dezesseis – disse Gerald. A coisa em suas mãos era como um par de óculos de proteção pretos, com protuberâncias e fios. – Você está pegando um pouco pesado, não? – Olhou para Prior.

Prior sorriu.

– Está faltando o quê, uns dez anos?

– Não tanto – disse Prior. – Não estamos buscando a perfeição.

Gerald olhou para ela. – E nem vai conseguir. – Prendeu os óculos sobre as orelhas e apertou alguma coisa; uma luz veio por trás da lente direita. – Mas há graus de aproximação. – A luz oscilou na direção dela.

– Está falando de cosmética, Gerald.

– Onde está Eddy? – perguntou ela, enquanto Gerald se aproximava.

– No bar. Devo chamá-lo? – Prior pegou o fone, mas colocou-o de volta sem usá-lo.

– O que é isto? – Afastando-se de Gerald.

– Um exame médico – disse Gerald. – Não vai doer. – Ele a tinha contra a janela; acima da toalha, suas escápulas pressionavam o vidro frio. – Querem contratá-la e vão lhe pagar muito bem; precisam se certificar de que você está com boa saúde. – A luz bateu em seu olho esquerdo. – Ela tomou algum estimulante – disse a Prior, num tom de voz diferente.

– Tente não piscar, Mona. – A luz passou para o seu olho direito. – O que é isto, Mona? Quanto você tomou?

– Wiz. – Desviando-se da luz.

Pegou-a pelo queixo com seus dedos frios e realinhou a cabeça dela. – Quanto?

– Um cristal...

A luz se apagou. Sua face lisa estava muito próxima, os óculos de proteção cheios de lentes e fendas, pequenas cavidades de malha metálica preta. – Não há como julgar a pureza – disse ele.

– É realmente pura – disse ela, e deu uma risadinha.

Gerald soltou o queixo dela e sorriu. – Isso não será um problema – disse ele. – Você poderia abrir a boca, por favor?

– A boca?

– Quero ver seus dentes.

Ela olhou para Prior.

– Deu com sorte nesta – disse Gerald para Prior, quando ligou a luz para olhar sua boca. – Condições muito boas e próximas da configuração-alvo. Amálgamas, obturações.

– Sabíamos que poderíamos contar com você, Gerald.

Gerald tirou os óculos e olhou para Prior. Voltou à valise preta e guardou os óculos. – Teve sorte com os olhos, também. Muito próximos. Basta mudar o matiz. – Tirou um envelope metálico da valise e abriu-o, colocando a luva cirúrgica na mão direita. – Tire a toalha, Mona. Fique à vontade.

Ela olhou para Prior, para Gerald. – Vocês querem ver meus papéis, os exames de sangue e todo resto?

– Não – disse Gerald–, está tudo bem.

Ela olhou para a janela, esperando ver o carneiro, mas ele tinha desaparecido e o céu parecia bem mais escuro.

Tirou a toalha, deixando-a cair sobre o chão, depois se deitou, virada para cima, na cama bege.

Não era muito diferente daquilo que ela fazia por dinheiro; nem mesmo levava tanto tempo.

Sentada no banheiro com a frasqueira aberta sobre os joelhos, esmagando outro cristal, decidiu que tinha o direito de estar furiosa.

Primeiro, Eddy cai fora sem ela; depois, Prior aparece com o médico esquisitão, então diz que Eddy está dormindo em outro quarto. Lá na Flórida, ela bem que poderia aproveitar um tempo sem Eddy, mas ali era diferente. Não queria estar ali sozinha e tinha ficado com medo de pedir uma chave para o Prior. O sacana tinha uma, contudo, então podia entrar a qualquer hora com seus amigos horripilantes. Que tipo de acordo era aquele?

E o lance com a capa de chuva, de plástico, aquilo também a deixava puta da vida. Uma merda de uma capa de chuva de plástico descartável.

Amassou o pó de wiz entre as grades de nylon, socando-o cuidadosamente no inalador, expirou profundamente, colocou o bocal em seus lábios e disparou. A nuvem de poeira amarela envolveu as membranas de sua garganta; provavelmente deve ter chegado um pouco até os pulmões. Tinha ouvido dizer que aquilo fazia mal.

Não tinha planejado nada quando foi ao banheiro tomar a dose mas, assim que a parte de trás do pescoço começou a formigar, ficou pensando sobre as ruas ao redor do hotel, sobre o que tinha visto no caminho até ali. Havia clubes, bares, lojas com roupas nas vitrines. Música. Música seria ótimo agora, isso e uma multidão. O jeito como é possível enlouquecer no meio de uma multidão, esquecer-se de si mesmo, apenas estar lá. A porta não estava trancada, ela sabia; já tinha testado. Iria se trancar atrás dela, contudo, e não tinha uma chave. Mas estava hospedada, então Prior provavelmente tinha registrado seu nome na recepção. Pensou em descer e pedir uma chave à mulher do balcão, porém se sentia mal com a ideia. Conhecia esse pessoal de uniforme atrás dos balcões, e o jeito que têm de olhar as pessoas. Não, decidiu, a melhor coisa era ficar no quarto e colocar, no stim, os novos da Angie.

Dez minutos depois, ela estava a caminho de uma porta lateral distante do vestíbulo principal, o wiz cantando em sua cabeça.

Estava chuviscando lá fora, talvez fosse condensação do domo. Tinha vestido a capa branca para ir até o vestíbulo, pensando que, no final das contas, talvez Prior soubesse o que estava fazendo, e agora estava feliz por estar com ela. Pegou umas folhas de fax em uma lixeira e segurou sobre a cabeça para manter seu cabelo seco. Não estava tão frio quanto antes, o que era outra coisa boa. Nenhuma de suas roupas novas era o que alguém chamaria de quentes.

Olhando para cima e para baixo na avenida, decidindo qual caminho tomar, viu meia dúzia de fachadas de hotel praticamente idênticas, uma fila de tricitáxis, o brilho de pequenas lojas difuso pela chuva. E pessoas, muitas delas, como no centro de Cleveland, mas todos bem vestidos e todos se movendo como se estivessem no controle de tudo, todos com algum lugar para ir. Apenas siga o movimento, pensou, o wiz dando-lhe uma segunda onda que a levou para a correnteza de pessoas bonitas, sem ter que pensar sobre isso. Batendo os calcanhares em seus sapatos novos, segurando o fax sobre sua cabeça até que percebeu – mais sorte – que a chuva havia parado.

Ela não teria se importado em dar uma olhadinha nas vitrines, enquanto a multidão passava por ela, mas o fluxo lhe dava prazer e ninguém mais estava parando. Contentou-se com relances de cada vitrine. As roupas eram como as roupas num stim, e algumas delas tinham estilos que nunca havia visto antes.

Eu deveria ter estado aqui, pensou, *deveria ter estado aqui este tempo todo. Não numa criação de bagres, não em Cleveland, não na Flórida. É um lugar, um lugar real, qualquer um pode chegar aqui, você não tem que chegar aqui por meio de um stim.* O fato era que ela nunca tinha visto esta parte em um stim, a parte das pessoas comuns. Esta não era a parte de uma estrela como Angie. Angie estaria longe, em castelos altos com outras estrelas de stim, não aqui embaixo. Mas Deus, como era bonito, a noite tão brilhante, a multidão se agitando ao redor dela, diante de todas as coisas boas que você teria se, ao menos, tivesse sorte.

Eddy não gostava daquilo. De qualquer modo, ele sempre dizia como era uma merda, muito movimentado, aluguel muito alto, muita polícia, competição demais. Não que ele tivesse hesitado sequer dois segundos quando Prior fez a proposta, lembrou. E, de qualquer maneira, ela tinha suas próprias ideias sobre por que Eddy falava tão mal daquele lugar. Foi aqui que ele estragou tudo, pensou, fez alguma merda bem grande, deu uma de wilson. Ou ele não queria se lembrar disso ou haveria pessoas que, certamente, o lembrariam se voltasse. Estava presente no jeito irritado com que falava daquele lugar, do mesmo jeito com que falaria de qualquer um que dissesse que suas armações não dariam certo. O novo colega, tão esperto na primeira noite, era apenas um bobalhão na noite seguinte, estúpido, sem visão.

Passando por uma grande loja exibindo um equipamento de stim fantástico na vitrine, todo preto e fino, apresentado por um maravilhoso holograma de Angie, que observava todos os passantes com seu sorriso meio triste. Rainha da noite, isso aí.

O rio de pessoas correu para um tipo de praça em círculo, um lugar onde quatro ruas se encontravam e rodeavam uma fonte. E porque Mona não estava realmente indo para nenhum lugar específico, foi parar lá, pois as pessoas ao seu redor se dispersaram em direções diferentes, sem parar. Bem, havia pessoas no círculo também, algumas delas sentadas no concreto com rachaduras que margeava a fonte. Havia uma estátua no centro, mármore, desgastada e lisa. Era um bebê montado num peixe, um golfinho. Parecia que a boca do golfinho espirraria água se o chafariz estivesse funcionando, mas não estava. Por sobre as cabeças das pessoas sentadas, conseguia ver papel de fax enrugado e encharcado e copos de isopor branco na água.

Depois pareceu que a multidão se fundiu atrás dela, uma parede curvada de corpos em movimento e os três que estavam à sua frente, à beira da fonte, saltaram como uma gravura. Uma garota gorda com cabelo pintado de preto, a boca entreaberta como se fosse sempre assim, os seios saltando para fora de um corselete de borracha vermelha; uma loira com um rosto comprido e um traço azul fino de batom, a mão como a garra de um pássaro segurando um cigarro; um homem com braços recobertos de óleo expostos ao frio, músculos enxertados protuberantes como rocha debaixo de bronzeado sintético e tatuagens de prisão...

– Ei, sua vagabunda – gritou a garota gorda, meio que se divertindo –, você não acha que vai faturar unzinho neste pedaço, não é?

A loira olhou para Mona com seus olhos cansados e deu um sorriso murcho para ela, um sorriso do tipo não-é-culpa-minha, depois olhou para o outro lado.

O cafetão pulou do seu lugar como alguma coisa impulsionada por molas, mas Mona já estava se movendo, tendo entendido a expressão da loira. O homem pegou-a pelo braço, mas a costura da capa de chuva cedeu e ela se acotovelou de volta para dentro da multidão. O wiz tomou o controle e a próxima coisa de que se deu conta foi de que estava a cerca de um quarteirão dali, apoiada em um poste de metal, tossindo e hiperventilando.

Àquela altura, o wiz tinha virado do avesso, como fazia às vezes, e tudo era horrível. Os rostos na multidão pareciam tensos e famintos, como se todos tivessem suas tarefas pessoais desesperadas para dar conta e a luz das vitrines das lojas era fria e maligna, e todas as coisas atrás do vidro estavam lá apenas para dizer a ela que não poderia tê-las. Havia uma voz em algum lugar, uma voz de criança brava juntando obscenidades numa infindável corrente sem propósito; quando se deu conta de quem era, parou com isso.

Seu braço esquerdo estava frio. Olhou para baixo e viu que a manga tinha desaparecido, a costura lateral aberta até a cintura. Tirou o casaco e enrolou-o sobre os ombros como uma capa; talvez isso a tornasse mais difícil de notar.

Apoiou suas costas contra o poste enquanto o wiz rolava por cima dela numa onda de adrenalina tardia; seus joelhos começaram a ceder e pensou que iria desmaiar, mas então o wiz fez uma das suas e ela estava agachada na luz do pôr do sol de verão no pátio do velho, a terra cinzenta e arenosa riscada com as linhas de um jogo que a tinha entretido, mas agora estava apenas acocorada lá, largada, olhando para além dos volumosos tanques, para onde vaga-lumes pulsavam num arbusto de amoras sobre um velho chassis retorcido. Atrás dela havia luz vinda da casa e podia sentir o cheiro do pão de milho sendo assado e do café que ele fervia e requentava várias vezes lá dentro, até que uma colher pudesse se sustentar dentro dele, dizia ele, e ele estaria lá lendo um de seus livros, folhas marrons quebradiças, nunca uma página com um canto, ele os mantinha em sacos de plástico esgarçados e, às vezes, se transformavam em pó em suas mãos, mas se encontrasse alguma coisa que queria guardar, tirava uma copiadora de bolso da gaveta, encaixava as pilhas e passava na página. Ela gostava de ver as cópias saírem, novinhas, com seu cheiro especial que sumia com o tempo, mas ele nunca a deixava usar a copiadora. Às vezes ele lia em voz alta, uma certa hesitação na voz, como alguém tentando tocar um instrumento depois de um longo tempo sem praticar. Não eram histórias o que ele lia, não do tipo que tinha um final ou uma piada. Eram como janelas para algo muito estranho; ele nunca tentava explicar nada daquilo, provavelmente nem ele entendia, talvez ninguém entendesse...

Então a rua voltou, dura e brilhante.

Ela esfregou os olhos e tossiu.

12

ANTÁRTICA COMEÇA AQUI

– Já estou pronta – disse Piper Hill, olhos fechados, sentada no carpete numa vaga aproximação da posição de lótus. – Toque a colcha com sua mão esquerda. – Oito cabos finos saíam dos soquetes atrás das orelhas de Piper, encaixando-se no instrumento que estava atravessado sobre suas coxas bronzeadas.

Angie, enrolada num roupão branco, encarou a técnica loira do canto da cama, a unidade de teste preta cobrindo sua testa como uma venda erguida. Seguiu as instruções, correndo as pontas dos dedos levemente através da seda e do linho crus da colcha da cama.

– Bom – disse Piper, mais para ela mesma do que para Angie, tocando alguma coisa no painel. – De novo. – Angie sentiu o tecido engrossar sob seus dedos.

– De novo. – Outro ajuste.

Podia distinguir as fibras individualmente agora, separar a seda do linho...

– De novo.

Seus nervos gritavam enquanto as pontas esfoladas de seus dedos arranhavam palha de aço, vidro moído...

– Ótimo – disse Piper, abrindo seus olhos azuis. Tirou um frasquinho de marfim da manga de seu quimono, retirou a rolha, passou o frasco para Angie.

Fechando os olhos, Angie aspirou cautelosamente. Nada.

– De novo.

Algo floral. Violetas?

– De novo.

Sua cabeça foi inundada por um odor nauseante de estufa.

– Olfato ok – disse Piper, enquanto o cheiro sufocante desaparecia.

– Não notei. – Abriu os olhos. Piper estava oferecendo para ela um pequeno disco de papel branco. – Contanto que não seja peixe – disse Angie, lambendo a ponta do dedo. Tocou o pedaço de papel, ergueu o dedo em direção à língua. Um dos testes de Piper tinha feito Angie ficar longe de frutos do mar por um mês.

– Não é peixe – disse Piper, sorrindo. Mantinha o cabelo curto, um capacete pequeno e conciso, que acentuava o brilho do grafite dos soquetes inseridos atrás de cada orelha. Joana D'Arc de silício, disse Porphyre, e a verdadeira paixão de Piper parecia ser seu trabalho. Era a técnica pessoal de Angie, reconhecida como a melhor da Net.

Caramelo...

– Quem mais está aqui, Piper? – Tendo terminado o Usher, Piper estava fechando seu equipamento numa valise de nylon.

Angie tinha ouvido um helicóptero chegar uma hora antes; havia ouvido risadas, passos no terraço, enquanto o sonho retrocedia. Tinha abandonado sua tentativa usual de inventariar seu sonho – se é que podia chamar aquilo de sono, as memórias dos outros entrando, preenchendo-a, depois se esvaindo para níveis que não podia alcançar, deixando essas imagens residuais...

– Raebel – disse Piper –, Lomas, Hickman, Ng, Porphyre, o Pope.

– Robin?

– Não.

– Continuidade – disse ela, no chuveiro.

– Bom dia, Angie.

– O toroide de Freeside. Quem é o dono?

– O toroide foi rebatizado de Mustique II pelos novos donos, Julianna Group e Carribbana Orbital.

– Quem era o dono quando Tally gravou lá?

– Tessier-Ashpool S.A.

– Quero saber mais sobre a Tessier-Ashpool.

– *Antártica começa aqui.*

Ela olhou fixamente, através do vapor, para o círculo branco do alto-falante. – O que você disse?

– *Antártica começa aqui* é um videoanálise em duas horas da família Tessier-Ashpool, dirigido por Hans Becker, Angie.

– Você tem?

– Claro. David Pope acessou-o recentemente. Ficou bastante impressionado.

– Mesmo? E quando foi isso?

– Na última segunda-feira.

– Vou assistir hoje à noite, então.

– Feito. Isso é tudo?

– Sim.

– Tchau, Angie.

David Pope. Seu diretor. Porphyre disse que Robin estava contando às pessoas que ela ouvia vozes. Será que tinha falado com o Pope? Tocou o painel de cerâmica, o jato ficou mais quente. Por que Pope estava interessado na Tessier-Ashpool? Tocou o painel novamente e ficou sem fôlego debaixo de agulhas de uma água repentinamente gelada.

De dentro para fora, de fora para dentro, as formas daquela outra paisagem chegavam cedo, cedo demais...

Porphyre estava postado perto da janela quando ela entrou na sala, um guerreiro masai num sarongue de couro e crepe de seda escuros, com enchimento nos ombros, e um sarongue de couro preto. Os outros comemoraram quando a viram e Porphyre virou-se, sorrindo.

– Pegou-nos de surpresa – disse Rick Raebel, espalhado no sofá claro. Ele cuidava de efeitos e edição. – Hilton achou que você iria querer mais tempo de folga.

– Nos trouxeram de toda parte, querida – complementou Kelly Hickman. – Eu estava em Bremen e o Pope estava literalmente em órbita, em total modo artístico, não é, David? – Ele olhou para o diretor, buscando uma confirmação.

Pope, que estava sentado numa das cadeiras Luís XVI virada de costas, seus braços cruzados no topo frágil da cadeira, deu um sorriso cansado, o cabelo escuro pendendo sobre seu rosto magro. Quando a agenda de Angie permitia, Pope fazia documentários para Net/Knowledge. Logo depois de assinar com a Net, Angie participara anonimamente de uma das peças de arte minimalistas de Pope, um passeio interminável através de dunas de cetim rosa e manchado, sob um céu de aço ornamentado. Três meses depois, com sua carreira em plena ascensão, uma versão pirata da fita tornou-se um clássico underground.

Karen Lomas, que fazia os retoques de Angie, sorriu da cadeira à esquerda de Pope. À sua direita, Kelly Hickman, figurino, sentada no chão claro ao lado de Brian Ng, o contínuo e aprendiz de Piper.

– Bem – disse Angie –, estou de volta. Sinto muito ter deixado todos esperando, mas era algo que tinha de ser feito.

Houve um silêncio. Pequenos estalidos das cadeiras douradas. Brian Ng tossiu.

– Estamos felizes por você estar de volta – disse Piper, vindo da cozinha com uma xícara de café em cada mão.

Comemoraram novamente, mais retraídos desta vez, depois riram.

– Onde está Robin? – perguntou Angie.

– *Mistah* Lanier está em Londres. – disse Porphyre, as mãos nos quadris envoltos em couro.

– Deve chegar dentro em pouco – disse Pope secamente, levantando-se e aceitando um café de Piper.

– O que você estava fazendo em órbita, David? – perguntou Angie, pegando a outra xícara.

– Caçando solitários.

– Solidão?

– Solitários. Eremitas.

– Angie – disse Hickman, intrometendo-se –, você precisa ver a roupa de festa de cetim que Devicq mandou semana passada! E tenho todos os modelos da coleção de praia de Nakamura...

– Sim, Kelly, mas...

Pope, contudo, já tinha se virado para conversar com Raebel.

– Ei! – disse Hickman, irradiando entusiasmo. – Vamos lá! Vamos experimentar!

Pope passou a maior parte do dia com Piper, Karen Lomas e Raebel, discutindo os resultados do Usher e os intermináveis pormenores do que eles chamavam de reinserção de Angie. Depois do almoço, Brian Ng foi com ela ao exame físico, realizado numa clínica particular, num prédio espelhado em Beverly Boulevard.

Durante a espera, muito breve, na área de recepção branca e cheia de plantas – certamente uma espécie de ritual, como se uma consulta médica que não envolvesse espera parecesse incompleta, sem autenticidade – Angie se pegou questionando, como tinha feito muitas vezes antes, por que o misterioso legado de seu pai, os veves que tinha desenhado em sua cabeça, nunca haviam sido detectados nesta ou em qualquer outra clínica.

Seu pai, Christopher Mitchell, tinha liderado o projeto hibridoma, que havia conferido à Maas Biolabs um verdadeiro monopólio na produção dos primeiros biochips. Turner, o homem que havia levado Angie para Nova York, tinha dado a ela uma espécie de dossiê sobre seu pai, um biosoft compilado por uma inteligência artificial de segurança da Maas. Ela acessou o dossiê quatro vezes ao longo de quatro ou cinco anos. Finalmente, numa noite de muita bebedeira na Grécia, atirou-o no mar, da balaustrada do iate de um industrial irlandês, após uma discussão com Bobby. Não se lembrava mais do motivo da briga, mas se lembrava muito bem da sensação mista de perda e de alívio quando o pequeno pedaço de memória bateu na água.

Talvez seu pai houvesse projetado seu trabalho artesanal de modo que ficasse invisível às varreduras dos neurotécnicos. Bobby tinha a sua própria teoria, uma que ela suspeitava estar mais próxima da verdade. Talvez Legba, o loa que Beauvior dizia ter um acesso praticamente ilimitado à matrix do ciberespaço, pudesse alterar o fluxo de dados enquanto era coletado pelos scanners, tornando os veves transparentes... Legba tinha, afinal, orquestrado sua estreia na indústria e a ascensão subsequente que a levou a eclipsar a carreira de quinze anos de Tally Isham como uma megaestrela da Net.

Contudo, já fazia tanto tempo desde que o loa a tinha cavalgado, e agora, Brigitte dissera, os veves tinham sido redesenhados...

– Hilton fez com que a Continuidade preparasse uma matéria para você hoje –, disse-lhe Ng, enquanto ela esperava.

– É?

– Sua declaração pública sobre a decisão de ir para a Jamaica, enaltecendo os métodos da clínica, falando sobre o perigo das drogas, seu entusiasmo renovado pelo trabalho, gratidão pelos seus fãs, imagens de arquivo da casa em Malibu...

A Continuidade era capaz de gerar imagens de vídeo de Angie, animá-las com padrões compilados a partir de seus stims. Assistir àquilo levava a uma leve vertigem, não completamente desagradável, uma das raras vezes em que ela foi capaz de compreender diretamente a sua fama.

Uma campainha soou por trás das plantas.

Retornando da cidade, ela encontrou um bufê contratado que estava preparando um churrasco no terraço.

Deitou-se no sofá, debaixo do Valmier, e ouviu o barulho do mar. Da cozinha, podia escutar Piper explicando os resultados do exame físico para Pope. Não havia necessidade, na verdade – ela tinha recebido o atestado de saúde mais limpo possível –, mas tanto Pope quanto Piper gostavam de detalhes.

Quando Piper e Raebel colocaram agasalhos e saíram para o terraço, onde permaneceram aquecendo as mãos sobre o carvão, Angie se encontrou sozinha na sala, com o diretor.

– Você ia me contar, David, o que você estava fazendo lá em cima, em órbita...

– Procurando por eremitas convictos. – Passou a mão pelos cabelos ondulados. – Tem a ver com algo que eu queria fazer ano passado, com comunidades voluntárias na África. O problema foi que, quando cheguei lá em cima, aprendi que qualquer um que vai tão longe, que verdadeiramente vive sozinho em órbita, em geral, quer permanecer assim.

– Você estava gravando, sozinho? Entrevistas?

– Não. Queria encontrar pessoas como aquelas e convencê-las a gravar segmentos próprios.

– Conseguiu?

– Não. Ouvi algumas histórias, contudo. Histórias ótimas. Um piloto de rebocador alega que havia crianças selvagens vivendo numa fábrica de remédios japonesa abandonada. Há todo um novo conjunto de relatos apócrifos por lá, na verdade – navios fantasmas, cidades perdidas... Há um pathos, uma qualidade única nisso, pensando bem. Quero dizer, cada pequeno pedaço está preso em órbita. Tudo aquilo foi feito pelo homem, conhecido, apropriado, mapeado. É como observar mitos se desenvolverem em um estacionamento. Mas creio que as pessoas precisam disso, não é?

– Sim – disse ela, pensando em Legba, em Mamman Brigitte, as mil velas...

– O que eu queria mesmo – disse ele – era ter conseguido chegar a Lady Jane. Uma história tão fantástica. Gótico puro.

– Lady Jane?

– Tessier-Ashpool. A família dela construiu o toroide de Freeside. Pioneiros na alta órbita. A Continuidade tem um vídeo maravilhoso... Dizem que ela matou o pai. É a última da linhagem. O dinheiro terminou anos atrás. Ela vendeu tudo, fez com que cortassem o lugar onde morava da ponta do eixo do fuso e o rebocassem para uma nova órbita.

Ela se sentou no sofá, os joelhos unidos, os dedos presos ao redor deles. O suor corria por sobre suas costelas.

– Você não conhece a história?

– Não – respondeu.

– Isto é um fato interessante em si mesmo, porque mostra o quão aptos eles eram em se manter na obscuridade. Usavam seu dinheiro para ficar fora dos noticiários. A mãe era Tessier, o pai Ashpool. Construíram Freeside quando não havia nada similar.

Ficaram absurdamente ricos no processo. Provavelmente a segunda maior fortuna, bem perto de Josef Virek, quando Ashpool morreu. E, naturalmente, se tornaram fantasticamente esquisitos neste meio-tempo, tendo clonado seus filhos a torto e a direito...

– Isso soa... terrível. E você tentou, de fato tentou encontrá-la?

– Bem, fiz algumas investigações. A Continuidade conseguiu para mim este vídeo de Becker, e claro que sua órbita está registrada, mas não é bom aparecer se você não foi convidado, não é? Então Hilton me achou e me disse para voltar para cá, para o trabalho... Você não está se sentindo bem?

– Sim, eu... acho que vou me trocar agora, colocar um agasalho.

Depois que comeram, quando o café estava sendo servido, ela pediu licença e disse boa noite.

Porphyre seguiu-a até a base da escada. Tinha ficado perto dela durante a refeição, como se percebesse sua nova inquietação. Não, pensou ela, nada de novo; a velha, a constante, a mesma que sempre foi. Todas as coisas que a droga havia bloqueado.

– Se cuida, mocinha – disse, baixo demais para os outros ouvirem.

– Estou bem – respondeu. – Gente demais. Ainda não estou acostumada com isso.

Ele ficou quieto, olhando para ela, o brilho de brasas morrendo por trás de seu crânio elegantemente trabalhado e sutilmente inumano, até que ela se virou e subiu as escadas.

Ouviu o helicóptero vir buscá-los uma hora mais tarde.

– Casa – disse ela –, vou ver o vídeo da Continuidade agora.

Enquanto o telão descia, abriu a porta do quarto e ficou, por um momento, ao pé da escada, ouvindo os sons da casa vazia. Barulho do mar, o zunido da máquina de lavar louça, o vento batendo nas janelas que ficavam em frente ao terraço.

Ela se virou para a tela e tremeu diante do rosto que viu numa imagem congelada, uma tomada granulada em close: sobrancelhas arqueadas sobre olhos escuros, maçã do rosto alta e frágil e uma boca larga e determinada. A imagem se expandiu continuamente, para dentro da escuridão de um olho, tela preta, um ponto branco, crescendo, se ampliando, tornando-se o estreito fuso de Freeside. Os créditos começaram a aparecer em alemão.

– Hans Becker – a casa começou, recitando a crítica introdutória da biblioteca da Net –, um artista de vídeo austríaco cuja marca registrada é uma obsessiva interrogação de campos rigidamente delimitados de informação visual. Suas abordagens vão da montagem clássica a técnicas emprestadas da espionagem industrial, imagens de espaço profundo e kino-arqueologia. *Antártica começa aqui*, seu exame das imagens da família Tessier-Ashpool, continua sendo o ponto mais alto de sua carreira. O clã de industriais patologicamente avessos à mídia, operando da privacidade total de seu lar orbital, era um desafio notável.

O branco do fuso preencheu a tela enquanto o crédito final sumia. Uma imagem foi deslocada até o centro da tela, um instantâneo de uma jovem em roupas escuras e largas, o plano de fundo indistinto. MARIE-FRANCE TESSIER, MARROCOS.

Este não era o rosto na tomada de abertura, o rosto de memória invasiva, ainda assim parecia prometer isso, como se uma imagem larval se ocultasse sob a superfície.

A trilha sonora tecia filamentos atonais, em meio a camadas de estática e vozes indistintas, enquanto a imagem de Marie-France era substituída por um retrato monocromático de um jovem num colarinho engomado. Tinha um rosto bonito, finamente proporcional, mas muito duro em algum aspecto; em seus olhos, tédio infinito. JOHN HARNESS ASHPOOL, OXFORD.

Sim, pensou ela, *e encontrei você muitas vezes. Conheço sua história, apesar de não me permitirem tocar nela.*

Mas eu realmente acho que não gosto nem um pouquinho de você, não é, mister Ashpool?

13

PASSARELA

A passarela vergou e oscilou. A maca era larga demais para o corrimão da passagem; tiveram que levantá-la à altura do peito enquanto avançavam lentamente. Gentry ia na frente, suas mãos enfiadas em luvas segurando firme as braçadeiras de cada lado dos pés do adormecido. Slick ficou com a extremidade mais pesada, a cabeça, com as baterias e todo o equipamento; podia sentir Cherry logo atrás dele. Queria dizer para ela voltar, que era melhor não sobrecarregar a passarela com o peso dela, mas não conseguia.

Entregar a Gentry o pacote de drogas de Kid Afrika tinha sido um erro. Não sabia o que havia no derma que Gentry havia aplicado; não sabia o que já estava fluindo pela corrente sanguínea de Gentry, para começar. Seja lá o que fosse, Gentry tinha pirado completamente e agora estavam ali, na porra da passarela, vinte metros acima do chão de concreto da Fábrica, e Slick estava prestes a chorar de frustração, prestes a gritar; queria quebrar alguma coisa, qualquer coisa, mas não podia soltar a maca.

E o *sorriso* do Gentry, iluminado pelo brilho do bioindicador grudado no pé da maca, enquanto Gentry dava outro passo para trás na passarela...

– Ei, cara – disse Cherry, com uma voz de garotinha –, isto aqui é uma grande ideia de merda...

Gentry deu um puxão repentino e impaciente na maca e Slick quase soltou o seu lado.

– Gentry – disse Slick – é melhor você pensar bem sobre isso.

Gentry havia tirado as luvas. Segurava um par de conectores ópticos em cada mão e Slick podia ver os encaixes do splitter vibrarem.

– Cara, Kid Afrika é barra-pesada, Gentry. Você não sabe no que está se metendo, está se metendo no caminho dele. – Aquilo não era estritamente verdade, já que Kid, até onde Slick sabia, era esperto demais para valorizar a vingança. Mas quem, diabos, sabia o que Gentry iria fazer?

– Não estou me metendo com nada – disse Gentry, se aproximando da maca com os conectores.

– Escuta, cara – disse Cherry –, se interromper o input dele, talvez você o mate; o sistema nervoso autônomo do cara vai pro espaço. Por que você não para isso? – perguntou para Slick. – Por que não dá um chute no cara?

Slick esfregou os olhos. – Porque... não sei. Porque ele... Olha, Gentry, ela está dizendo que isso pode até matar esse pobre coitado, se você tentar se conectar. Está ouvindo?

– "LF" – disse Gentry – foi o que ouvi. – Colocou os conectores entre os dentes e começou a mexer em uma das conexões na placa sem marcas, que ficava sobre a cabeça do adormecido. Suas mãos tinham parado de tremer.

– Merda – disse Cherry, se mordendo de nervoso. Gentry pegou a conexão com a mão. Enfiou um conector no lugar com a outra mão e começou a apertar. Sorriu, olhando para o outro conector. – Ah, foda-se – disse Cherry – estou fora dessa – mas não se moveu.

O homem na maca gemeu, uma vez, suavemente. O som fez com que os pelos dos braços de Slick se eriçassem.

A segunda conexão se soltou. Gentry inseriu o outro splitter e começou a firmar o encaixe.

Cherry foi rapidamente até o pé da maca, ajoelhou-se para checar o indicador. – Ele sentiu isso – disse ela, olhando para Gentry –, mas seus sinais parecem ok...

Gentry virou-se para seus consoles. Slick observou enquanto ele plugava os conectores no lugar. Talvez, pensou, aquilo fosse funcionar; Gentry iria chapar logo e teriam que deixar a maca lá em cima até que Little Bird e Cherry o ajudassem a levá-la de volta pela passarela. Gentry estava tão doidão que talvez ele devesse tentar pegar as drogas de volta, algumas delas ao menos, ver se as coisas voltavam ao normal...

– Só posso acreditar – disse Gentry – que isto estava predeterminado. Prefigurado pela forma do meu trabalho preliminar. Eu não seria tolo de achar que entendo como isso ocorreu, mas não é nosso papel questionarmos as razões, não é, Slick Henry? – Digitou uma sequência num de seus teclados. – Alguma vez já considerou a relação entre paranoia clínica e o fenômeno da conversão religiosa?

– Do que ele está falando? – perguntou Cherry.

Slick sacudiu a cabeça, de mau humor. Se dissesse alguma coisa, só iria piorar a loucura de Gentry.

Gentry se dirigiu à enorme unidade de visualização, a mesa de projeção. – Há mundos dentro dos mundos – disse ele. – Macrocosmo, microcosmo. Esta noite, carregamos um universo inteiro através de uma ponte e o que está acima é como o que está abaixo... Era óbvio, é claro, que tais coisas devessem existir, mas jamais ousei ter qualquer esperança...

Deu uma olhada tímida para eles por sobre o ombro. – E agora – disse ele –, veremos a forma deste pequeno universo pelo qual nosso hóspede está viajando. E nessa forma, Slick Henry, eu verei...

Ele apertou o botão de força no canto da mesa holográfica. E gritou.

14

BRINQUEDOS

– Aqui está uma coisa adorável – disse Petal, tocando um cubo de madeira do tamanho da cabeça de Kumiko. – Batalha da Inglaterra. – Uma luz cintilava sobre o objeto e, quando Kumiko se inclinou para a frente, viu aquela pequena aeronave fazer um loop e mergulhar, em câmera lenta, sobre uma mancha acinzentada de Londres. – Eles as reconstituíram a partir dos filmes de guerra – disse ele –, câmeras sobre as metralhadoras. – Ela espiou e viu flashes, praticamente microscópicos, do fogo antiaéreo do estuário do Tâmisa. – Foi feito para o Centenário.

Estavam na sala de bilhar de Swain, no térreo do número 16, nos fundos. Havia um fraco odor de mofo, um eco de cheiro de pub. A arrumação e a limpeza de toda a propriedade de Swain eram temperadas, aqui, por uma requintada deterioração: havia poltronas cobertas com couro arranhado, peças de mobília pesada e escura, o verde opaco da mesa de bilhar... As estantes de aço preto, cheias de equipamento para entretenimento, tinham feito que Petal a levasse até lá, antes do chá, em seus chinelos de pano com as costuras aparecendo, para mostrar os brinquedos disponíveis.

– Que guerra foi esta?

– A penúltima – disse ele, movendo-se para uma unidade semelhante, porém maior, que mostrava hologramas de duas garotas lutando boxe tailandês. A sola calejada do pé de uma, contra a barriga magra da outra, tensionada para levar o golpe. Ele tocou um botão e a projeção sumiu.

Kumiko olhou novamente para a Batalha da Inglaterra e seus mosquitos em chamas.

– Todos os tipos de arquivos de jogos – disse Petal, abrindo uma valise de couro que guardava centenas de gravações.

Mostrou meia dúzia de equipamentos; depois, coçou sua cabeça lisa enquanto procurava por um canal de notícias japonês. Encontrou-o, finalmente, mas não pôde cortar a tradução automática do programa. Assistiu com ela, enquanto um grupo de estagiários executivos da Ono-Sendai escondia seus rostos numa emotiva cerimônia de graduação. – Por que estão fazendo isso? – perguntou ele.

– Estão demonstrando lealdade a seu zaibatsu.

– Certo – disse ele. Espanou a unidade de vídeo com um espanador de penas. – É quase hora do chá. – Saiu da sala. Kumiko desligou o áudio. Sally Shears não tinha aparecido no café da manhã, nem Swain.

Cortinas verde-musgo escondiam outro conjunto de janelas altas, que davam para o mesmo jardim. Olhou para fora, para um relógio de sol coberto pela neve, depois deixou a cortina fechar-se. (O telão silencioso mostrava imagens de um acidente em Tóquio, médicos com roupas metálicas serravam vítimas apáticas de um amontoado de aço retorcido.) Um armário vitoriano estava encostado na parede oposta, com pés esculpidos que lembravam abacaxis. O buraco da fechadura, enfeitado por marfim amarelado em forma de diamante, estava vazio, e quando mexeu nas portas, elas se abriram, exalando um odor químico de cera antiga. Olhou fixamente para a mandala branca e preta no fundo do armário até que ela se tornou o que era, um alvo de dardos. A madeira lustrosa atrás dele estava marcada e esburacada; alguns jogadores erravam completamente o alvo, concluiu. A metade mais baixa do armário tinha algumas gavetas, cada uma com um pequeno puxador de bronze e um buraco de fechadura em miniatura ornado por marfim. Ajoelhou-se em frente a eles, deu uma espiada na direção da porta (o telão mostrando os lábios de uma cantora de cabaré de Shinjuku) e abriu a gaveta mais alta à direita, tão silenciosamente quanto possível. Estava cheia de dardos, soltos ou em estojos de couro. Fechou a gaveta e abriu outra à esquerda. Uma mariposa morta e um parafuso enferrujado. Havia uma única gaveta larga abaixo dessas duas primeiras; travou quando tentou abri-la e fez um barulho. Olhou para trás novamente (imagens de arquivo do logo da Fuji Electric iluminando a baía de Tóquio), mas nenhum sinal de Petal.

Passou vários minutos folheando uma revista pornográfica, com texto em japonês, que parecia ter a ver, sobretudo, com a arte dos nós. Debaixo disso estava uma jaqueta empoeirada, feita de algodão preto lustroso, assim como um estojo de plástico com a palavra WALTHER em alto-relevo ao redor de sua tampa. A pistola era fria e pesada; Kumiko podia ver seu rosto no metal azulado quando a ergueu de seu suporte em espuma cortada sob medida. Nunca havia segurado uma arma antes. A coronha de plástico cinza parecia enorme. Colocou-a de volta no estojo e leu, na diagonal, a seção japonesa de um folheto com instruções em várias línguas. Era uma arma de ar comprimido; bombeava-se a alavanca abaixo do cabo da arma. Disparava bolinhas muito pequenas de chumbo. Outro brinquedo. Recolocou os conteúdos na gaveta e fechou-a.

As outras gavetas estavam vazias. Fechou a porta do armário e voltou para a Batalha da Inglaterra.

– Não – disse Petal –, desculpe, mas não dá.

Estava espalhando creme Devon num bolinho, a faca pesada vitoriana como um brinquedo de criança em seus dedos grossos. – Experimente o creme – disse ele, abaixando sua enorme cabeça e dirigindo-se a ela, candidamente, por sobre seus óculos.

Kumiko limpou um pouco de marmelada de seu lábio superior com um guardanapo de linho. – Você imagina que eu vá tentar fugir?

– Fugir? Está pensando nisso, em fugir? – Ele comeu o bolinho, mastigou calmamente e deu uma olhada para o jardim, onde neve fresca estava caindo.

– Não – disse ela. – Não tenho intenção de fugir.

– Bom – respondeu, dando outra mordida.

– Estou em perigo, na rua?

– Deus, não – disse ele, com uma espécie de jovialidade intencional –, você está completamente segura.

– Eu quero sair.

– Não.

– Mas saio com a Sally.

– Sim, ela é da pesada, sua Sally.

– Não entendo essa expressão.

– Nada de sair sozinha. Está em nosso acordo com seu pai, entende? Você está a salvo lá fora com a Sally, mas ela não está aqui. Ninguém está propenso a incomodar você de qualquer jeito, mas por que arriscar? Eu mesmo ficaria muito feliz, entenda bem, muito contente em levá-la para passear, só que estou aqui de plantão, caso Swain receba visitas. Então, não posso. É uma pena, realmente é. – Parecia tão genuinamente triste que ela pensou em desistir. – Quer mais uma torrada? – perguntou, gesticulando em direção ao prato dela.

– Não, obrigada. – Largou o guardanapo. – Estava muito bom – acrescentou.

– Da próxima vez você deveria experimentar o creme – disse ele. – Impossível encontrá-lo depois da guerra. Veio uma chuva da Alemanha e as vacas nunca mais foram as mesmas.

– Swain está aqui agora, Petal?

– Não.

– Eu nunca o vejo.

– Tem estado por aí. Negócios. Funciona em ciclos. Logo estarão todos aqui, e ele estará no comando de novo.

– Quem, Petal?

– Homens de negócios, como você diria.

– *Kuromaku* – disse ela.

– Como?

– Nada – respondeu.

* * *

Ela passou a tarde sozinha na sala de bilhar, encolhida numa poltrona de couro, vendo a neve cair sobre o jardim e o relógio de sol tornar-se uma elevação branca sem sinais distintivos. Imaginou sua mãe ali, envolta em peles escuras, sozinha no jardim, enquanto a neve caía, uma princesa-bailarina que se afogou na noite, nas águas de Sumida.

Levantou-se, tremeu de frio, contornou a mesa de bilhar até a lareira de mármore, onde a chama de gás assobiava debaixo do carvão que nunca seria consumido.

15

CAMINHO PRATEADO

Ela teve uma amiga em Cleveland, a Lanette, que lhe ensinou muitas coisas. Como sair rápido de um carro se um cliente tentasse trancar as portas, como agir ao fazer uma compra. Lanette era um pouco mais velha e usava sobretudo wiz, "para mudar a viagem", já que estava frequentemente viajando em várias coisas, de análogos de endorfina até o velho ópio do Tennessee. Quando não estava nas drogas, dizia que ficava sentada doze horas num canto, em frente ao vídeo, assistindo qualquer porcaria. Quando o wiz adicionava mobilidade à invulnerabilidade calorosa de uma boa viagem, dizia ela, você realmente entrava numas. Mas Mona tinha percebido que as pessoas que estavam seriamente viciadas passavam muito tempo vomitando e não podia entender por que alguém assistiria a um vídeo se havia um stim por perto. (Lanette disse que simstim era só mais daquilo que ela queria evitar.)

Pensou em Lanette porque ela lhe dava conselhos de vez em quando – por exemplo, como virar do avesso uma noite ruim. Esta noite, pensou, Lanette lhe diria para procurar um bar e uma boa companhia. Ainda tinha dinheiro da última noite de trabalho na Flórida, então era uma questão de encontrar um lugar que aceitasse dinheiro vivo.

Acertou de primeira. Um bom sinal. Descendo uma escadaria estreita de concreto, para dentro de um murmúrio esfumaçado de conversa e para o som abafado de "White Diamonds", de Shabu. Não era um lugar frequentado por figurões, mas também não era o que os cafetões de Cleveland chamavam de "ponto". Não estava nem um pouco interessada em ir beber num ponto, não naquela noite.

Alguém se levantou do bar e saiu enquanto ela estava entrando; Mona se apressou e pegou um banco com o assento ainda quente, um segundo sinal.

O bartender deu um sorriso curto e acenou com a cabeça quando ela lhe mostrou uma das notas, então pediu uma dose de bourbon e uma cerveja: era o que Eddy sempre pedia quando ele mesmo pagava. Se outra pessoa estivesse pagando, pedia coquetéis que o bartender não saberia fazer, então passava um longo tempo explicando exatamente como preparar a bebida. Depois experimentava e reclamava que não estava tão bom quanto os que faziam em L.A. ou em Cingapura ou qualquer outro lugar onde ela sabia que ele nunca havia estado.

O bourbon era estranho, um pouco amargo mas realmente bom, depois de se acostumar com ele. Disse isso ao bartender, que lhe perguntou onde costumava beber. Respondeu Cleveland e ele assentiu. Aquilo era álcool etílico ou alguma outra porcaria que supostamente lembrava bourbon, ele disse. Quando disse a ele quanto dinheiro ainda restava, ela sacou que o bourbon do Sprawl era algo muito caro. Estava funcionando, contudo, levando embora a sensação ruim, então ela bebeu o resto e começou a tomar a cerveja.

Lanette gostava de bares mas nunca bebia, apenas Coca-Cola ou algo assim. Mona sempre se lembrava de um dia em que tomou dois cristais ao mesmo tempo, o que Lanette chamava de dose de duas pedras, e tinha ouvido uma voz dentro de sua cabeça, bem nítida, como se alguém estivesse na sala: *Está se movendo tão rápido que está parado.* E Lanette, que tinha dissolvido uma pitada de Memphis negro, uma hora antes, numa xícara de chá chinês, tomou meio cristal e daí elas saíram para caminhar, fantasmas vagando pelas ruas molhadas, juntas no que parecia, para Mona, como uma harmonia perfeita, em que não era necessário falar. E aquela voz estava certa, não havia tensão naquele fluxo rápido, nenhum nervosismo trincado, apenas a sensação de alguma coisa, talvez a própria Mona, se expandindo a partir de um centro imóvel. Elas encontraram um parque, jardins planos encharcados de poças prateadas, e caminharam por todas as trilhas, e Mona tinha um nome para esta memória: o Caminho Prateado.

E, pouco tempo depois disso, Lanette simplesmente sumiu, ninguém mais a viu, e alguns diziam que tinha ido para a Califórnia, alguns falavam no Japão e outros diziam que ela teve uma overdose e foi jogada de uma janela, o que Eddy chamava de mergulho seco, mas não era o tipo de coisa em que Mona queria pensar, então sentou-se bem ereta e olhou ao redor, e, sim, aquele era um lugar legal, pequeno o suficiente para que as pessoas ficassem meio amontoadas, mas era bom. Era o que Eddy chamava de um pessoal artístico, gente que tinha algum dinheiro mas se vestia como se não tivesse, exceto que as roupas se ajustavam perfeitamente e estava na cara que eram novas.

Havia um vídeo atrás do bar, sobre as garrafas, e ela viu Angie, olhando direto para a câmera e dizendo alguma coisa, mas o som estava muito baixo para se ouvir em meio ao barulho das pessoas. Então apareceu uma cena filmada do alto, mostrando, embaixo, uma série de casas em frente a uma praia, daí Angie estava de volta, rindo e sacudindo os cabelos e dando aquele sorriso meio triste para a câmera.

– Ei – disse ao bartender – é a Angie.

– Quem?

– Angie – disse Mona, apontando para a tela.

– É – respondeu – ela se meteu com alguma droga de designer e decidiu sair fora; depois, foi para a América do Sul, ou algum lugar desses, e pagou alguns milhões para que a deixassem limpa.

– Ela não pode estar se drogando.

O barman olhou para ela. – Se você diz...

– Mas como ela poderia sequer começar a tomar algo? Quero dizer, é a Angie, certo?

– Isso faz parte.

– Mas olhe pra ela – protestou –, é tão linda... – Mas Angie desapareceu, substituída por um tenista negro.

– Você acha que aquela é ela? Aquilo é só uma cabeça falante.

– Cabeça?

– Como uma marionete – disse uma voz atrás dela, e ela virou-se o bastante para ver um tufo de cabelo loiro e um grande sorriso branco. – Marionete – e ergueu a mão, mexendo os dedos –, sabe?

Sentiu o bartender largar a conversa, dirigindo-se para o outro lado do bar. O sorriso branco se expandiu. – Para ela não ter que fazer tudo aquilo sozinha, sacou?

Ela retribuiu o sorriso. Bonitinho, olhos espertos e uma aura secreta que era, justamente, o sinal que queria receber. Não era um figurão, um cliente. Meio magrinho, mas poderia ser bom naquela noite, e o jeito sorridente de sua boca combinava de modo estranho com os olhos espertos e brilhantes.

– Michael.

– Hã?

– Meu nome. Michael.

– Ah. Mona. Eu sou Mona.

– De onde você é, Mona?

– Flórida.

E Lanette não teria dito para ir fundo?

Eddy odiava o povo artístico: não compravam o que ele tinha para vender. Teria odiado Michael ainda mais, porque Michael tinha um emprego e um loft num prédio comercial. Ou pelo menos ele tinha dito que era um loft, mas quando chegaram lá era menor do que Mona pensava que um loft deveria ser. O prédio era velho, uma fábrica ou algo assim; algumas das paredes eram de tijolos aparentes e o teto era forrado de madeira. Mas o espaço todo havia sido dividido em espaços como o de Michael, um quarto não muito maior do que aquele do hotel, com uma área para dormir num lado e uma cozinha e um banheiro no outro. Isto ficava no andar de cima, contudo, então o teto era basicamente uma claraboia; talvez isto fizesse do lugar um loft. Havia uma corrediça horizontal de papel vermelho cobrindo a claraboia, presa a cordas e roldanas, como uma enorme pipa. O lugar estava meio bagunçado, porém as coisas espalhadas eram todas novas: algumas cadeiras de metal brancas com assentos feitos de trama de plástico claro, uma pilha de módulos de entretenimento, uma estação de trabalho e um sofá de couro prateado.

Começaram no sofá, mas ela não gostou do jeito que sua pele grudava nele, então se mudaram para a cama, a que ficava na alcova.

Foi quando ela viu o equipamento de gravação para stim; estava em prateleiras brancas na parede. Mas o wiz tinha voltado e, de qualquer modo, se você decidiu entrar nessa, vai até o fim. Ele a colocou no captador, uma coleira de borracha preta com protuberâncias terminando em trodos que pressionavam a base de seu crânio. Sem fio; ela sabia que aquilo era caro.

Enquanto ele estava instalando seu próprio set e verificando o equipamento nas paredes, falou sobre seu emprego, disse que trabalhava para uma empresa em Memphis que criava nomes para novas empresas. Agora mesmo, ele estava tentando pensar num nome para uma empresa chamada Cathode Cathay. Os caras estão precisando mesmo de um novo nome, disse ele, rindo, mas depois continuou e disse que não era fácil. Porque já havia empresas demais e todos os nomes bacanas já tinham sido usados. Ele tinha um computador que sabia todos os nomes de todas as empresas e um outro que criava palavras que podiam ser usadas para nomes, e um outro que verificava se as palavras inventadas significavam "cuzão", ou algo no gênero, em chinês ou sueco. Mas a empresa para a qual trabalhava não vendia apenas nomes, vendia o que ele chamou de imagem, então ele tinha que trabalhar com um monte de outras pessoas para saber se o nome criado combinava com o resto do pacote.

Deitou-se na cama com ela e não foi lá muito bom, como se a diversão tivesse ido embora e ele podia muito bem ser um cliente, do jeito que ela ficou deitada lá pensando que ele estava gravando tudo para ver de novo quando quisesse, e quantas outras já tinha gravado?

A seguir, ela se deitou ao lado dele, depois, ouvindo o cara respirar, até que o wiz começou a girar em círculos pequenos na base de seu crânio, passando a mesma sequência de imagens desconexas repetidamente: a sacola de plástico que tinha usado para guardar as suas coisas na Flórida, com seu arame torcido para manter os insetos longe – o velho sentado na mesa de compensado, descascando uma batata com uma faca de açougueiro velha – um restaurante de frutos do mar em Cleveland que tinha o formato de um camarão ou algo semelhante, a couraça de suas costas arqueadas feitas de metal laminado e plástico transparente, pintada em rosa e laranja – o pregador que tinha visto quando foi comprar roupas novas, ele e seu Jesus fora de foco. Cada vez que o pregador retornava, estava a ponto de dizer algo, mas nunca dizia. Ela sabia que isso não pararia, a não ser que se levantasse e fixasse a cabeça em outra coisa. Rastejou para fora da cama e ficou olhando para Michael no brilho cinzento da claraboia. O Final dos Tempos. O Final dos Tempos está se aproximando...

Então se dirigiu à sala e colocou o vestido, porque estava com frio. Sentou-se no sofá prateado. A cortina vermelha transformou o cinza da claraboia em rosa, conforme foi ficando mais claro lá fora. Imaginou quanto custaria um lugar como aquele.

Agora que não podia vê-lo, era difícil se lembrar de como se parecia. *Bem*, pensou, *ele não terá problema algum em se lembrar de mim*, mas pensar nisso fez com que se sentisse abatida ou machucada ou usada, como se preferisse ter ficado no hotel com os stims da Angie.

A luz cinza e rosa estava preenchendo o lugar, inundando, começando a tomar conta dos cantos. Alguma coisa a fez lembrar Lanette e as histórias de que ela tinha morrido de overdose. Às vezes, as pessoas morriam de over na casa de alguém, e a maneira mais fácil de lidar com isso era jogá-las pela janela, porque a polícia não conseguia saber de onde tinham vindo.

Mas não ia pensar naquilo, então foi para a cozinha e vasculhou a geladeira e os armários. Havia um pacote de grãos de café no freezer, mas café dá uma tremedeira junto com o wiz. Havia vários pacotinhos laminados com rótulos japoneses, produtos desidratados e congelados. Encontrou um pacote de saquinhos de chá e tirou o lacre de uma das garrafas de água da geladeira. Colocou um pouco numa panela e remexeu o fogão até conseguir aquecê-la. Os bocais eram círculos impressos no balcão preto; era para colocar a panela no centro de um círculo e tocar um ponto vermelho impresso ao lado. Quando a água ficou quente, jogou um dos saquinhos de chá dentro e tirou a panela do fogão.

Debruçou-se sobre a panela, aspirando o vapor com aroma de ervas.

Nunca se esquecia de como Eddy era, quando ele não estava por perto. Talvez não fosse grande coisa, mas fosse como fosse, estava sempre por perto. É preciso ter um rosto por perto que não mude. Mas pensar em Eddy talvez não fosse uma boa ideia naquela hora. Logo daria o estalo, a onda acabaria e antes disso teria que pensar num jeito de voltar para o hotel e de repente tudo parecia complicado demais, coisas demais para fazer, fatos para acertar e aquilo era o estalo, quando você tinha que começar a se preocupar em colocar o dia em ordem de novo.

Achou que Prior não iria deixar que Eddy batesse nela, contudo, porque o que ele queria tinha algo a ver com sua aparência. Virou-se para pegar uma xícara.

Prior estava lá, usando um casaco preto. Ouviu a própria garganta fazer um barulhinho estranho e involuntário.

Já tinha visto muitas coisas antes, sob o efeito do wiz; se olhasse direito para elas, simplesmente desapareciam. Tentou fazer isso com Prior, mas não funcionou.

Ele ficou lá, parado, com uma espécie de arma de plástico nas mãos, sem apontar para ela, apenas segurando-a. Estava usando luvas como as que Gerald tinha usado para examiná-la. Não parecia irritado; porém, daquela vez, não estava sorrindo. E, por um bom tempo, não disse coisa alguma, nem Mona falou.

– Quem está aqui? – Como quem pergunta ao chegar numa festa.

– Michael.

– Onde?

Ela apontou na direção da cama.

– Pegue seus sapatos.

Ela passou por ele, saindo da cozinha, abaixando-se automaticamente para pegar sua lingerie no carpete. Seus sapatos estavam ao lado do sofá.

Ele a seguiu e a observou colocar os sapatos. Continuava segurando a arma. Com a outra mão, pegou a jaqueta de couro de Michael do sofá e jogou na direção dela. – Vista isso – disse. Ela vestiu e enfiou a lingerie num dos bolsos.

Ele pegou a capa de chuva branca e rasgada, dobrou-a e colocou dentro do bolso do casaco dele.

Michael estava roncando. Talvez acordasse logo para ver a gravação outra vez. Com o equipamento que tinha, na verdade não precisava de ninguém lá.

No corredor, observou Prior voltar a trancar a porta, com uma caixa cinza. A arma tinha desaparecido, mas não viu quando a guardou. A caixa tinha um pedaço de cabo vermelho saindo para fora e uma chave magnética de aparência comum na ponta.

Estava frio na rua. Ele a levou até a esquina e abriu a porta de um pequeno veículo branco de três rodas. Ela entrou. Ele se sentou no lado do motorista e tirou as luvas. Deu partida no carro; ela ficou olhando uma nuvem refletida na fachada espelhada de cobre de uma torre.

– Ele vai pensar que roubei isso – disse ela, olhando para a jaqueta.

Então, o wiz disparou uma última cartada, uma cascata despedaçada de sinapses neuronais: Cleveland na chuva e uma sensação boa que teve uma vez, caminhando.

Prata.

16

FILAMENTO NOS ESTRATOS

Sou seu público ideal, Hans – enquanto a gravação recomeçava pela segunda vez. *Como encontrar um espectador mais atento? E você realmente a capturou, Hans: eu sei porque sonho as memórias dela. Vejo como chegou perto.*

Sim, você os capturou. A viagem para fora, a construção de muros, a longa espiral interior. Gostavam de muros, não? O labirinto de sangue, de família. O dédalo pendurado sobre o vácuo, dizendo, *Nós somos aquilo dentro, aquilo fora é outro, aqui para sempre residiremos.* E a escuridão estava lá, desde o começo... Você a encontrou repetidamente nos olhos de Marie-France, imobilizou-a num zoom lento contra as órbitas sombreadas do crânio. Ela não demorou para impedir que sua imagem fosse gravada. Você trabalhou com o que tinha. Ajustou a imagem dela, girou-a através de planos de luz, planos de sombra, modelos gerados, mapeou seu crânio em redes de neon. Usou programas especiais para envelhecer as imagens, de acordo com modelos estatísticos, sistemas de animação fizeram viver sua Marie-France madura. Você reduziu a imagem dela a um vasto, porém finito, número de pontos e misturou-os, deixando que novas formas surgissem e escolhendo aquelas que pareciam lhe dizer algo... Então passou para os outros, para Ashpool e a filha cujo rosto emoldura seu trabalho, primeira e última imagem.

* * *

A segunda exibição solidificou a história da família para Angie, permitindo que reunisse os fragmentos de Becker numa linha do tempo que começava com casamento de Tessier e Ashpool, uma união comentada, na época, principalmente na mídia financeira e corporativa. Cada um era herdeiro de mais do que um pequeno império: Tessier tinha uma fortuna de família, fundada sobre nove patentes básicas em bioquímica aplicada e Ashpool detinha uma enorme firma de engenharia, sediada em Melbourne, que levava o nome de seu pai. Era um casamento tanto quanto uma fusão, para os jornalistas, embora a entidade corporativa resultante fosse vista por muitos como inepta, uma quimera com duas cabeças radicalmente desiguais.

Mas então era possível ver, nas fotografias de Ashpool, o tédio desaparecendo, enquanto surgia, em seu lugar, uma completa certeza de propósito. O efeito era pouco lisonjeiro – na verdade, era amedrontador: o rosto duro e lindo tornava-se mais endurecido, cruel em sua intenção.

Um ano após seu casamento com Marie-France Tessier, Ashpool tinha se livrado de 90% das ações de sua firma, tendo reinvestido o dinheiro em propriedades orbitais e equipamentos para transporte espacial. Os frutos da união biológica, duas crianças, irmão e irmã, tinham sido trazidos ao mundo por barrigas de aluguel na *villa* de sua mãe em Biarritz.

Os Tessier-Ashpool ascenderam para o arquipélago de alta órbita e encontraram a eclíptica esparsamente demarcada por estações militares e as primeiras fábricas autômatas dos cartéis. Então começaram a construir. Suas riquezas combinadas, inicialmente, mal se igualavam ao investimento da Ono-Sendai em um único módulo de processos da operação orbital de semicondutores daquela multinacional, mas Marie-France demonstrou um inesperado tino para negócios, criando um paraíso de dados altamente lucrativo que atendia às necessidades de setores de reputação dúbia da comunidade bancária internacional. Isso, por sua vez, criava conexões com os bancos em si, e seus clientes. Ashpool fazia vultosos empréstimos e o muro de concreto lunar que se tornaria Freeside cresceu e curvou-se, enclausurando seus criadores.

Quando veio a guerra, os Tessier-Ashpool estavam atrás daquele muro. Assistiram Bonn piscar e sumir, depois Belgrado. A construção do fuso continuou com poucas interrupções sem importância durante aquelas três semanas; mais tarde, durante a década caótica e atordoada que se seguiu, por vezes ficou mais difícil.

As crianças, Jean e Jane, estavam com eles agora, a *villa* em Biarritz tendo sido vendida para financiar a construção do depósito criogênico para a sua casa, a Villa Straylight. Os primeiros ocupantes do cofre foram dez pares de embriões congelados, 2Jean e 2Jane, 3Jean e 3Jane... Havia inúmeras leis proibindo ou, pelo menos, controlando a replicação artificial de material genético de um indivíduo, mas havia também inúmeras questões de jurisdição...

Ela congelou o replay e pediu que a casa voltasse à sequência anterior. Fotografias de outra unidade de armazenamento criogênico construída pelos fabricantes suíços do cofre da Tessier-Ashpool. A suposição de similaridade de Becker fora correta, ela sabia: aquelas portas circulares de vidro escuro, ornamentadas por bordas cromadas, eram imagens centrais da memória da outra, potentes e totêmicas.

As imagens avançaram novamente, para a construção de estruturas no ambiente de gravidade zero na superfície interna do fuso, instalação de um sistema de energia solar Lado-Acheson, a implementação de atmosfera e gravidade rotacional... Becker havia se deparado com uma enormidade de material, horas de documentação detalhada e de alta qualidade. Sua resposta foi uma montagem selvagem e entrecortada que rasgava o lirismo superficial do material original, isolando os rostos tensos e exaustos dos operários em meio ao frenesi de maquinário, uma colmeia. Os jardins de Freeside cresceram e floresceram num estremecer em fast-forward de madrugadas gravadas e pôres do sol sintéticos; uma terra exuberante e lacrada, ornada com piscinas turquesa. Tessier e Ashpool emergiram para a cerimônia de inauguração, saindo de Straylight, sua área privada escondida na ponta da espiral, notadamente desinteressados, enquanto inspecionavam o país que haviam construído. Aqui, Becker diminui o ritmo e retoma a sua análise obsessiva. Esta seria a última vez em que Marie-France encarava uma câmera; Becker explorou os planos de seu rosto numa fuga torturada e prolongada, o movimento das imagens em refinado contraponto com a linha sinuosa de feedback que curvava e açoitava em meio aos inconstantes níveis de estática de sua trilha sonora.

Angie pediu nova pausa, levantou-se da cama, foi para a janela. Sentiu uma elevação, um sentimento inesperado de força e unidade interna. Tinha se sentido deste modo sete anos antes, em Nova Jersey, quando descobriu que outros conheciam aqueles que apareciam em seus sonhos, e os denominavam loa, Cavaleiros Divinos, nomeavam-nos e convocavam-nos e negociavam com eles para obter seus favores.

Mesmo na época, havia confusões. Bobby argumentou que Linglessou, que cavalgava Beauvoir no oumphor, e o Linglessou da matrix eram entidades separadas, se é que o primeiro fosse mesmo uma entidade. – Eles têm feito isso por dez mil anos – dissera ele –, dançar e endoidar, mas essas coisas no ciberespaço só passaram a existir nos últimos sete, oito anos. – Bobby acreditava nos antigos cowboys, aqueles para quem pagava drinques no Gentlemen Loser sempre que a carreira de Angie o levava para o Sprawl, aqueles que insistiam que os loa eram recém-chegados. Os antigos cowboys se lembravam de um tempo em que coragem e talento eram os únicos fatores decisivos na carreira de um artista de console, ainda que Beauvoir tivesse respondido que era necessário exatamente o mesmo para lidar com os loa.

– Mas eles vêm até mim – rebateu ela. – Não preciso de um console.

– É o que você tem dentro da sua cabeça. O que o seu pai fez...

Bobby tinha dito a ela que havia um consenso geral, entre os cowboys mais velhos, de que houve um dia em que as coisas mudaram, embora ninguém concordasse sobre como e quando isso havia ocorrido.

Quando Isso Mudou, era como se referiam àquilo, e Bobby tinha levado para o Loser uma Angie disfarçada para ouvi-los, seguida por ansiosos seguranças da Net que não puderam cruzar a porta. O fato de terem barrado os seguranças havia impressionado Angie muito mais do que a conversa, na época. O Gentleman Loser tinha se tornado um bar de cowboys desde a guerra que vira nascer a nova tecnologia, e não havia, em todo o Sprawl, um ambiente criminoso mais exclusivo – ainda que, quando Angie o visitou, essa exclusividade já houvesse há muito incluído um vago pressuposto de que os frequentadores assíduos estariam aposentados. Os garotos novos não vinham mais fazer negócios no Loser, mas alguns vinham escutar.

Agora, no quarto da casa em Malibu, Angie lembrou-se deles contando suas histórias de Quando Isso Mudou, consciente de que uma parte dela estava tentando combinar aquelas memórias, aquelas histórias, com sua própria história e a da Tessier-Ashpool.

3Jane era o filamento, Tessier-Ashpool os estratos, sua data de nascimento oficialmente registrada como a mesma de seus dezenove irmãos clones. O “interrogatório” de Becker tornou-se ainda mais acirrado quando 3Jane veio ao mundo em outro útero de aluguel, parto de cesariana na sala de cirurgia de Straylight. Os críticos concordaram: 3Jane era o estopim da obra de Becker. Após o nascimento de 3Jane, o foco do documentário mudava sutilmente, exibindo uma nova intensidade, um crescimento da obsessão – um sentido, como mais de um crítico tinha afirmado, de pecado.

3Jane tornou-se o foco, uma costura de ouro perverso no granito da família. *Não*, pensou Angie, *prata, pálida e iluminada pela lua*. Examinando a fotografia, tirada por um turista chinês, de 3Jane e suas duas irmãs à beira da piscina de um hotel em Freeside, Becker volta repetidamente aos olhos de 3Jane, suas clavículas afundadas, a fragilidade de seus pulsos. Fisicamente, as irmãs eram idênticas, mas ainda assim alguma coisa *informa* 3Jane, e a busca de Becker pela natureza desta informação se torna o impulso central do trabalho.

Freeside prospera à medida que o arquipélago se expande. Nodo bancário, bordel, paraíso de dados, território neutro para corporações em guerra, a espiral passa a desempenhar um papel cada vez mais complexo na história da alta órbita, enquanto a Tessier-Ashpool S.A. retrocede para trás de mais um muro, desta vez composto por corporações subsidiárias. O nome de Marie-France emerge brevemente, em conexão com um julgamento de patente em Genebra, relacionado a certos avanços no campo da inteligência artificial, e o gigantesco financiamento da Tessier-Ashpool para pesquisas nessa área é revelado pela primeira vez. Novamente, a família demonstra sua habilidade peculiar para desaparecer de vista, ingressando num novo período de obscuridade, o qual só terminaria com a morte de Marie-France.

Houve rumores persistentes sobre assassinato, mas qualquer tentativa de investigação seria tragada pela riqueza e o isolamento da família, o alcance peculiar e a complexidade de suas conexões políticas e financeiras.

Angie, assistindo a Becker pela segunda vez, soube a identidade do assassino de Marie-France Tessier.

De madrugada, fez café na cozinha escura e sentou-se para observar a linha clara das ondas.

– Continuidade.

– Olá, Angie.

– Você sabe como encontrar Hans Becker?

– Tenho o número do agente dele em Paris.

– Ele fez alguma coisa desde *Antártica*?

– Não que eu saiba.

– Quanto tempo faz isso?

– Cinco anos.

– Obrigada.

– De nada, Angie.

– Tchau.

– Tchau, Angie.

Será que Becker havia presumido que 3Jane foi responsável pela morte de Ashpool? Ele parecia sugerir isso, de um jeito oblíquo.

– Continuidade.

– Olá, Angie.

– O folclore dos jóqueis de console, Continuidade. O que você sabe sobre isso? – *E o que Swift vai depreender disso tudo?*, perguntou-se.

– O que você gostaria de saber, Angie?

– "Quando Isso Mudou"...

– A forma mítica é geralmente encontrada em um de dois modos. Um modo pressupõe que a matrix do ciberespaço é habitada, ou talvez visitada, por entidades cujas características correspondem à forma mítica de um "povo oculto". O outro envolve hipóteses de onisciência, onipotência e incompreensibilidade de parte da própria matrix.

– Que a matrix é Deus?

– É um modo de dizer, embora fosse mais preciso, em termos da forma mítica, dizer que a matrix *tem* um Deus, já que a onipotência e onisciência deste ser supostamente se limitam à matrix.

– Se ele tem limites, não é onipotente.

– Exatamente. Note que a forma mítica não credita ao ser a imortalidade, como seria de esperar, habitualmente, no caso de sistemas de crenças baseadas num ser supremo, pelo menos no que diz respeito à sua cultura em particular. O ciberespaço existe, até onde podemos dizer que exista, em virtude da atividade humana.

– Como você.

– Sim.

Vagou pela sala, onde as cadeiras Luís XVI pareciam esqueletos na luz cinzenta, suas pernas esculpidas como ossos dourados.

– Se existisse tal ser – disse ela – você seria parte dele, não seria?

– Sim.

– Você saberia?

– Não necessariamente.

– Você *sabe*?

– Não.

– Você descarta tal possibilidade?

– Não.

– Você acha esta conversa estranha, Continuidade? – Seu rosto estava úmido com lágrimas, embora não as tivesse sentido surgir.

– Não.

– E como é que as histórias sobre... – hesitou, quase dizendo os loa –, sobre coisas na matrix, como elas se encaixam nesta ideia de ser supremo?

– Não se encaixam. Ambas são variantes de "Quando Isso Mudou". Ambas têm origem muito recente.

– Quantos?

– Aproximadamente quinze anos.

17

JUMP CITY

Acordou com a palma fria de Sally pressionando a sua boca, a outra mão gesticulando, pedindo silêncio.

As pequenas luzes estavam ligadas, aquelas afixadas aos painéis do espelho salpicado de dourado. Uma de suas malas estava aberta, sobre a cama gigante, com uma pequena pilha de roupas bem arrumadas ao seu lado.

Sally tocou seu dedo indicador nos lábios fechados, depois fez um gesto em direção à mala e às roupas.

Kumiko deslizou para fora do edredom e enfiou um suéter, para se proteger do frio. Olhou para Sally novamente e pensou em dizer alguma coisa. Não importava o que fosse aquilo, pensou, apenas uma palavra faria com que Petal viesse. Estava vestida do mesmo jeito como Kumiko a tinha visto na última vez, usando a jaqueta de pelica, uma manta xadrez amarrada debaixo do queixo. Repetiu o gesto: faça as malas.

Kumiko vestiu-se apressadamente, depois começou a colocar as roupas na mala. Sally movia-se impaciente e silenciosamente pelo quarto, abrindo gavetas, fechando-as. Encontrou o passaporte de Kumiko, um pedaço de plástico preto ornamentado com um crisântemo dourado, e pendurou-o ao redor do pescoço de Kumiko com seu cordão de nylon preto. Sumiu dentro do cubículo embutido e apareceu com a frasqueira de toalete de Kumiko.

Enquanto Kumiko fechava a mala, o telefone de marfim começou a tocar.

Sally ignorou-o, pegou a mala da cama, abriu a porta, puxou Kumiko pela mão e levou-a para o corredor escuro. Soltando a mão, Sally fechou a porta atrás delas, abafando o som do telefone e deixando-as em total escuridão. Kumiko deixou-se guiar até o elevador - sabia que era isso pelo cheiro de óleo e de cera para madeira, o ruído do portão de metal.

Depois desceram.

Petal estava esperando por elas no vestíbulo branco e claro, envolto num enorme robe de flanela. Estava usando suas pantufas gastas; suas pernas, abaixo da barra do robe, eram muito brancas. Segurava uma arma nas mãos, pequena e grossa, de um preto opaco.

– Mas que diabos... – disse ele, suavemente, quando as viu – O que está acontecendo?

– Ela vai comigo – disse Sally.

– Isto – disse Petal, lentamente – é absolutamente impossível.

– Kumi – disse Sally, sua mãos nas costas de Kumiko, guiando-a para fora do elevador –, há um carro esperando.

– Você não pode fazer isso – disse Petal, mas Kumiko sentiu sua confusão, incerteza.

– Então me dá um tiro, Petal.

Petal baixou a arma. – É Swain quem vai atirar em mim, se te deixar sair.

– Se ele estivesse aqui, estaria com o mesmo problema, não é?

– Por favor – disse Petal –, não.

– Ela estará bem. Não se preocupe. Abra a porta.

– Sally – disse Kumiko –, para onde estamos indo?

– Para o Sprawl.

E acordou novamente, aconchegada sob a jaqueta de pelica de Sally, com a vibração suave do voo supersônico. Lembrou-se do enorme carro baixo, esperando por elas na alameda; holofotes saltando da fachada das casas de Swain, enquanto ela e Sally se aproximavam do asfalto; o rosto suado de Tick através de uma das janelas do carro; Sally abrindo uma porta, conduzindo-a para dentro; Tick praguejando continuamente em voz baixa, ao acelerar o carro; pneus gritando quando virou rápido demais na estrada de Kensington Park; Sally dizendo que fosse mais devagar, que deixasse o carro dirigir.

E, lá no carro, lembrou-se de ter recolocado a unidade Maas-Neotek no esconderijo, atrás do busto de mármore – Colin deixado para trás com toda a sua pose de espertalhão de gravura, os cotovelos de sua jaqueta desgastados como as pantufas de Petal – nada mais do que era, um fantasma.

– Quarenta minutos – disse Sally, da poltrona ao seu lado no avião. – Que bom que você dormiu. Vão trazer o café da manhã. Você se lembra do nome no seu passaporte? Ótimo. Agora, não me pergunte nada até que eu tome um pouco de café, ok?

Kumiko conhecia o Sprawl de milhares de stims; a fascinação com a vasta concentração urbana era um traço comum na cultura popular japonesa.

Ela tinha alguns conceitos preconcebidos da Inglaterra quando chegou lá: imagens vagas de várias construções famosas, impressões desfocadas de uma sociedade que a sua própria via como pitoresca e estagnada. (Nas histórias de sua mãe, a princesa-bailarina descobria que os ingleses, embora a admirassem, não poderiam pagar para que dançasse.) Londres, até então, tinha sido o oposto de suas expectativas, com sua energia, sua evidente riqueza, uma agitação similar à de Ginza em suas grandes ruas de comércio.

Também tinha muitas ideias preconcebidas sobre o Sprawl, a maior parte das quais foi estilhaçada poucas horas após a chegada.

Mas, enquanto esperava ao lado de Sally na fila com outros passageiros, numa vasta sala de alfândega, com um teto alto, cujas colunas erguiam-se até perderem-se na escuridão, uma escuridão quebrada em alguns pontos por globos de luz pálida – globos circundados, embora fosse inverno, por nuvens de insetos, como se o prédio possuísse seu próprio clima – era o Sprawl do stim que imaginava, o pano de fundo elétrico e sensual das vidas agitadas de Angela Mitchell e Robin Lanier.

Cruzando a alfândega – que consistia, apesar da interminável espera na fila, em passar seu passaporte por uma ranhura de metal com aparência oleosa – e entrando em um frenético salão de concreto, onde carrinhos de bagagem autômatos avançavam com dificuldade entre a multidão que corria de um lado para outro e lutava por um transporte terrestre.

Alguém pegou sua mala. Inclinou-se e tirou-a de suas mãos com uma facilidade e confiança que sugeriam que estava lá para isso, que era um funcionário executando uma tarefa banal, como as moças fazendo mesuras de boas-vindas nas portas das lojas de departamento em Tóquio. E Sally deu um chute nele. Chutou-o atrás dos joelhos, girando graciosamente, como as lutadoras de boxe tailandês na sala de bilhar de Swain, agarrando a mala antes que a parte de trás da cabeça do homem e o concreto manchado se encontrassem com um estalo audível.

Em seguida, Sally puxava-a, a multidão tinha se fechado sobre a figura caída no chão e a violência casual e repentina poderia ter sido um sonho, exceto que Sally estava sorrindo pela primeira vez desde que partiram de Londres.

Sentindo-se inteiramente deslocada agora, Kumiko observava enquanto Sally fazia uma pesquisa sobre os veículos disponíveis, subornando rapidamente um despachante uniformizado, intimidando outros três possíveis passageiros e conduzindo Kumiko para dentro de um hovercraft de chassis denteado, laterais reforçadas, pintado com faixas diagonais amarelas e pretas. O compartimento de passageiros era espartano e tinha uma aparência profundamente desconfortável. O motorista, se é que havia algum, estava invisível atrás da blindagem em plástico, bastante rabiscada. Uma microcâmera de vídeo podia ser vista entre a blindagem e o teto, e alguém havia desenhado uma imagem pornográfica lá: o torso de um homem, a câmera era seu pênis. Quando Sally entrou e bateu a porta, um alto-falante rosnou alguma coisa que Kumiko deduziu ser um dialeto do inglês.

– Manhattan – disse Sally. Pegou um maço de dinheiro de papel no bolso de sua jaqueta e sacudiu-o em frente à câmera.

O alto-falante fez barulhos interrogativos.

– Midtown. Eu lhe digo onde quando chegarmos lá.

O colchão de ar do táxi inflou-se, a luz no compartimento do passageiro se apagou e elas partiram.

18

TEMPO EM CANA

Ele estava no loft de Gentry. Estava observando Cherry fazer aquelas coisas de enfermeira em Gentry. Cherry olhou para ele, de onde estava sentada, na ponta da cama de Gentry. – Como está, Slick?

– Bem... Estou bem.

– Lembra de eu ter perguntado antes?

Ele estava olhando para baixo, para o rosto do homem que Kid Afrika chamava de Conde. Cherry estava ajustando alguma coisa na superestrutura da maca, uma bolsa de fluido cor de aveia.

– Como se sente, Slick?

– Me sinto bem.

– Você não está bem. Você continua es...

Ele estava sentado no chão do loft de Gentry. Seu rosto estava úmido. Cherry estava ajoelhada ao seu lado, perto, as mãos dela em seus ombros.

– Você esteve em cana?

Ele concordou com a cabeça.

– Unidade quimiopenal?

– Sim...

– Korsakovs induzidos?

Ele...

* * *

– Episódios? – Cherry perguntou. Ele estava sentado no chão do loft de Gentry. Onde estava Gentry? – Você tem episódios como este? A memória de curto prazo some?

Como ela sabia? Onde estava Gentry?

– O que desencadeia?

– O que desencadeia a síndrome, Slick? O que joga você no tempo-de-prisão? – Ele estava sentado no chão do loft de Gentry e Cherry estava praticamente sobre ele.

– Estresse – respondeu, se perguntando como ela sabia daquelas coisas. – Onde está o Gentry?

– Eu o coloquei na cama.

– Por quê?

– Ele saiu do ar. Quando viu aquela coisa...

– Que coisa?

Cherry estava pressionando um derma rosa contra o pulso dele. – Um tranquilizante forte – disse ela. – Talvez tire você dessa...

– Tirar do quê?

Ela suspirou. – Não importa.

Ele acordou na cama com Cherry Chesterfield. Estava totalmente vestido, tudo menos a sua jaqueta e as botas. A ponta de seu pênis ereto estava presa atrás da fivela de seu cinto, pressionada contra o jeans quente contra o traseiro de Cherry.

– Nem pense nisso.

A luz de inverno, através da janela remendada, e seu hálito branco quando falava. – O que aconteceu? – Por que estava tão frio no quarto? Ele se lembrava do grito de Gentry quando a coisa deu um bote na direção dele...

Sentou-se, rápido.

– Calma – disse ela, virando-se. – Deite novamente. Não sei o que é preciso para disparar a coisa...

– O que você quer dizer?

– Deite de novo. Fique embaixo das cobertas. Quer congelar?

Fez o que ela mandou. – Você esteve na prisão, certo? Numa unidade quimiopenal?

– Sim... Como você sabe?

– Você me contou. Noite passada. Contou que o estresse pode desencadear um flashback. Então foi isso que aconteceu. A coisa tentou pegar o seu amigo, você pulou em direção ao interruptor, desligou aquela mesa. Ele caiu, sofreu um corte na cabeça. Estava cuidando dele quando percebi que você ficou estranho. Acabei concluindo que você só tinha uma memória consecutiva durante uns cinco minutos a cada vez. Acontece em casos de choque, às vezes, ou concussão...

– Onde está ele? Gentry.

– Está na cama, lá no canto dele, sedado. Do jeito que estava, achei que um dia de sono seria bom. De qualquer modo, isso nos livra dele por um tempo.

Slick fechou os olhos e viu a coisa cinza de novo, a coisa que tinha saltado em direção a Gentry. Tinha o formato de um homem, ou algo assim, ou um primata. Nada parecido como a figura intricada que o equipamento de Gentry gerava em sua busca pela Forma.

– Acho que estamos sem energia – disse Cherry. – A luz apagou há umas seis horas.

Ele abriu os olhos. O frio. Gentry não tinha feito seus passes no console. Grunhiu.

Deixou Cherry fazendo café no fogão de butano e saiu para procurar Little Bird. Encontrou-o pelo cheiro de fumaça. Little Bird tinha feito fogo num latão e dormiu ao lado dele, enrolado como um cachorro. – Ei – disse Slick, sacudindo o garoto com sua bota –, levanta. Temos problemas.

– A merda da energia acabou – murmurou, sentando-se num saco de dormir cheio de graxa, manchado com a mesma cor do chão da Fábrica.

– Eu percebi. Esse é o problema número um. O número dois é que precisamos de um caminhão ou de um hovercraft ou algo assim. Temos que tirar aquele cara daqui. Está dando confusão com o Gentry.

– Mas o Gentry é o único que pode consertar a força – Little Bird levantou-se, tremendo de frio.

– Gentry está dormindo. Quem tem um caminhão?

– Marvie e os outros – disse Little Bird, e começou a tossir.

– Pegue a moto de Gentry, vai e traz de volta no caminhão. Agora.

Little Bird se recuperou do ataque de tosse. – É sério?

– Você sabe como andar na moto, não é?

– Sim, mas o Gentry, o cara vai ficar...

– Deixa que eu cuido disso. Você sabe onde fica guardada a chave reserva?

– Sei, claro – disse Little Bird, timidamente. – Mas... – arriscou – e se Marvie e os outros não quiserem me emprestar o caminhão?

– Dá isso pra eles – disse Slick, tirando o ziploc cheio de drogas do bolso de sua jaqueta. Cherry tinha pegado o pacote depois de fazer o curativo na cabeça de Gentry. – Mas dá *tudo* pra eles, entendeu? Porque vou perguntar depois.

O bíper de Cherry disparou enquanto estavam tomando café na sala de Slick, aconchegados um no outro, no canto da cama. Ele estava contando tudo o que sabia sobre o Korsakov, porque ela tinha perguntado. Nunca havia falado muito a respeito daquilo com ninguém e, na verdade, era curioso como ele sabia pouco sobre o assunto. Contou a ela sobre os flashbacks anteriores, depois tentou explicar como o sistema funcionava na cadeia. O truque era que você conservava a memória de longo prazo até o ponto em que começavam a administrar a droga. Assim, podiam treiná-lo para fazer algo antes que começasse a cumprir sua pena, porque você não se esqueceria daquilo. Eram basicamente coisas que robôs poderiam fazer. Haviam treinado Slick para montar engrenagens de trens em miniatura; quando aprendeu como montar uma em cinco minutos, foi isso.

– E eles não fizeram mais nada? – ela perguntou.

– Só as engrenagens de trem.

– Não, quero dizer, como bloqueadores de cérebro.

Olhou para ela. A ferida no seu lábio estava quase curada. – Se fazem isso, não nos contam – respondeu.

Então o bíper disparou em uma de suas jaquetas.

– Algo está errado – disse, levantando-se rapidamente.

Encontraram Gentry ajoelhado ao lado da maca segurando algo preto nas mãos. Cherry arrancou a coisa dele antes que Gentry pudesse se mover. Ele ficou onde estava, olhando fixo para ela e piscando muito.

– É difícil manter você apagado, cara. – Entregou para Slick a coisa preta. Uma câmera retinal.

– Temos que descobrir quem ele é – disse Gentry. Sua voz estava grogue com as drogas que ela tinha administrado, mas Slick sentiu que o lado mais barra-pesada da loucura tinha retrocedido.

– Que diabos – disse ela. – Você nem sabe se estes são os olhos que ele tinha há um ano.

Gentry tocou o curativo em sua testa. – Você também viu, não é?

– Sim – disse Cherry. – Ele desligou a coisa.

– Foi o choque – disse Gentry. – Eu não tinha imaginado... Não havia perigo real. Eu não estava preparado...

– Você estava completamente pirado – disse Cherry.

Gentry ficou de pé, meio desequilibrado.

– Ele está de saída – disse Slick. – Mandei o Bird pegar um caminhão emprestado. Não estou gostando nem um pouco dessa merda toda.

Cherry encarou-o. – De saída para onde? Eu tenho que ir junto. É o meu trabalho.

– Conheço um lugar – mentiu Slick. – A energia caiu, Gentry.

– Você não pode levá-lo para lugar algum – disse Gentry.

– Não enche.

– Não, sério. – Gentry estava balançando ligeiramente. – Ele fica. Os *jumpers* estão no lugar. Não vou mais perturbá-lo. Cherry pode ficar aqui.

– Você vai ter que explicar essa merda, Gentry – disse Slick.

– Para começar – disse Gentry, e apontou para a coisa sobre a cabeça do Conde – isto não é um "ele-efe"; é um *aleph*.

19

ENTRANDO NA FACA

Hotel de novo, afundando na marcha fúnebre da ressaca do wiz, Prior conduzindo-a pelo vestíbulo, turistas japoneses já de pé, rodeando guias de aparência entediada. E um passo, outro passo, um passo após o outro, sua cabeça tão pesada agora, como se alguém tivesse aberto um buraco em cima, derramado meio quilo de chumbo, e seus dentes pareciam pertencer a outra pessoa, grandes demais; ela se desequilibrou no elevador, quando a gravidade adicional a pressionou.

– Cadê o Eddy?

– Eddy foi embora, Mona.

Abriu bem os olhos e olhou para ele, vendo que o sorriso estava de volta, filho da mãe. – O quê?

– Eddy foi comprado. Compensado. Está a caminho de Macau com uma linha de crédito. Uma bela temporada de jogatina às nossas custas.

– Compensado?

– Por seu investimento. Em você. Pelo tempo dele.

– Tempo dele? – As portas se abriram frente ao corredor de carpete azul.

E alguma coisa caindo dentro dela, fria: Eddy odiava jogar.

– Você trabalha para nós agora, Mona. Não gostaríamos que saísse por aí sozinha novamente.

Mas você deixou, pensou, *me deixou sair. E sabia onde me encontrar. Eddy foi embora...*

Não se lembrou de ter pegado no sono. Ainda estava usando o vestido, a jaqueta de Michael jogada por sobre os ombros como um cobertor. Podia ver o canto do prédio em forma de montanha pela janela, sem mexer a cabeça, mas o carneiro de longos chifres não estava lá.

Os stims de Angie ainda estavam lacrados no plástico. Pegou um deles, aleatoriamente, rasgou a embalagem com a unha, encaixou-o na ranhura e colocou os trodos. Não estava pensando; suas mãos pareciam saber o que fazer, animais amigáveis que não iriam machucá-la. Um deles apertou PLAY e ela escorregou para dentro do mundo de Angie, puro como qualquer droga, saxofone lânguido e passeio de limusine por alguma cidade europeia, a forma como as ruas revolviam em torno dela, em torno do carro sem motorista, avenidas largas, limpas e vazias ao amanhecer, com o toque de um casaco de pele em seus ombros, rodando por uma estrada reta através de campos sem relevo, delineados por árvores perfeitas e idênticas.

E, virando uma rua, pneus sobre cascalho, subindo uma estradinha sinuosa em meio a um parque, onde o orvalho era prateado, um cervo de ferro de um lado, um torso de mármore úmido mais à frente... A casa era ampla, antiga, diferente de qualquer casa que já havia visto antes, mas o carro passou por ela, depois por vários prédios menores, chegando finalmente à borda de um amplo campo liso.

Havia vários planadores amarrados, a membrana translúcida esticada sobre molduras de policarbono de aparência frágil. Agitavam-se suavemente na brisa da manhã. Robin Lanier estava esperando ao lado deles, lindo, tranquilo, num suéter preto, Robin, que contracenava com Angie em quase todos os seus stims.

E ela estava saindo do carro em direção ao campo, rindo quando seus saltos afundaram na grama. E o resto do caminho em direção a Robin descalça, sapatos nas mãos, sorrindo, para os braços dele e seu perfume, seus olhos.

Um giro rápido, a edição criando uma dança, condensando os detalhes de embarcar no planador sobre o trilho de indução prateado, depois foram arremessados suavemente sobre a extensão do campo, elevando-se, inclinando-se para pegar o vento, e para cima, para cima, até que a enorme casa tornou-se uma pequena pedra numa vastidão de verde, verde cortado pelo brilho de um rio em curva...

...e a mão de Prior na tecla STOP, o cheiro de comida vindo de um carrinho ao lado da mesa dando nós em seu estômago, a dor surda, enjoada, da ressaca do wiz em cada articulação. – Coma – disse ele. – Estamos de saída. – Tirou a tampa de metal de uma das travessas. – Um grande sanduíche de carne – disse ele –, café, salgadinhos. Ordens médicas. Quando você estiver na clínica, não vai poder comer por um tempo...

– Clínica?

– De Gerald. Em Baltimore.

– Por quê?

– Gerald é cirurgião plástico. Vão fazer algumas intervenções em você. Tudo reversível mais tarde, se você quiser, mas achamos que ficará satisfeita com os resultados. Muito satisfeita. – O sorriso. – Alguém já lhe disse o quanto você é parecida com Angie, Mona?

Olhou para ele sem dizer nada. Deu um jeito de erguer-se, beber meia xícara de café aguado. Não podia sequer olhar para o sanduíche, mas comeu um dos salgadinhos. Tinha gosto de papelão.

Baltimore. Não sabia bem onde aquilo ficava.

E, em algum lugar, um planador flutuando para sempre sobre o campo verde, o casaco de pele em seus ombros e Angie ainda devia estar lá, ainda rindo...

Uma hora mais tarde, no vestíbulo, enquanto Prior assinava a conta, viu as malas de imitação de couro de crocodilo de Eddy passando num carrinho de bagagem robótico, foi quando teve certeza de que ele estava morto.

* * *

O consultório de Gerald tinha uma placa com grandes letras antigas, no quarto andar de um condomínio no que Prior dizia ser Baltimore. O tipo de prédio onde jogavam uma estrutura e os inquilinos comerciais traziam os seus próprios módulos, plug-ins. Como um acampamento de trailers na vertical, tudo percorrido por um emaranhado de cabos, fibra óptica, o encanamento para esgoto e água. – O que está escrito? – perguntou a Prior.

– Gerald Chin, Dentista.

– Você disse que ele era um cirurgião plástico.

– Ele é.

– Por que não podemos apenas ir a uma butique, como todo mundo?

Ele não respondeu.

Ela não estava realmente sentindo muita coisa naquele momento, e parte dela sabia que não estava tão assustada quanto deveria. Talvez estivesse tudo bem, contudo, porque se ficasse apavorada demais não seria capaz de fazer nada, e ela realmente queria pular fora daquele negócio todo, seja lá o que fosse. Na viagem de carro, encontrou algo volumoso no bolso da jaqueta de Michael. Levou uns dez minutos para entender que era uma arma de choque, do tipo que os figurões carregavam. Parecia uma chave de fenda com um par de chifres de metal rombudos no lugar da ponta. Provavelmente era carregada usando uma tomada normal; estava torcendo para que Michael a tivesse deixado carregada. Concluiu que Prior não sabia que aquilo estava ali. Aquelas coisas eram legais, na maioria dos lugares, porque não deviam provocar um estrago permanente, mas Lanette conhecia uma garota que tinha sido atacada com uma daquelas e nunca mais se recuperara.

Se Prior não sabia que estava no bolso dela, significava que ele não sabia de tudo, e parte do jogo dele era fazer com que ela pensasse que sabia. Mas ele também não sabia o quanto Eddy odiava jogar e apostar.

Não conseguia sentir muita coisa pelo Eddy, exceto que continuava achando que estava morto. Não importava quanto tivessem pago a ele, jamais iria embora sem aquelas malas. Mesmo que tivesse ido comprar um guarda-roupa totalmente novo, precisaria vestir-se bem para fazer as compras. Eddy se importava com roupas mais do que tudo. E aquelas malas de crocodilo eram especiais: ele as tinha conseguido com um ladrão de hotéis em Orlando e eram a coisa mais próxima que ele tinha de um lar. E agora que estava pensando sobre o assunto, não dava para acreditar que ele aceitasse ser comprado e sair fora, porque a coisa que mais queria no mundo era fazer parte de um grande esquema. Depois disso, ele achava que as pessoas passariam a levá-lo a sério.

Então, finalmente, alguém o levou a sério, pensou ela, enquanto Prior carregava sua sacola para a clínica de Gerald. Mas não como Eddy queria.

Olhou ao redor da mobília de plástico de uns vinte anos atrás, as pilhas de revistas sobre estrelas do stim em caracteres japoneses. Parecia um salão de beleza de Cleveland. Não havia ninguém lá, ninguém atrás do balcão da recepção.

Então Gerald apareceu, saindo de uma porta branca, vestindo um daqueles jalecos de laminado enrugado que os paramédicos vestiam em acidentes de trânsito. – Tranque a porta – disse para Prior, sob uma máscara de papel que cobria seu nariz, boca e queixo. – Olá, Mona. Por favor, por aqui... – Ele apontou para a porta branca.

Ela estava segurando a arma de choque, mas não sabia como ligá-la.

Seguiu Gerald; Prior veio atrás.

– Sente-se – disse Gerald. Ela se sentou numa cadeira branca esmaltada. Ele se aproximou, olhou para os olhos dela. – Você precisa descansar, Mona. Está exausta.

Havia um botão serrilhado no punho da arma de choque. Pressionar? Para a frente? Para trás?

Gerald foi até uma caixa branca com gavetas, tirou alguma coisa de lá.

– Aqui – disse ele, estendendo uma coisinha em forma de tubo com algo escrito no lado – isto vai ajudá-la... – Ela mal sentiu a diminuta dose de spray; havia uma mancha escura no tubo de aerosol, bem onde os olhos dela tentavam focar, crescendo...

* * *

Lembrou-se do velho mostrando como matar um bagre. O bagre tem um buraco em seu crânio, coberto com pele; pega-se algo rígido e fino, um arame, até mesmo uma palha de vassoura serve, basta introduzir...

Lembrou-se de Cleveland, um desses dias comuns, antes de chegar a hora de trabalhar, sentada na casa de Lanette, olhando uma revista. Encontrou uma foto de Angie rindo num restaurante com outras pessoas, todos bonitos, mas além disso eles tinham um *brilho*, não estava na fotografia mas estava presente mesmo assim, algo que podia ser sentido. Olha, disse para Lanette, mostrando a foto, eles têm esse brilho.

Isso se chama dinheiro, disse Lanette.

Isso se chama dinheiro. Basta introduzir.

20

HILTON SWIFT

Ele chegou sem avisar, como sempre, e sozinho; o helicóptero da Net pousou como uma vespa solitária, espirrando pedaços de algas ao longo da areia úmida.

Ela observou da balaustrada enferrujada quando ele saltou, algo jovial e quase desajeitado em seu aparente entusiasmo. Vestia um longo sobretudo de tweed marrom desabotoado, revelava a frente imaculada de uma de suas camisas listradas, o turbilhão da hélice agitando seu cabelo castanho-dourado e fazendo tremular sua gravata da Sense/Net. Robin estava certo, ela concluiu: era mesmo como se sua mãe o vestisse.

Talvez fosse deliberado, pensou, enquanto ele avançava pela praia, uma falsa ingenuidade. Lembrou-se que Porphyre uma vez tinha argumentado que as grandes corporações eram inteiramente independentes dos seres humanos que compunham o conselho diretor. Havia parecido muito óbvio para Angie, mas o cabeleireiro havia insistido que ela não tinha se dado conta de sua premissa básica. Swift era o executivo humano mais importante da Sense/Net.

O pensamento de Porphyre a fez sorrir; Swift, pensando que era um cumprimento, sorriu de volta.

* * *

Ofereceu-se para levá-la para almoçar em São Francisco; o helicóptero era extremamente veloz. Ela recusou, insistindo em preparar uma tigela de sopa suíça desidratada e aquecer no micro-ondas um pão de centeio congelado.

Ela se perguntou, observando-o comer, sobre sua sexualidade. Com mais de trinta anos, quase quarenta, de certo modo tinha o jeito de um adolescente extraordinariamente brilhante, cujo início da puberdade havia sido sutilmente atrasado. Rumores, vez por outra, já haviam atribuído a ele cada uma das preferências sexuais conhecidas, além de muitas que ela acreditava serem totalmente imaginárias. Nenhuma delas parecia provável para Angie. Ela o conhecia desde que entrou para a Sense/Net; ele já estava solidamente estabelecido nos escalões mais altos de produção quando ela chegou – era uma das pessoas mais importantes na equipe de Tally Isham e ficou imediatamente interessado nela, profissionalmente. Em retrospecto, ela presumia que Legba a havia colocado no caminho dele, que obviamente estava a caminho do topo, embora ela própria talvez não tivesse percebido, na época, fascinada com o brilho e o constante movimento daquele meio.

Bobby sentiu uma antipatia imediata por ele, movido pela hostilidade inerente de alguém saído de Barrytown contra qualquer autoridade, mas sempre conseguira esconder isso, pelo bem da carreira dela. A antipatia era mútua e Swift comemorou a separação e a partida de Bobby, com evidente alívio.

– Hilton – disse ela, enquanto servia uma xícara de chá de ervas, que ele preferia em vez de café –, por que Robin ainda está em Londres?

Ele olhou de volta, por cima da xícara fervente. – Algo pessoal, acho. Talvez ele tenha encontrado um novo amigo. – Bobby sempre tinha sido o *amigo* de Angie, para Hilton. Os amigos de Robin eram sempre homens jovens e atléticos; as discretas sequências eróticas dela com Robin nos stims eram montadas a partir de imagens de arquivo fornecidas por Continuidade e muito manipuladas por Raebel e sua equipe de efeitos especiais. Lembrou-se de uma noite que passaram juntos, numa casa no sul de Madagascar, a passividade e a paciência dele. Nunca mais tentaram novamente, e ela suspeitava de que ele tivesse medo de que a intimidade pudesse sabotar a ilusão que seus stims projetavam tão perfeitamente.

– O que ele achou de eu ter ido para a clínica, Hilton? Ele disse?

– Acho que admirou o que você fez.

– Alguém me disse, recentemente, que ele tem falado às pessoas que estou louca.

Ele puxou suas mangas listradas e afrouxou a gravata. – Não consigo imaginar Robin pensando isso, muito menos dizendo isso. Eu sei o que ele pensa de você. Você sabe como são as fofocas, na Net...

– Hilton, onde está Bobby?

Seus olhos castanhos, muito fixos. – Ainda isso, Angie?

– Hilton, você sabe. Deve saber. Você sabe onde ele está. Me conta.

– Nós o perdemos.

– Perderam?

– A segurança o perdeu. Você está certa, é claro: nós o rastreamos bem de perto, depois que partiu. Ele voltou ao seu meio. – Havia um tom de satisfação em sua voz.

– E que meio era esse?

– Nunca perguntei como vocês se conheceram – disse ele. – A segurança investigou vocês dois, é claro. Ele era um marginal de segunda.

Ela riu. – Nem mesmo isso...

– Você estava incrivelmente bem representada, Angie, para uma desconhecida. Seus agentes colocaram como condição-chave em seu contrato que também ficássemos com Bobby Newmark.

– Outros contratos já tiveram condições mais estranhas, Hilton.

– E ele aparece na folha de pagamentos como seu... companheiro.

– Meu "amigo".

Swift estava realmente enrubescendo? Ele desviou os olhos, olhando para baixo, para as mãos. – Quando ele partiu, foi para o México, para a Cidade do México. A segurança estava em seu encalço, é claro; não gostamos de perder o rastro de qualquer um que saiba demais sobre a vida pessoal de uma de nossas estrelas. Mas a Cidade do México é um lugar... muito *complicado*... Sabemos que ele parecia querer retomar sua antiga... carreira.

– Ele estava fazendo armações no ciberespaço?

Olhou-a nos olhos, de novo. – Estava se encontrando com pessoas do ramo, criminosos conhecidos.

– E? Continue.

– Ele... desapareceu. Sumiu. Você tem alguma ideia do que seja a Cidade do México, se você escorregar para baixo da linha de pobreza?

– E ele estava pobre?

– Ele se tornou um viciado. De acordo com as nossas melhores fontes.

– Um viciado? Viciado em quê?

– Não sei.

– Continuidade!

Ele quase cuspiu o chá.

– Olá, Angie.

– Bobby, Continuidade. Bobby Newmark, meu amigo – olhando furiosamente para Swift. – Ele foi para a Cidade do México. Hilton está dizendo que ficou viciado em alguma coisa. Uma droga, Continuidade?

– Desculpe, Angie. Esses dados são confidenciais.

– Hilton...

– Continuidade – ele começou, e tossiu.

– Olá, Hilton.

– Prioridade executiva, Continuidade. Temos essa informação?

– Fontes da Segurança descreveram o vício de Newmark como neuroeletrônico.

– Eu não entendo.

– É uma espécie de, bem, "wirehead" , estimulação direta dos centros de prazer... – disse Swift, hesitante. Ela teve um impulso de contar que havia encontrado a droga, o carregador.

Silêncio, criança. Sua cabeça estava cheia com o som de abelhas, uma pressão crescente.

– Angie? O que houve? – Levantou-se da cadeira, tentando ajudá-la.

– Nada. Estou... confusa. Desculpe. Nervos. Não é culpa sua. Eu ia lhe contar que encontrei o console de ciberespaço de Bobby. Mas você já sabia disso, não é?

– Posso pegar alguma coisa para você? Água?

– Não, obrigada, mas vou deitar um pouco, se você não se importar. Mas fique, por favor. Tenho algumas ideias para as sequências orbitais e queria ouvir a sua opinião...

– Claro. Tire um cochilo, vou dar uma caminhada na praia e depois conversamos.

Ela o observou da janela do quarto, assistindo sua figura marrom diminuir em direção à Colônia, seguido pelo pequeno e paciente Dornier.

Parecia uma criança na praia deserta; parecia tão perdido quanto ela se sentia.

21

O ALEPH

Quando o sol se ergueu, ainda sem energia para as lâmpadas de 100 watts, o loft de Gentry se encheu com uma nova luz. A luz do sol de inverno suavizava os contornos dos consoles e da mesa holográfica, dava uma nova textura aos livros antigos que se alinhavam em prateleiras de compensado arqueado na parede da esquerda. Enquanto Gentry caminhava e falava, seu rabo-de-cavalo loiro sacudindo cada vez que girava nos calcanhares da bota preta, sua excitação parecia sobrepujar os efeitos calmantes dos dermas para dormir de Cherry. Cherry estava sentada na beira da cama, observando Gentry mas dando uma olhada ocasional no indicador da bateria que ficava na superestrutura da maca. Slick estava sentado numa cadeira quebrada que havia sido recolhida de Solitude e forrada com plástico transparente, sobre um estofamento de roupas velhas.

Para o alívio de Slick, Gentry tinha deixado de lado a história da Forma e se lançado em sua teoria sobre o tal do aleph. Como sempre, depois que Gentry se animava, usava palavras e construções que Slick tinha dificuldade de entender, mas Slick sabia, por experiência própria, que era melhor não interrompê-lo; o truque era captar algum sentido do fluxo total, pulando as partes que não entendia.

Gentry disse que o Conde estava conectado no que acabava sendo um megaenorme microsoft: ele achava que todo aquele bloco era um único e sólido biochip. Se fosse verdade, a capacidade de armazenamento da coisa era virtualmente infinita; teria sido inimaginavelmente cara de se construir. Era, disse Gentry, uma das coisas mais estranhas que alguém poderia construir, embora houvesse rumores de que tais coisas existiam e que tinham seus propósitos, mais especificamente para o armazenamento de vastas quantidades de dados confidenciais. Sem link algum com a matrix global, os dados estavam imunes a qualquer ataque via ciberespaço. A questão era, naturalmente, que não poderia ser acessado através da matrix; era um arquivo morto.

– Ele pode ter qualquer coisa lá dentro – disse Gentry, parando para olhar o rosto inconsciente. Girou no calcanhar e começou a caminhar de novo. Um mundo. Mundos. Um número monstruoso de constructos de personalidade...

– Como se estivesse vivendo em um stim? – perguntou Cherry. – É por isso que ele está sempre em REM?

– Não – disse Gentry –, não é simstim. É completamente interativo. E é uma questão de escala. Se este é um biosoft da classe aleph, ele pode ter literalmente qualquer coisa ali. De certa forma, ele pode ter uma *aproximação de tudo...*

– Fiquei com a impressão, ouvindo o Kid Afrika – disse Cherry –, de que este cara está pagando para ficar assim. Como faria um wirehead, só que diferente. E mesmo assim, os wireheads não ficam em REM deste jeito...

– Mas quando você tentou trazê-lo para fora usando as suas coisas – arriscou Slick – o que veio foi aquela... coisa. – Percebeu os ombros de Gentry se retesarem por baixo da jaqueta de couro.

– Sim – disse Gentry –, e agora tenho que reconstruir nossa conta junto à Autoridade de Fissão. – Apontou para as baterias de armazenamento permanente, empilhadas debaixo da mesa de inox. – Pegue-as para mim.

– Isso aí – disse Cherry. – Já estava na hora. Estou congelando até a alma.

* * *

Deixaram Gentry debruçado sobre um console de ciberespaço e voltaram para o quarto de Slick. Cherry tinha insistido em que ligassem o cobertor elétrico de Gentry em uma das baterias, de modo que ela pudesse cobrir a maca. Tinha sobrado café frio no fogão de butano; Slick bebeu assim mesmo, sem se preocupar em esquentá-lo, enquanto Cherry olhava fixamente pela janela, para a planície coberta de neve de Solitude.

– Como ficou desse jeito? – perguntou ela.

– Gentry diz que a ideia era fazer um aterro sanitário, cem anos atrás. Depois colocaram um monte de terra boa por cima, mas nada crescia aqui. A maior parte do lixo era tóxica. A chuva levou a cobertura embora. Acho que alguma hora desistiram e começaram a jogar mais porcarias por cima. Não se pode beber água lá; está cheia de PCB e outras coisas.

– E quanto àqueles coelhos que o Bird vai caçar?

– Ficam a oeste daqui. Não vêm para Solitude. Nem mesmo ratos. De qualquer maneira, temos que testar toda carne que se consegue por aqui.

– Há pássaros, contudo.

– Só fazem os ninhos aqui, mas vão para outro lugar procurar comida.

– O que há entre você e Gentry? – Ela ainda estava olhando para fora, pela janela.

– O que você quer dizer?

– Minha primeira impressão era de que vocês eram gays. Um casal, quero dizer.

– Não.

– Mas é como se vocês precisassem um do outro de alguma maneira.

– Esse lugar é dele, a Fábrica. O cara me deixa morar aqui. Eu... preciso morar aqui. Para fazer meu trabalho.

– Para construir aquelas coisas lá embaixo?

A lâmpada dentro do cone amarelado de fax acendeu; o ventilador do aquecedor começou a funcionar.

– Bem – disse Cherry, agachando-se em frente ao aquecedor e tirando uma jaqueta após a outra –, ele pode ser louco, mas acabou de fazer uma coisa certa.

Gentry estava reclinado na velha cadeira de escritório quando Slick entrou no loft, encarando um pequeno monitor móvel em seu console.

– Robert Newmark – disse Gentry.

– Hã?

– Identificação retinal. Ou este é Robert Newmark ou alguém que comprou os olhos dele.

– Como você conseguiu isso? – Slick abaixou-se para espiar a tela com as estatísticas de nascimento.

Gentry ignorou a pergunta. – Só tem isto. Se forçar a barra, você vai encontrar algo inteiramente diferente.

– Como assim?

– Alguém quer saber se qualquer um fizer perguntas sobre o Sr. Newmark.

– Quem?

– Eu não sei. – Gentry tamborilou os dedos em suas calças de couro. – Olhe para isto: nada. Nascido em Barrytown. Mãe: Marsha Newmark. Nós temos o SIN dele, mas definitivamente foi marcado. – Empurrou a cadeira de volta em seus rodízios e virou-se para poder ver o rosto imobilizado do Conde. – Que tal isso, Newmark? É este o seu nome? – Levantou-se e se dirigiu à mesa holográfica.

– Não – disse Slick.

Gentry tocou no botão de força na mesa holográfica.

E a coisa cinzenta estava lá de novo, por um instante, mas desta vez mergulhou em direção ao centro do display hemisférico, definhou, e sumiu. Não. Estava lá, uma esfera cinza minúscula bem no centro do campo de projeção brilhante.

O sorriso louco de Gentry havia retornado. – Bom – ele disse.

– O que é bom?

– Saquei o que é isso. É um tipo de ICE. Um programa de segurança.

– Aquele macaco?

– Alguém tem senso de humor. Se o macaco não lhe amedronta, transforma-se numa ervilha... – Ele cruzou em direção à mesa e começou a fuçar num dos painéis. – Mas duvido que eles sejam capazes de fazer aquilo com um link sensorial direto. – Segurava alguma coisa em suas mãos. Uma rede de trodos.

– Gentry, não faz isso! Olha pra ele!

– Eu não vou fazer isso – disse Gentry. – Você vai.

22

FANTASMAS E VAZIOS

Olhando fixamente através dos vidros sujos do táxi, notou que sentia falta de Colin e seus comentários irônicos, depois lembrou-se de que aquilo ali estava totalmente além da esfera de conhecimentos dele. A Maas-Neotek teria fabricado uma unidade semelhante para o Sprawl, perguntou-se, e, se o fez, que forma teria o fantasma?

– Sally – disse ela, talvez meia hora após partirem para Nova York –, por que Petal deixou que você me levasse?

– Porque foi esperto.

– E o meu pai?

– Seu pai vai estrebuchar.

– Como?

– Vai ficar furioso. Se descobrir. Quem sabe não descubra. Não ficaremos aqui por muito tempo.

– Por que estamos aqui?

– Preciso falar com alguém.

– Mas por que estou aqui?

– Você não gosta daqui?

Kumiko hesitou. – Sim, gosto.

– Bom. – Sally se moveu no assento quebrado. – Petal teve que nos deixar partir. Porque não poderia nos impedir sem machucar uma de nós. Bem, talvez não machucar. Seria mais como insultar. Swain poderia lhe atacar, dizer mais tarde que sentia muito, dizer para seu pai que era para o seu próprio bem, se necessário, mas se ele me atacasse teria se exposto, certo? Quando vi Petal lá embaixo com a arma, soube que nos deixaria partir. Seu quarto está grampeado. O lugar inteiro está. Eu disparei os sensores de movimento quando estava arrumando suas roupas. Já tinha pensado nisso. Petal sabia que era eu. Foi por isso que ligou pelo telefone, para que eu soubesse que ele sabia.

– Não entendo.

– Uma espécie de cortesia, para que eu soubesse que ele estava esperando. Me deu uma chance para pensar. Mas ele não tinha escolha e sabia disso. Entenda, Swain está sendo forçado a fazer algo e Petal sabe disso. Ou, pelo menos, Swain diz que está sendo forçado. Eu, definitivamente, estou sendo forçada. Então comecei a pensar o quanto Swain precisava de mim. Precisa muito. Porque me deixaram fugir com a filha do *oyabun*, enviada até Notting Hill por medida de segurança. Alguma coisa por lá o assusta bem mais do que seu pai. A menos que seja alguma coisa que o deixará mais rico do que seu pai já o tornou. De qualquer maneira, levar você meio que equilibra as coisas. É dar um troco. Você se importa?

– Mas você está sendo ameaçada?

– Alguém sabe demais sobre coisas que eu fiz.

– E Tick descobriu a identidade dessa pessoa?

– Sim. Mas acho que eu já sabia. Queria muito estar completamente enganada.

O hotel que Sally escolheu tinha uma fachada de painéis de aço manchados pela ferrugem, cada painel preso com rebites cromados brilhantes, um estilo que Kumiko conhecia de Tóquio e pensava estar um pouco fora de moda.

O quarto delas era amplo e cinza, uma dúzia de tons de cinza, e Sally caminhou direto para a cama, depois de ter trancado a porta; tirou a jaqueta e se deitou.

– Você não tem uma mala – disse Kumiko.

Sally se sentou e começou a tirar as botas. – Eu posso comprar o que preciso. Você está cansada?

– Não.

– Eu estou. – Tirou o suéter preto. Seus seios eram pequenos, com mamilos rosados escuros; uma cicatriz, correndo bem abaixo do mamilo esquerdo, desaparecia dentro da linha da cintura do jeans.

– Você se machucou – disse Kumiko, olhando a cicatriz.

Sally olhou para baixo. – Sim.

– Por que não mandou tirar?

– Às vezes é bom lembrar.

– Que se machucou?

– Que fui estúpida.

Cinza sobre cinza. Incapaz de dormir, Kumiko caminhava de um lado para o outro pelo carpete cinza. Havia alguma coisa vampiresca naquele quarto, concluiu, algo que teria em comum com milhões de outros quartos, como se seu desconcertante anonimato perfeito estivesse sugando sua personalidade, fragmentos da qual emergiam como vozes de seus pais, exaltadas numa discussão, como os rostos dos secretários em ternos pretos de seu pai...

Sally dormia, seu rosto uma máscara tranquila. A visão da janela não dizia absolutamente nada para Kumiko: apenas que estava presa numa cidade que não era nem Tóquio, nem Londres, uma vasta confusão genérica que era o paradigma da realidade urbana de seu século.

Talvez ela tivesse dormido também, embora mais tarde não tivesse certeza. Observou Sally pedir produtos de higiene e roupa de baixo, digitando os pedidos no vídeo ao lado da cama. Suas compras foram entregues enquanto Kumiko estava no banho.

– Ok – disse Sally, do outro lado da porta –, se enxuga e se veste, nós vamos ver o cara.

– Que cara? – perguntou Kumiko, mas Sally não a ouviu.

* * *

Gomi.

Trinta e cinco por cento da área de Tóquio foi construída sobre *gomi*, em extensões de terra subtraídas à Baía ao longo de um século de aterros sistemáticos. *Gomi*, lá, era um recurso a ser administrado, a ser coletado, separado, cuidadosamente enterrado.

A relação de Londres com o *gomi* era mais sutil, mais tortuosa. Aos olhos de Kumiko, a maior parte da cidade *era composta* por *gomi*, estruturas que a economia japonesa há muito teria devorado em sua fome insaciável por espaço para construção. Ainda assim, essas estruturas revelavam, mesmo para Kumiko, a tessitura do tempo, cada parede remendada por gerações de mãos numa tarefa contínua de restauração. Os ingleses valorizavam seu *gomi* naquilo que tinha de próprio, de um modo que ela aos poucos começara a compreender: moravam nele.

Gomi, no Sprawl, era completamente diferente: um húmus rico, uma putrefação que fazia brotar prodígios de aço e polímero. A aparente falta de planejamento, por si só, era o suficiente para deixá-la confusa, sendo tão contrária aos valores que sua própria cultura atribuía ao uso eficiente da terra.

A corrida de táxi do aeroporto já tinha mostrado a ela a decadência, quarteirões inteiros em ruínas, janelas sem vidro escancaradas acima de calçadas cobertas de lixo. E rostos observando enquanto o hovercraft blindado abria caminho pelas ruas.

Agora Sally a tinha jogado abruptamente na total estranheza daquele lugar, com sua podridão e sua aleatoriedade enraizando torres mais altas do que qualquer outra em Tóquio, obeliscos corporativos que furavam a trama cheia de fuligem dos domos sobrepostos.

Duas corridas de táxi após o hotel, desceram e se misturaram às ruas, às turbas do entardecer e uma sombra oblíqua. O ar estava frio, mas não era aquele frio de Londres, e Kumiko pensou nas florações em Ueno Park.

A primeira parada foi num grande bar meio decadente chamado Gentleman Loser, onde Sally teve uma conversa silenciosa e rápida com o bartender.

Saíram sem tomar um drinque.

– Fantasmas – disse Sally, virando uma esquina com Kumiko ao seu lado. As ruas tinham ficado progressivamente mais vazias nos últimos quarteirões, os prédios mais escuros e mais decrépitos.

– Como?

– Há muitos fantasmas aqui para mim, ou pelos menos deveria haver.

– Você conhece este lugar?

– Claro. Parece o mesmo de sempre, só que diferente, sabe?

– Não...

– Um dia você vai saber. Quando encontrarmos quem estou procurando, continue em seu papel de boa menina: fale se falarem contigo, do contrário fique quieta.

– Quem estamos procurando?

– *O cara*. Ou, pelo menos, o que sobrou dele...

Meio quarteirão adiante, na rua horrível que parecia vazia – Kumiko nunca havia visto uma rua vazia antes, a não ser pela alameda de Swain, recoberta com a neve de meia-noite –, Sally parou ao lado de uma loja antiga e nada convidativa, suas vitrines duplas cobertas por dentro com uma pesada camada de poeira. Espiando através delas, Kumiko leu as letras de vidro num sinal de neon apagado: METRO, depois uma palavra mais longa. A porta entre as vitrines tinha sido reforçada com uma folha de aço conrugado; havia cavilhas enferrujadas saindo da folha, a intervalos regulares, pelas quais corria arame farpado galvanizado.

Sally estava de frente para aquela porta; endireitou os ombros e executou uma série fluida de gestos rápidos e curtos.

Kumiko observou enquanto a sequência era repetida. – Sally...

– Jive, linguagem de sinais – Sally cortou-a. – Eu lhe disse para ficar quieta, ok?

– Sim? – A voz, pouco mais que um sussurro, parecia não vir de nenhum lugar específico.

– Já lhe disse – falou Sally.

– Não falo jive.

– Quero falar com ele – disse, com uma voz dura e cautelosa.

– Ele está morto.

– Sei disso.

Um silêncio se seguiu e Kumiko ouviu um som que poderia ter sido o vento, o vento frio e cortante percorrendo a curva das geodésicas longe acima delas.

– Ele não está aqui – disse a voz, e pareceu retroceder. – Ao redor da esquina, meio quarteirão, entrando à esquerda no beco.

Kumiko nunca se esqueceria daquele beco: tijolos pretos, escorregadios com a umidade, torres de ventilação deixando trilhas escuras de poeira congelada, uma lâmpada amarela dentro de uma grade de metal corroído, garrafas vazias em crescimento lento brotando da base de cada parede, ninhos da altura de pessoas formados por fax amassado e espuma branca de embalagem e o som das botas de Sally.

Para além do brilho fraco das lâmpadas havia escuridão, embora um lampejo refletido no tijolo úmido mostrasse uma última parede, rua sem saída, e Kumiko hesitou, assustada por um súbito estremecimento de eco, algo escorrendo, água pingando continuamente...

Sally ergueu a mão. Um facho concentrado de luz muito forte emoldurou um círculo nítido traçado com tinta nos tijolos, depois desceu lentamente.

Desceu até encontrar a coisa na base do muro, metal opaco, uma estrutura vertical arredondada que Kumiko pensou ser outro ventilador. Perto de sua base havia tocos de velas brancas, um frasco de plástico cheio de líquido claro, um sortimento de pacotes de cigarro, cigarros soltos espalhados e uma figura detalhada, com múltiplos braços, desenhada no que parecia ser giz branco.

Sally deu um passo à frente, sem mover o feixe, e Kumiko viu que a coisa blindada estava presa no muro de tijolos com enormes rebites.

– Finlandês?

Um rápido piscar de luz rosa vindo de uma fenda horizontal.

– Ei, Fin, cara... – Uma hesitação incomum na voz dela...

– Moll. – Uma qualidade áspera, como se viesse de um alto-falante quebrado. – Qual é a da lanterna? Você ainda tem os implantes? Está envelhecendo, não consegue ver legal no escuro?

– É para a minha amiga.

Alguma coisa se moveu atrás da fenda, sua cor um rosa doentio de cinza quente de cigarro no sol de meio-dia; o rosto de Kumiko foi coberto por uma luz pulsante.

– Sei – arranhou a voz. – E quem é ela?

– A filha de Yanaka.

– Cacete.

Sally baixou a luz, que recaiu sobre as velas, o frasco, os cigarros cinzentos úmidos, o símbolo branco com seus braços emplumados.

– Sirva-se das oferendas – disse a voz. – Há meio litro de Moskovskaya aí. O desenho vodu é de farinha. Maior azar; os mais devotos costumam usar cocaína.

– Jesus – disse Sally, um estranho distanciamento em sua voz, agachando-se. – Que maluquice é essa? – Kumiko observou enquanto ela pegava o frasco para cheirar o seu conteúdo.

– Beba. É coisa boa. Porra, melhor ser mesmo. Ninguém sacaneia o oráculo, não se souberem o que é bom para eles.

– Fin – disse Sally, depois virou o frasco e bebeu, limpando a boca com as costas da mão –, você deve ter pirado...

– Seria pedir demais. Plugado num troço desses já é difícil ter um pouco de imaginação, quando mais pirar.

Kumiko se aproximou, depois se ajoelhou ao lado de Sally.

– É um constructo de personalidade? – Sally largou o frasco de vodca e mexeu na farinha úmida com a ponta de uma unha branca.

– Claro. Você já os viu antes. Memória em tempo real, se eu quiser, conectada no ciber-e, se eu quiser. Consegui esse esquema de oráculo para manter um pé dentro, sacou? – A coisa fez um som estranho: risada. – Problemas no amor? Uma mulher malvada que não te entende? – O barulho de risada de novo, como picos de estática. – Na verdade, curto mais dar conselhos sobre negócios. São os garotos da área que deixam as oferendas. Dá um toque místico, algo assim. De vez em quando pinta um descrente, um babaca qualquer que se serve sem pedir licença. – Um fio muito fino de luz escarlate piscou na abertura e uma garrafa estourou em algum lugar à direita de Kumiko. Risada estática. – Então, o que traz você aqui, Moll? Você e – novamente a luz rosa pulsou pelo rosto de Kumiko – a filha de Yanaka...

– A missão Straylight – disse Sally.

– Faz muito tempo, Moll...

– Ela está atrás de mim, Fin. Quatorze anos e aquela puta louca está na minha cola...

– Talvez ela não tenha nada melhor para fazer. Sabe como são esses ricaços...

– Você sabe onde Case está, Fin? Talvez ela esteja atrás dele...

– Case caiu fora. Deu umas boas tacadas depois que vocês se separaram, depois chutou o balde e saiu fora, limpo. Se você tivesse feito a mesma coisa, talvez não estivesse congelando os ossos num beco, certo? Pela última que eu soube, ele tem quatro filhos...

Observando a varredura hipnótica do scanner rosa, Kumiko tinha uma ideia do que era a coisa com a qual Sally falava. Havia coisas semelhantes no estúdio de seu pai, quatro delas, cubos laqueados de preto arrumados ao longo de uma prateleira baixa de pinho. Sobre cada cubo havia um retrato formal pendurado. Os retratos eram fotografias monocromáticas de homens em ternos escuros e gravatas, quatro cavalheiros muito sóbrios, cujas lapelas estavam decoradas com pequenos emblemas de metal, do tipo que seu pai algumas vezes usava. Embora sua mãe houvesse dito que os cubos continham os fantasmas dos ancestrais malignos de seu pai, Kumiko os achava mais fascinantes do que assustadores. Se realmente continham fantasmas, pensou, seriam bem pequenos, já que os cubos mal podiam conter a cabeça de uma criança.

Seu pai às vezes meditava em frente aos cubos, ajoelhando-se em seu tatame, numa atitude que revelava profundo respeito. Ela o tinha visto naquela posição muitas vezes, mas foi apenas aos dez anos que ouviu-o falar com os cubos pela primeira vez. E um deles tinha respondido. A pergunta não significava nada para ela, a resposta muito menos, mas o tom calmo do fantasma, ao responder, tinha a deixado gelada lá no canto onde estava escondida, atrás de uma porta de papel, e seu pai riu ao descobrir que estava lá; em vez de repreendê-la, explicou que os cubos abrigavam as personalidades gravadas de antigos executivos, diretores corporativos. As almas deles? ela tinha perguntado. Não, respondeu ele, sorrindo, então acrescentou que a distinção era sutil. – Eles não estão conscientes. Respondem, quando questionados, de certa forma aproximando-se da resposta daquela pessoa. Se são fantasmas, então os hologramas também são.

Depois da explicação de Sally sobre a história e a hierarquia da Yakuza, no bar de robata em Earls Court, Kumiko havia concluído que cada um dos homens nas fotografias, os sujeitos das gravações de personalidade, tinha sido um *oyabun*.

A coisa na carcaça blindada, raciocinou, era de natureza similar, embora talvez mais complexa, assim como Colin era uma versão mais complexa do guia Michelin que os secretários de seu pai levavam durante suas excursões de compras em Shinjuku. Finlandês, foi o nome que Sally usou, e era evidente que este Finlandês havia sido um amigo ou parceiro dela.

Mas será que ele ficava acordado, perguntou-se Kumiko, quando o beco estava vazio? Será que sua visão a laser escaneava a queda silenciosa da neve à meia-noite?

– Europa – Sally começou –, quando me separei de Case fui para lá e andei por todos os lugares. Tinha muito dinheiro, o que recebemos pelo trabalho, ou pelo menos parecia ser muito na época. A IA da Tessier-Ashpool pagou tudo através de um banco suíço. Apagou qualquer traço de que havíamos estado lá em cima; estou dizendo tudo *mesmo* – por exemplo, se você tentasse procurar os nomes que usamos para viajar no transporte da JAL, simplesmente não existiam. Case verificou tudo quando voltamos a Tóquio, entrou em várias bases de dados; era como se nada jamais tivesse acontecido. Eu não entendi como se podia fazer aquilo, mesmo sendo uma IA, mas ninguém nunca compreendeu de fato o que aconteceu lá em cima, quando Case pilotou aquele quebra-gelo, o ICE-Breaker chinês até o núcleo do seu ICE.

– A IA tentou entrar em contato, depois?

– Não que eu saiba. Ele tinha esta ideia de que a IA tinha sumido, de certa forma; não sumido *mesmo*, mas sumido *dentro* de tudo, da matrix inteira. Como se não estivesse mais *no* ciberespaço, mas apenas *estivesse*. E se não quisesse que você a visse, que não soubesse que estava lá, bem, você não teria como, e nem pensar em provar para qualquer um, mesmo que você soubesse... E eu definitivamente não queria saber. Quero dizer, seja lá o que fosse, parecia terminado para mim, acabado. Armitage estava morto, Riviera estava morto, Ashpool estava morto, o piloto rastafári do rebocador que nos levou até lá estava de volta no aglomerado de Zion e o cara provavelmente achou que tudo aquilo foi só outra viagem de ganja... Deixei Case no Tóquio Hyatt, nunca mais o vi...

– Por quê?

– Sei lá. Sem motivos. Eu era jovem, apenas parecia que tinha acabado.

– Mas você *a* deixou lá em cima, no poço, em Straylight.

– Deixei. Penso nisso de vez em quando. Quando nós estávamos partindo, Fin, era como se ela não se importasse com nada daquilo. Como se eu tivesse matado o pai dela, louco de pedra, no lugar dela, e Case tinha arrombado seus núcleos e deixado suas IAs soltas na matrix... Então eu a coloquei na lista, certo? Um dia você se mete numa enrascada das grossas, alguém está na cola, daí é bom olhar a lista.

– E você pensou nela, na hora?

– Não. Minha lista é bem longa.

Case, que para Kumiko parecia ter sido algo mais do que um simples sócio de Sally, nunca reapareceu na história.

Enquanto Kumiko ouvia Sally condensar quatorze anos de sua história pessoal para atualizar Fin, ficou imaginando a versão mais jovem dessa Sally como uma heroína *bishonen* de um vídeo romântico tradicional: misteriosa, elegante e mortífera. Apesar de achar o relato prosaico de Sally sobre sua vida difícil de acompanhar, com referências a lugares e coisas que ela não conhecia, era fácil imaginá-la vencendo as batalhas de forma súbita e fulgurante como se esperava das *bishonen*. Mas não, pensou, ao ouvir Sally falar de "um ano ruim em Hamburgo", uma fúria repentina em sua voz – uma fúria antiga, algo decorrido uma década antes –, era um erro tentar encaixar esta mulher nos padrões japoneses. Não havia nenhum *ronin*, nenhum samurai errante; Sally e Fin estavam discutindo negócios.

Ela havia chegado ao ano ruim em Hamburgo, segundo o que Kumiko compreendeu, depois de ter ganhado e perdido algum tipo de fortuna. Tinha ganhado a sua parte desse dinheiro "lá em cima", em um lugar que Fin chamara de Straylight, em sociedade com o tal de Case. Ao fazer isso, havia ganhado um inimigo.

– Hamburgo – interrompeu o Fin. – Ouvi histórias sobre Hamburgo...

– O dinheiro tinha sumido. Sabe como é, quando a transação é grande e você é jovem... Ficar sem dinheiro, de certa forma, era voltar ao normal, mas eu estava envolvida com este pessoal de Frankfurt, em dívida com eles, e queriam zerar as coisas fazendo uma troca.

– Que tipo de troca?

– Queriam que algumas pessoas fossem assassinadas.

– E aí?

– Aí eu caí fora. Quando pude. Fui para Londres...

Talvez, Kumiko concluiu, Sally um dia *já tenha sido ronin*, uma espécie de samurai. Em Londres, contudo, ela havia se tornado outra coisa, uma mulher de negócios. Tendo se mantido de uma forma não muito explicada, ela gradualmente se tornou uma investidora, fornecendo fundos para vários tipos de operações de negócios. (O que era um "crédito a fundo perdido"? O que era "lavagem de informação"?)

– Sim – disse o Fin –, você se saiu bem. Conseguiu ações de um cassino alemão.

– *Aix-la-Chapelle*. Eu estava na diretoria. Ainda estou, quando conseguir o passaporte certo.

– Vai se acomodar? – A risada de novo.

– Com certeza.

– Não foi bem o que ouvi, por aqui.

– Eu estava administrando um cassino. Era isso. Estava bem.

– Você estava lutando por dinheiro. "Misty Steele", peso leve aumentada. Foram oito lutas e apostei em cinco delas. Lutas sangrentas, querida. Ilegal.

– Hobby.

– E que hobby! Assisti aos vídeos. Burmese Kid abriu você até em cima, ao vivo e a cores...

Kumiko lembrou-se da longa cicatriz.

– Daí eu desisti. Foi há cinco anos e, na época, eu já tinha cinco anos mais do que deveria.

– Você era boa, mas "Misty Steele"... Cacete.

– Dá um tempo. Não inventei esse nome.

– Claro. Então me fala sobre nossa amiga lá em cima, como ela entrou em contato.

– Swain. Roger Swain. Enviou um de seus capangas ao cassino, um aspirante a durão chamado Prior. Cerca de um mês atrás.

– Swain, o intermediário? De Londres?

– O próprio. E Prior tinha um presente para mim, cerca de um metro de impressão. Uma lista. Nomes, datas, lugares.

– Era feia?

– Tinha tudo lá. Coisas de que mesmo eu já tinha esquecido.

– O trabalho em Straylight?

– Tudo. Então preparei uma mala, voltei para Londres e lá estava Swain. Ele sentia muito, não era culpa dele, mas tinha que me chantagear. Porque alguém estava chantageando ele. Tinha a sua própria lista de um metro para se preocupar. – Kumiko ouviu os saltos de Sally girarem no asfalto.

– O que ele quer?

– Um sequestro, um corpo quente. Celebridade.

– Por que você?

– Putz, Fin, foi justamente por isso que vim aqui, pra te perguntar.

– Swain te disse que era 3Jane?

– Não. Mas meu cowboy de console em Londres disse.

Os joelhos de Kumiko doíam.

– A garota. Como você se meteu com ela?

– Ela apareceu na casa de Swain. Yanaka a queria fora de Tóquio. Swain devia *giri* para ele.

– Ela está limpa, de qualquer jeito, sem implantes. Pelas notícias recentes que chegaram de Tóquio, Yanaka está metido em confusões...

Kumiko tremeu no escuro.

– E quem é o sequestrado, a celebridade? – continuou o Fin.

Ela sentiu que Sally hesitou. – Angela Mitchell.

O metrônomo rosa balançando silenciosamente, esquerda para direita, direita para esquerda.

– Está frio aqui, Fin.

– Sim. Queria poder sentir. Acabei de fazer uma pequena viagem por você, visitando o passado. Você sabe exatamente de onde Angie vem?

– Não.

– Estou no ramo de oráculos, querida, não sou uma biblioteca de pesquisas... O pai dela era Christopher Mitchell. Ele era o fodão na pesquisa de biochips na Maas Biolabs. Ela cresceu num complexo industrial isolado, no Arizona, cria da companhia. Há sete anos, alguma coisa aconteceu lá. A história que circula é que a Hosaka formou uma equipe para ajudar Mitchell a dar um grande salto em sua carreira. O fax dizia que houve uma explosão de um megaton numa propriedade da Maas, porém ninguém jamais encontrou qualquer radiação. Nunca encontraram os mercenários da Hosaka também. A Maas anunciou que Mitchell estava morto, suicídio.

– Isso é o que todos sabem. O que o oráculo sabe?

– Rumores. Nada muito coerente. Dizem que ela apareceu aqui, um dia ou dois após a explosão no Arizona, se meteu com alguns caras realmente estranhos que trabalhavam nos arredores de Nova Jersey.

– Trabalhavam em quê?

– Tráfico. Software, basicamente. Comprando, vendendo. Algumas vezes compravam de mim...

– Quão estranhos eram os caras?

– Vodu. Pensavam que a matrix estava repleta de mambos e outras merdas. Quer saber de uma coisa, Moll?

– O quê?

– Eles estão certos.

23

ESPELHO, ESPELHO MEU

Ela despertou como se alguém tivesse acionado um interruptor.

Não abriu os olhos. Ela podia ouvi-los falar numa outra sala. Doía em muitos lugares, mas nada muito pior do que o wiz. A ressaca já tinha passado, ou talvez reduzida pelo que tivessem lhe dado naquele spray.

Um avental de papel áspero sobre seus mamilos; pareciam grandes e macios, e os seios lhe pareciam cheios. Pequenos fios de dor beliscando seu rosto, dores gêmeas nas órbitas dos olhos, sensação de irritação na boca e o gosto de sangue.

– Eu não estou querendo lhe dar lições sobre como conduzir suas coisas – dizia Gerald, a voz sobre água corrente e ruídos metálicos, como se estivesse lavando panelas ou algo assim –, mas você está se fazendo de tolo se pensa que ela vai enganar alguém que não queira ser enganado. É realmente um trabalho muito superficial.

Prior disse alguma coisa que ela não conseguiu distinguir.

– Eu disse superficial, não vulgar. É um trabalho de qualidade, do início ao fim. Vinte e quatro horas em um estimulador dérmico e você não saberá que ela esteve aqui. Mantenha a garota sob antibióticos e longe das drogas; o sistema imunológico dela não é grande coisa.

Então Prior falou novamente, mas ela ainda não conseguia entender.

Abriu os olhos, mas havia apenas o teto, quadrados brancos de revestimento acústico. Virou sua cabeça para a esquerda. A parede de plástico branco com uma daquelas janelas falsas, animação em alta resolução de uma praia com palmeiras e ondas; observando a água por tempo suficiente, você veria as mesmas ondas se quebrando, em loop, para sempre. Exceto que a coisa estava quebrada e desgastada, havia um tipo de hesitação nas ondas, e o vermelho do pôr do sol piscava como um tubo fluorescente estragado.

Tentar o lado direito. Virou-se novamente, sentindo a cobertura de papel suada sobre a espuma dura do travesseiro contra seu pescoço.

E o rosto com olhos machucados olhando para ela da cama, o nariz coberto com um plástico claro e fita micropore, algum tipo de geleia marrom sobre suas bochechas...

Angie. Era o rosto de Angie, emoldurado pelo pôr do sol refletido, piscando na janela defeituosa.

– Não houve intervenção óssea – disse Gerald, afrouxando cuidadosamente a fita que segurava o pequeno plástico protetor sobre o nariz dela. – É a beleza disso tudo. Aplainamos um pouco a cartilagem do nariz, trabalhando através das narinas, depois passamos para os dentes. Sorria. Linda. Nós aumentamos seus seios, construímos os mamilos com tecido erétil cultivado em laboratório, depois fizemos a coloração dos olhos... – Removeu a proteção. – Não toque nisto durante as próximas vinte e quatro horas.

– Foi por isso que fiquei machucada?

– Não. Isto é um trauma secundário do trabalho com a cartilagem. – Sentia os dedos de Gerald frios sobre seu rosto, precisos. – Até amanhã, já terá sumido.

Gerald era legal. Deu-lhe três dermas, dois azuis e um rosa, macios e confortáveis. Prior definitivamente não era legal, mas ele tinha saído ou, pelo menos, não estava à vista. E era simplesmente bom ouvir Gerald explicar coisas com sua voz calma. E ver aquilo que ele podia fazer.

– Sardas – disse ela, porque tinham sumido.

– Abrasivos e mais tecido cultivado. Elas voltarão e bem rápido se você pegar muito sol.

– Ela é tão bonita... – Virou a cabeça.

– Você, Mona. Aquela é você.

Ela olhou o rosto no espelho e tentou imitar o famoso sorriso.

Talvez Gerald não fosse legal.

De volta para a cama branca e estreita, onde ele a havia colocado para descansar, ela ergueu o braço e olhou para os três dermas. Tranquilizantes. Flutuando.

Colocou a unha debaixo do derma rosa; tirou-o, grudou-o na parede branca e apertou forte com o dedão. Uma única gota de líquido cor de palha escorreu. Ela o retirou cuidadosamente da parede e o colocou de volta no braço. A coisa que saiu dos azuis era leitosa. Colocou-os de volta também. Talvez ele notasse, mas ela queria saber o que estava acontecendo.

Olhou no espelho. Gerald disse que poderia voltar do jeito que era, algum dia, se ela quisesse, mas então ela se perguntou como ele se lembraria de sua aparência. Talvez tivesse tirado uma fotografia ou outra coisa. Agora que tinha pensado nisso, talvez não houvesse ninguém para lembrar como ela era antes. Ela pensou que o console de stim de Michael era provavelmente a melhor aposta, mas ela não sabia seu endereço ou, mesmo, seu sobrenome. Isso deu a ela uma sensação engraçada, como se quem ela tinha sido houvesse ido até a esquina e nunca mais voltasse. Mas então fechou os olhos e sabia que era Mona, sempre havia sido, e que nada havia mudado muito, nada atrás de suas pálpebras.

Lanette dizia que não importava como você se operava. Lanette disse a ela, uma vez, que não tinha sobrado nem dez por cento de seu próprio rosto, aquele com o qual havia nascido. Impossível adivinhar, exceto pelo preto ao redor das pálpebras, de modo que ela nunca precisava usar rímel. Mona pensou que talvez Lanette não tivesse sido muito bem trabalhada, e isso deve ter cruzado os olhos de Mona alguma vez, porque Lanette disse: *você deveria ter me visto antes, querida.*

Mas agora lá estava ela, Mona, esticada na pequena cama em Baltimore, e tudo que ela conhecia de Baltimore era o som de uma sirene em algum lugar da rua e o barulho do compressor do ar-condicionado de Gerald.

E, de algum modo, isso se transformou em sono, ela não soube por quanto tempo, e então Prior estava lá, com a mão no braço dela, perguntando se estava com fome.

Ela observou Prior fazendo a barba. Ele estava usando uma pia cirúrgica de inox, aparando a barba com um par de tesouras cromadas. Então pegou um barbeador plástico descartável numa caixa de Gerald. Era estranho assistir a seu rosto revelar-se. Não era o rosto que esperava: era mais jovem. Mas a boca era a mesma.

– Vamos ficar aqui muito tempo, Prior?

Ele tirou a camisa para barbear-se; tinha tatuagens de um lado ao outro dos ombros, descendo pela parte superior dos braços, dragões com cabeças de leão.

– Não se preocupe com isso – disse ele.

– Está chato.

– Nós vamos conseguir mais stims para você. – Ele estava rapando debaixo do queixo.

– Como é Baltimore?

– Um saco. Como tudo.

– Então como é a Inglaterra?

– Um saco. – Ele limpou o rosto com papel absorvente azul.

– Talvez nós pudéssemos sair, comer caranguejos. Gerald diz que têm caranguejos por aqui.

– Têm sim – respondeu ele. – Vou trazer alguns.

– Que tal me levar para sair?

Ele jogou o papel dentro de uma lata de lixo de metal. – Não, você pode tentar fugir.

Ela escorregou a mão entre a cama e a parede e encontrou o pedaço de espuma rasgada onde havia escondido a arma de choque. Tinha visto suas roupas numa sacola de plástico branca. Gerald entrava a cada duas horas com novos dermas, que ela retirava tão logo ele saía. Achava que, se pudesse convencer Prior a levá-la para comer fora, poderia agir no restaurante. Mas ele não estava colaborando.

Num restaurante, ela poderia chamar um policial, porque agora ela havia descoberto qual era o acordo.

Snuff... Lanette havia lhe contado a respeito. Como havia homens que pagariam para ter garotas modeladas para se parecerem com outras pessoas e, depois, as matavam. Tinham que ser ricos, muito ricos. Não Prior, mas alguém para quem ele trabalhava. Lanette disse que esses caras pagavam para modelar as garotas como suas esposas, às vezes. Mona não tinha acreditado naquilo, na época: às vezes Lanette lhe contava coisas apavorantes porque era engraçado ficar com medo quando você sabia que estava perfeitamente segura e, de qualquer maneira, Lanette tinha várias histórias sobre perversões bizarras. Ela disse que os figurões eram os mais bizarros de todos, os engravatados poderosos nos altos escalões das grandes empresas, porque não podiam nunca perder o controle no trabalho. Mas quando não estavam trabalhando, dizia Lanette, podiam pagar para perder o controle de qualquer jeito que quisessem. Então, por que não haveria um figurão em algum lugar querendo Angie daquela forma? Bem, havia muitas garotas que já fizeram plástica para se parecerem com ela, mas eram patéticas. Imitadoras baratas – e ela nunca havia visto uma que realmente se parecesse com Angie ou, pelo menos, não o suficiente para enganar alguém que se importasse com isso. Contudo, talvez houvesse alguém disposto a pagar por tudo aquilo apenas pra ter uma garota que realmente se parecesse com Angie. De qualquer maneira, se não era snuff, o que era, então?

Agora Prior estava abotoando sua camisa azul. Ele veio até a cama e tirou os lençóis para conferir os seios dela. Como se estivesse olhando para um carro ou algo parecido.

Ela puxou o lençol de volta.

– Vou pegar alguns caranguejos. – Colocou a jaqueta e saiu. Ela ouviu quando disse alguma coisa para Gerald.

Gerald voltou-se para ela.

– Como você está, Mona?

– Com fome.

– Se sente relaxada?

– Sim...

Quando ficou sozinha novamente, ela se virou e estudou seu rosto, o rosto de Angie, na parede espelhada. Os hematomas já tinham praticamente desaparecido. Gerald havia colado trodos em miniatura em seu rosto; estavam conectados a uma máquina. Disse que iriam acelerar a cicatrização.

O rosto de Angie no espelho não a assustava mais. Os dentes estavam lindos; os dentes ela gostaria de manter. Quanto ao resto, ainda não estava muito certa.

Talvez ela devesse apenas levantar-se agora, colocar as roupas, caminhar para a porta. Se Gerald tentasse impedi-la, poderia usar a arma de choque. Então se lembrou de como Prior a encontrara na casa de Michael, como se alguém a observasse durante a noite inteira, seguindo-a. Talvez alguém estivesse vigiando lá fora. O consultório de Gerald parecia não ter janela alguma, não as verdadeiras, portanto teria que sair pela porta.

E estava começando a sentir falta do wiz, mas, mesmo que tivesse um pouco, Gerald perceberia. Ela sabia que seu kit estava lá, na bolsa debaixo da cama. Talvez se ela pegasse um pouco, pensou, apenas um pouquinho. Mas talvez não fosse uma boa ideia: ela tinha que admitir que as coisas que fazia sob o efeito do wiz nem sempre davam certo, mesmo se desse a impressão de que você jamais cometeria um erro.

De qualquer maneira, estava com fome, e pena que Gerald não tivesse alguma música ou algo assim, então talvez ela devesse esperar pelos caranguejos...

24

NUM LUGAR SOLITÁRIO

E Gentry estava lá, de pé, com a Forma ardendo atrás dos olhos, segurando a rede de trodos sob a luz forte das lâmpadas, dizendo para Slick por que tinha que ser daquele jeito, por que Slick tinha que colocar os trodos e se conectar direto naquilo que a figura imóvel na maca estava recebendo da placa cinza.

Ele sacudiu a cabeça, lembrando-se de como chegara a Dog Solitude. E Gentry começou a falar mais rápido, achando que o gesto era uma recusa.

Gentry estava dizendo que Slick tinha que entrar, talvez por apenas alguns segundos, enquanto ele determinava a natureza dos dados e criava uma macroforma. Slick não saberia como fazer aquilo, disse Gentry, do contrário ele mesmo iria; mas não eram os dados o que queria, apenas a forma geral, porque ele achava que isso o levaria à grande Forma, aquela coisa que tinha perseguido por tanto tempo.

Slick lembrou-se de estar atravessando Solitude a pé. Estava com medo de que o Korsakov voltasse, de que se esquecesse de onde estava e bebesse água cancerígena em uma das poças vermelhas enlameadas na superfície enferrujada. Espuma vermelha e pássaros mortos flutuavam com suas asas abertas. O caminhoneiro do Tennessee havia lhe dito para caminhar a oeste a partir da rodovia, dentro de uma hora ele chegaria a uma pista dupla asfaltada e conseguiria uma carona para Cleveland, mas pareceu muito mais do que uma hora e ele não estava certo de que lado ficava o oeste e aquele lugar o assustava, aquela cicatriz de depósito de lixo, plana como se tivesse sido pisoteada por um gigante. Uma vez viu alguém ao longe, sobre uma leve inclinação, e acenou. A figura desapareceu, mas ele caminhou naquela direção, sem desviar as poças, avançando sobre elas, até que chegou à elevação e viu que era apenas a carcaça de um avião sem asas, meio soterrada sob latas enferrujadas. Avançou por essa inclinação ao longo de um caminho onde pés haviam amassado as latas, até chegar a uma abertura quadrada que havia sido uma saída de emergência. Enfiou a cabeça para dentro e viu centenas de pequenas cabeças suspensas no teto côncavo. Congelou, ofuscado pela escuridão repentina, até que o que estava vendo começou a fazer algum sentido. As cabeças de plástico rosa de bonecas, seu cabelo de nylon amarrado em nós e os nós presos num grosso piche preto, balançando como frutas. Nada mais, apenas alguns pedaços destroçados de espuma verde suja, e ele soube que não queria ficar lá para descobrir de quem era aquele lugar.

Depois foi para o sul, sem saber, e encontrou a Fábrica.

– Eu nunca terei outra chance – disse Gentry. Slick encarou o rosto tenso, os olhos arregalados em desespero. – Nunca irei vê-la...

E Slick lembrou-se de quando Gentry bateu nele, como tinha olhado para baixo, para a chave inglesa e sentiu... Bem, Cherry não estava certa sobre eles, mas havia algo mais ali, algo que ele não sabia como chamar. Pegou a rede de trodos com sua mão esquerda e deu um empurrão forte no peito de Gentry com a mão direita. – Cala a boca! Cala essa boca! – Gentry caiu de costas contra a beirada da mesa de aço.

Slick o xingou baixinho, enquanto ele arrumava a delicada rede de dermatrodos de contato ao longo de sua testa e sua têmpora.

Conectou-se.

Suas botas pisaram em cascalho.

Abriu seus olhos e olhou para baixo; o caminho de cascalho liso na madrugada, mais limpo do que qualquer coisa em Dog Solitude. Olhou para cima e viu onde fazia uma curva e, para além disso, havia árvores verdes e frondosas e o telhado de uma casa que tinha a metade do tamanho da Fábrica. Havia estátuas perto dele, na grama úmida e alta. Um cervo feito de ferro e a figura quebrada do corpo de um homem esculpido numa pedra branca, sem cabeça, braços ou pernas. Pássaros estavam cantando e aquele era o único som.

Começou a andar pelo caminho em direção à casa cinza, porque não parecia haver outra coisa para fazer. Quando chegou no fim do caminho, pôde ver para além da casa – havia construções menores e também um campo de grama, amplo e plano, onde planadores estavam amarrados e posicionados contra o vento.

Um conto de fadas, pensou, olhando para a fachada da grande mansão de pedra, o vidro das janelas em forma de diamantes, como um vitral; era como um vídeo a que havia visto quando era pequeno. Havia mesmo pessoas que moravam em lugares como aquele? *Mas não é um lugar*, lembrou-se, *apenas parece ser um.*

– Gentry – disse ele –, me tira daqui, ok?

Olhou para as costas de suas mãos. Cicatrizes, sujeira incrustada, meias-luas de graxa debaixo de suas unhas quebradas. A graxa penetrava e as amolecia, então se quebravam facilmente.

Começou a se sentir idiota, parado lá. Talvez alguém o estivesse observando da casa.

– Foda-se – disse ele, e começou a subir pela calçada larga de lajotas, inconscientemente mudando sua passada para o jeito insolente de caminhar que tinha aprendido no Deacon Blues.

A porta tinha uma coisa presa a um painel central: uma mão, pequena e graciosa, segurando uma esfera do tamanho de uma bola de bilhar, toda revestida em ferro. Estava presa ao pulso de modo que era possível erguê-la e deixá-la cair. Foi o que fez. Com força. Duas vezes, e depois mais duas. Nada aconteceu. A maçaneta da porta era de bronze, com detalhes florais desgastados até quase sumirem após anos de uso. Girou facilmente. Abriu a porta.

Piscou diante da riqueza de cores e texturas; superfícies de madeira escura polida, mármore preto e branco, tapetes com milhares de cores suaves que brilhavam como vidraças de uma igreja, prataria polida, espelhos... Ele sorriu com o choque suave daquilo tudo, seus olhos pulando de uma nova visão para outra, tantas coisas, objetos dos quais nem sabia o nome...

– Procurando por alguém em particular, Jack?

O homem estava parado na frente de uma lareira enorme, vestindo um jeans escuro apertado e uma camiseta branca. Seus pés estavam nus e ele segurava uma taça bojuda de bebida alcoólica na mão direita. Slick ficou perplexo ao vê-lo.

– Merda – disse Slick – você é ele...

O homem girou a taça até fazer o líquido marrom chegar à borda e tomou um gole. – Já esperava que Afrika fosse aprontar algo no gênero, no final das contas – disse ele –, mas, de algum modo, companheiro, você não parece ser o tipo de cara que ele contrataria.

– Você é o Conde.

– É – disse ele –, sou o Conde. E quem diabos é você?

– Slick. Slick Henry.

Ele riu. – Quer um pouco de conhaque, Slick Henry? – Ele gesticulou com o copo em direção a uma peça de mobília de madeira onde garrafas ornamentadas estavam dispostas em fila, cada uma com uma etiqueta prateada, presa por uma corrente.

Slick sacudiu a cabeça.

O homem deu de ombros. – Não dá mesmo para ficar bêbado... Me perdoe por dizer isso, Slick, mas você está com uma aparência de merda. Estou certo em supor que você não faz parte da operação de Kid Afrika? E, se não fizer, o que exatamente está fazendo aqui?

– Gentry me enviou.

– Quem é Gentry?

– Você é o cara na maca, certo?

– O cara na maca sou eu. Onde, exatamente, neste exato minuto, está aquela maca, Slick?

– Com Gentry.

– Onde é isso?

– Na Fábrica.

– E onde é isso?

– Dog Solitude.

– E como fui parar nesse lugar, seja lá onde for?

– Kid Afrika, ele trouxe você. Trouxe você com esta garota chamada Cherry, certo? Sabe, eu devia um favor a ele, então ele quis que eu ficasse com você por um tempo, você e Cherry, e ela está tomando conta de você.

– Você me chamou de Conde, Slick...

– Cherry disse que Kid o chamou assim uma vez.

– Me conta, Slick, o Kid parecia preocupado quando me trouxe?

– Cherry diz que ele ficou assustado, lá em Cleveland.

– Tenho certeza que sim. Quem é este Gentry? Um amigo seu?

– A Fábrica é dele. Eu moro lá também...

– Este Gentry, ele é um cowboy, Slick? Um jóquei de console? Quero dizer, se você está aqui, ele deve ser um técnico, certo?

Agora era a vez de Slick sacudir os ombros. – Gentry é, tipo, é um artista, algo assim. Tem umas teorias. É difícil de explicar. Ele ligou uma série de splitters naquela coisa na maca, no que você está plugado. Primeiro tentou conseguir uma imagem numa mesa holográfica, mas havia apenas aquela coisa em forma de macaco, tipo uma sombra, então ele me convenceu a...

– Jesus... Bem, não importa. Esta fábrica de que você fala, fica fora do perímetro, em algum lugar? É relativamente isolada?

Slick assentiu.

– E, esta Cherry, é algum tipo de enfermeira contratada?

– Sim. Ela tem uma permissão de *med-tec*, foi o que ela disse.

– E ninguém veio me procurar ainda?

– Não.

– Isso é bom, Slick. Porque se alguém vier, qualquer outro sem ser o rato mentiroso que é meu amigo Kid Afrika, você e teu pessoal estariam numa encrenca séria.

– É?

– É. Presta atenção, quero que você lembre isso. Se aparecer alguém nessa tal fábrica de vocês, sua única esperança será me conectar à matrix. Entendeu bem?

– Como você pode ser o Conde? Quero dizer, o que isso significa?

– Bobby. Meu nome é Bobby. Conde foi meu apelido um dia, e isso é tudo. Você acha que vai se lembrar do que eu disse?

Slick assentiu de novo.

– Bom. – Ele colocou o copo na coisa com todas as garrafas chiques. – Ouça – disse ele. Da porta aberta veio o som de pneus sobre o cascalho. – Sabe quem é, Slick? Aquela é Angela Mitchell.

Slick se virou. Bobby, "o Conde", estava olhando para fora, para o caminho.

– Angie Mitchell? A estrela de stim? Ela está dentro desta coisa também?

– De certa forma, Slick, de certa forma...

Slick viu o longo carro preto passar. – Ei – começou –, Conde, quero dizer, Bobby, o que...

– Calma – Gentry estava dizendo. – Fique sentado e relaxe. Calma. Calma...

25

DE VOLTA PARA O LESTE

Enquanto Kelly e suas assistentes arrumavam o guarda-roupa para sua viagem, ela se sentiu como se a própria casa estivesse se movimentando ao seu redor, preparando-se para um dos seus muitos períodos de ociosidade.

Podia ouvir as vozes deles, de onde estava sentada na sala de estar, suas risadas. Uma de suas assistentes era uma garota num exoesqueleto de policarbono azul que lhe permitia carregar as malas Hermès com o guarda-roupas como se fossem blocos de espuma sem peso, o traje esquelético e sussurrante descia suavemente a escada, com passos acolchoados por seus rudes pés de dinossauro. Esqueleto azul, caixões de couro.

Agora Porphyre estava parado à porta. – Fofa, está pronta? – Ele vestia um casaco longo e largo recortado em um finíssimo couro preto; esporas com imitações de diamantes brilhavam acima dos saltos de suas botas pretas.

– Porphyre – disse ela –, você está à paisana. Nós temos uma entrada triunfal a fazer, em Nova York.

– As câmeras são para você.

– Sim – respondeu ela –, para a minha reinserção.

– Porphyre ficará bem na retaguarda.

– Até onde me lembro, você nunca quis roubar a cena.

Ele sorriu, expondo seus dentes esculpidos, de contornos eficientes, uma fantasia de um dentista de vanguarda sobre como os dentes poderiam ser em espécies mais rápidas e elegantes.

– Danielle Stark vai voar conosco. – Ela ouviu o som de um helicóptero se aproximando. – Ela vai nos encontrar no aeroporto de Los Angeles.

– Nós a estrangularemos – disse ele, em seu tom confidencial, enquanto a ajudava com o casaco azul que Kelly havia escolhido para ela. – Se prometermos deixar vazar que o motivo foi sexual, ela pode até resolver participar da brincadeira...

– Você é horrível.

– Danielle é um horror, fofa.

– Olha quem está falando.

– Ah – disse o cabeleireiro, aguçando os olhos, – mas minha alma é pura como a de uma criança.

O helicóptero estava pousando.

Danielle Stark, conhecida pelas versões stim da *Vogue-Nippon* e da *Vogue-Europa* estaria, segundo rumores, quase com noventa anos. Se isso fosse verdade, Angie pensou, inspecionando discretamente a figura da jornalista enquanto os três embarcavam no Lear, Danielle e Porphyre estariam no mesmo nível no que diz respeito às modificações cirúrgicas totais. Aparentemente em seus trinta anos, o único detalhe que poderia denunciar sua idade era um par de implantes de lentes Carl Zeiss azul-claro. Uma jovem repórter de moda francesa uma vez referiu-se aos implantes como "estilosamente antigos"; a repórter, diz a lenda da Net, nunca mais voltou a trabalhar.

E logo, Angie sabia, Danielle iria querer falar sobre drogas, drogas de celebridades, os olhos de uma estudante bem abertos para anotar tudo.

Sob o olhar assustador de Porphyre, Danielle deu um jeito de se conter até que estivessem em velocidade de cruzeiro sobre Utah.

– Eu gostaria – começou – de não ser eu a pessoa a trazer isso à tona.

– Danielle – Angie retrucou –, sinto muito. Que falta de tato. – Ela apertou a superfície envernizada da cozinha de bordo Hosaka, que zuniu suavemente e começou a distribuir pratos minúsculos de pato defumado em chá, ostras do golfo em torradas de pimenta preta, pudim de lagostins, panquecas de gergelim... Porphyre, compreendendo a jogada de Angie, trouxe uma garrafa de Chablis resfriado – o favorito de Danielle, Angie lembrou-se. Alguém... Swift?... também havia se lembrado.

– Drogas – disse Danielle, quinze minutos depois, terminando o último pedaço do pato.

– Não se preocupe – assegurou Porphyre. – Quando chegarmos a Nova York, eles têm o que você quiser.

Danielle sorriu. – Você é tão divertido. Sabia que eu tenho uma cópia da sua certidão de nascimento? Eu sei o seu nome verdadeiro. – Ela lhe dirigiu um olhar fulminante, ainda sorrindo.

– ... paus e pedras... – disse ele, enchendo o copo dela.

– Um comentário interessante no que diz respeito a defeitos congênitos. – Ela tomou um gole de vinho.

– Congênito, genital... Nós todos mudamos tanto por estes dias, não é? Quem anda arrumando seu cabelo, querida? – Ele se aproximou dela e inclinou-se. – O que te salva, Danielle, é que você faz o resto de sua espécie parecer vagamente humana.

Danielle sorriu.

A entrevista em si correu tranquila o bastante. Danielle era demasiado habilidosa como entrevistadora para permitir que seus ataques dissimulados cruzassem o limite da dor, onde eles poderiam encontrar séria resistência. Mas quando ela passou a ponta do dedo atrás da têmpora, pressionando um interruptor subcutâneo que desativava seu equipamento de gravação, Angie temeu o verdadeiro ataque.

– Obrigada – disse Danielle. – O resto do voo ficará em off, é claro.

– Por que você não pega uma ou duas garrafas e entorna tudo? – perguntou Porphyre.

– O que eu não consigo entender, querida – disse Danielle, ignorando-o –, é por que você se deu ao trabalho...

– Por que eu me dei ao trabalho, Danielle?

– De ir até aquela clínica entediante. Você disse que não afetava seu trabalho. Você também disse que não ficava "alta", não no sentido habitual. – Deu uma risadinha. – Contudo você afirma que era uma substância terrivelmente viciante. Por que você decidiu parar?

– Era terrivelmente caro...

– Em seu caso, certamente, é uma questão retórica.

Verdade, pensou Angie, *embora uma semana daquilo custasse o mesmo que você ganha em um ano.*

– Suponho que eu comecei a me ressentir por pagar para me sentir normal. Ou uma aproximação modesta do que seja normal.

– Você criou uma tolerância?

– Não.

– Que estranho.

– Na verdade, não. Esses designers criam substâncias que supostamente superam as desvantagens tradicionais.

– Ah. Mas e quanto às novas desvantagens, as desvantagens atuais? – Danielle se serviu de um pouco mais de vinho. – Eu ouvi uma versão diferente disso tudo, é claro.

– Ouviu?

– Claro que sim. O que era, quem fez, por que você parou.

– Sim?

– Era um antipsicótico, produzido pelos próprios laboratórios da Sense/Net. Você parou porque preferia continuar louca.

Porphyre gentilmente tirou o copo da mão de Danielle enquanto suas pálpebras caíam pesadamente sobre os brilhantes olhos azuis. – Boa noite, querida – disse ele. Os olhos de Danielle se fecharam e ela começou a roncar baixinho.

– Porphyre, o quê...?

– Eu coloquei uma dose no vinho dela – disse ele. – Ela não saberá a diferença, fofa. Ela não se lembrará de nada que não gravou... Ele deu um largo sorriso. – Você não queria ter de ouvir esta cachorra durante toda a viagem de volta, queria?

– Mas ela vai descobrir, Porphyre!

– Não, não vai. Vamos dizer a ela que acabou com três garrafas sozinha e fez uma bagunça nojenta no banheiro. É exatamente como ela vai se sentir, de qualquer forma. – Ele deu uma risadinha.

Danielle Stark ainda estava roncando, bastante alto agora, em uma das camas embutidas nos fundos da cabine.

– Porphyre – disse Angie –, você acha que ela poderia estar certa?

O cabeleireiro encarou-a com seus olhos lindos, não humanos. – E você não teria descoberto?

– Eu não sei...

Ele suspirou. – Minha fofa se preocupa demais. Você está livre agora. Aproveite.

– Eu realmente ouço vozes, Porphyre.

– E nós também não ouvimos, fofa?

– Não – disse ela –, não como as minhas. Você sabe alguma coisa sobre religiões africanas, Porphyre?

Ele deu um sorriso forçado. – Eu não sou africano.

– Mas quando você era criança...

– Quando eu era criança – disse Porphyre –, eu era branco.

– Oh...

Ele riu.

– Religiões, fofa?

– Antes de eu chegar à Net, eu tinha amigos. Em Nova Jersey. Eles eram negros e... religiosos.

Ele deu um sorriso falso e revirou os olhos. – Símbolos de vodu, fofa? Ossos de galinha e óleo de menta?

– Você sabe que não é assim.

– E se eu souber?

– Não brinque comigo, Porphyre. Eu preciso de você.

– Fofa, você me tem. E sim, eu sei o que você quer dizer. E essas são as suas vozes?

– Elas eram. Depois que comecei a usar o pó, elas se foram...

– E agora?

– Sumiram. – Mas o impulso fazia parte do passado agora, e ela se conteve para não lhe contar sobre Grande Brigitte e a droga no casaco.

– Bom – disse ele. – Isso é bom, fofa.

O Lear começou sua descida sobre Ohio. Porphyre estava encarando a divisória da cabine, imóvel como uma estátua. Angie olhou para o país de nuvens abaixo, enquanto crescia na direção deles, lembrando o jogo com que se distraía nos aviões quando pequena, enviando uma Angie imaginária para fora dos canyons cheios de nuvens e sobre os picos fofos que se tornavam magicamente sólidos. Aqueles aviões eram da Maas-Neotek, ela supôs. Dos jatos corporativos da Maas ela havia ido para os Lears da Net. Ela conhecia linhas aéreas comerciais somente das locações dos seus stims: de Nova York para Paris no voo inaugural do Concorde restaurado da JAL, com Robin e um grupo exclusivo de pessoas da Net.

Aterrissando. Eles já estavam sobre Nova Jersey? As crianças que brincavam nos playgrounds dos tetos da arcologia de Beauvoir ouviam o motor do Lear? Por acaso o som de sua passagem iria varrer gentilmente os condomínios da infância de Bobby? Quão impensavelmente intrincado era o mundo, em seu emaranhado de mecanismos, quando o desejo corporativo da Sense/Net sacudia pequenos ossos nos ouvidos de crianças desconhecidas e desconhecedoras...

– Porphyre sabe de algumas coisas – disse ele, muito suavemente. – Mas Porphyre precisa de tempo para pensar, fofa...

O avião fez uma curva para a aproximação final.

26

KUROMAKU

E Sally permaneceu em silêncio, na rua e no táxi, durante todo o longo caminho gelado de volta para o hotel.

Sally e Swain estavam sendo chantageados por uma inimiga de Sally "lá em cima, no poço". Sally estava sendo forçada a sequestrar Angie Mitchell. O pensamento de que alguém fizesse isso com a estrela da Sense/Net parecia singularmente irreal para Kumiko, como se alguém estivesse planejando o assassinato de um ser mítico.

O Finlandês tinha dado a entender que a própria Angie estava envolvida, de algum modo misterioso, mas ele tinha usado palavras e expressões que Kumiko não havia entendido. Alguma coisa no ciberespaço; pessoas formando pactos com uma ou mais coisas por lá. O Fin tinha conhecido um rapaz que fora amante de Angie – mas o amante dela não era Robin Lanier? A mãe de Kumiko tinha permitido que ela rodasse vários stims de Angie e Robin. Este outro rapaz tinha sido um cowboy, um ladrão de dados, como Tick em Londres...

E quanto à inimiga, a chantagista? Ela estava louca, disse Fin, e sua loucura havia trazido o declínio da fortuna de sua família. Ela vivia sozinha, em sua casa ancestral, a casa chamada Straylight. O que Sally tinha feito para merecer sua inimizade? Ela tinha realmente matado o pai dessa mulher? E quem eram os outros, os outros que estavam mortos? Já tinha escutado seus nomes gaijin.

E Sally tinha conseguido descobrir o que queria saber, na visita ao Fin? Kumiko tinha esperado, no final, que houvesse algum pronunciamento do santuário blindado, mas a troca não tinha levado a nada, a não ser a um ritual gaijin de despedidas brincalhonas.

No vestíbulo do hotel, Petal estava esperando numa poltrona de veludo azul. Vestido para viagem, seu corpo envolto num terno de lã cinza, levantou-se da poltrona como se fosse um estranho balão quando elas entraram, o olhar suave, como sempre, atrás dos óculos de armação de aço.

– Olá – disse ele, e tossiu. – Swain mandou que eu viesse atrás de vocês. Só para cuidar da garota, entende.

– Leve-a de volta – disse Sally. – Agora. Hoje à noite.

– Sally! Não! – Mas a mão de Sally já tinha agarrado firmemente o braço de Kumiko, levando-a em direção à entrada do lounge escuro, fora do vestíbulo.

– Espere aqui – Sally ordenou para Petal. – Ouça-me – disse ela, puxando Kumiko num canto, para a sombra. – Você vai voltar. Eu não posso mantê-la aqui, agora.

– Mas eu não gosto de lá. Não gosto de Swain nem da casa dele... Eu...

– Petal é gente fina – disse Sally, aproximando-se e falando rapidamente. – Eu diria para confiar nele. Swain, bem, você sabe o que Swain é, mas ele está nas mãos do seu pai. Aconteça o que acontecer, acho que eles irão mantê-la fora do caminho. Mas se as coisas ficarem ruins, realmente ruins, vá ao pub onde nos encontramos com o Tick. The Rose and Crown, você se lembra?

Kumiko concordou com a cabeça, olhos enchendo-se de lágrimas.

– E se Tick não estiver lá, procure um barman chamado Bevan e mencione o meu nome.

– Sally, eu...

– Você está bem – disse Sally, e beijou-a abruptamente, uma de suas lentes tocando por um instante a bochecha de Kumiko, assustadoramente fria e inflexível. – Eu, querida, já fui.

E ela se foi, no zunido emudecido do vestíbulo, e Petal limpou a garganta na entrada.

O voo de volta a Londres foi como uma longa viagem de metrô. Petal passou o tempo escrevendo palavras, uma letra de cada vez, em algum quebra-cabeças idiota de um fax inglês, resmungando baixinho consigo mesmo. Finalmente ela dormiu e sonhou com sua mãe...

– O aquecedor está funcionando – disse Petal, saindo de Heathrow em direção à casa de Swain. Estava desconfortavelmente quente no Jaguar, um calor seco que cheirava a couro e fazia as narinas arderem. Ela o ignorou, encarando a luz pálida da manhã, os telhados escuros brilhando através da neve derretida, fileiras de chaminés...

– Ele não está zangado com você, sabe – disse Petal. – Ele sente uma responsabilidade especial...

– *Giri.*

– Humm... sim. Responsável, entende. Sally nunca foi o que se pode chamar de previsível, realmente, mas nós não esperávamos...

– Eu não quero conversar, obrigada.

Os pequenos olhos dele, preocupados, no espelho.

A alameda estava alinhada com carros estacionados, longos carros prateados com vidros escuros.

– Estamos recebendo muitas visitas nesta semana – disse Petal, estacionando do outro lado da rua, em frente ao número 17. Saiu do carro e abriu a porta para ela. Ela o seguiu, entorpecida, atravessando a rua, subindo os degraus cinza, onde uma porta preta foi aberta por um homem minúsculo, de rosto vermelho, num terno escuro justo, Petal passando por ele como se não estivesse lá.

– Espere aí – disse o rosto vermelho. – Swain quer vê-la agora...

As palavras do homem fizeram com que Petal parasse no mesmo instante; com um grunhido, girou numa velocidade desconcertante e agarrou o cara pelo colarinho.

– No futuro é melhor mostrar respeito – disse Petal, e embora não tivesse erguido a voz, de algum modo toda a sua gentileza entediada havia desaparecido. Kumiko ouviu algumas costuras estourarem.

– Desculpa, chefe. – O rosto vermelho estava cuidadosamente impassível. – Ele me disse para lhe falar.

– Venha – disse Petal para ela, soltando a lapela escura. – Ele só quer dizer oi.

Encontraram Swain sentado numa mesa de refeitório – no cômodo onde ela o havia visto pela primeira vez, os dragões de sua hierarquia abotoados sob uma camisa de flanela e uma gravata de seda listrada. Seus olhos encontraram os dela assim que entrou, seu rosto de ossos longos sombreado por uma luminária de leitura em bronze que ficava ao lado de um pequeno console e uma grossa pilha de fax na mesa. – Bom – disse ele –, como foi lá no Sprawl?

– Estou muito cansada, sr. Swain. Gostaria de ir para o meu quarto.

– Estamos contentes em tê-la de volta, Kumiko. O Sprawl é um lugar perigoso. Os amigos de Sally provavelmente não são o tipo de pessoa de quem seu pai gostaria que você se aproximasse.

– Posso ir para o meu quarto agora?

– Você encontrou algum dos amigos de Sally, Kumiko?

– Não.

– Verdade? O que vocês fizeram?

– Nada.

– Você não deve ficar brava conosco, Kumiko. Estamos protegendo você.

– Obrigada. Posso ir para o meu quarto agora?

– Claro. Você deve estar bem cansada.

Petal a seguiu para o quarto, carregando sua mala, seu terno cinza dobrado e amassado por causa do voo. Ela teve o cuidado de não espiar enquanto passavam perto do busto de mármore onde a unidade Maas-Neotek talvez continuasse escondida, embora não pudesse pegá-la com Swain e Petal na sala.

* * *

Havia um novo sentido de movimento na casa, enérgico e com sons abafados: vozes, passos, o barulho do elevador, canos rangendo enquanto alguém tomava banho.

Ela se sentou ao pé da enorme cama, encarando a banheira de mármore escuro. Imagens residuais de Nova York pareciam flutuar nos limites de seu campo visual; se fechasse os olhos, ela se veria de volta no beco, espremendo-se junto a Sally. Sally, que a havia mandado embora. Que não havia olhado para trás. Sally, cujo nome já havia sido Molly, ou Misty, ou ambos. Novamente, sua indignidade. Sumida, sua mãe boiando na água escura. Seu pai. Sally.

Momentos depois, levada por uma curiosidade mais forte que sua vergonha, levantou-se, escovou o cabelo, calçou meias de borracha escura com solado de plástico com sulcos e dirigiu-se, muito silenciosamente, para o corredor. Quando o elevador chegou, fedia a cigarro.

O rosto vermelho estava andando de um lado para outro no vestíbulo acarpetado em azul quando ela saiu do elevador, suas mãos nos bolsos do casaco preto justo. – Ei – disse ele, erguendo as sobrancelhas –, você precisa de alguma coisa?

– Estou com fome – disse ela, em japonês. – Vou até a cozinha.

– Ei – disse ele, tirando as mãos dos bolsos e ajeitando a frente do casaco – você fala inglês?

– Não – disse ela, e caminhou direto pelo corredor, passando por ele, dobrando a esquina. – Ei – ouviu-o dizer, com um pouco mais de urgência, mas ela já estava tateando atrás do busto branco.

Conseguiu colocar a unidade dentro do bolso pouco antes que ele aparecesse. Ele inspecionou o cômodo automaticamente, as mãos soltas ao lado do seu corpo, de um modo que subitamente lembrou-a dos secretários de seu pai.

– Estou com fome – disse ela, em inglês.

Cinco minutos depois, havia retornado ao seu quarto com uma laranja grande e de aparência muito britânica: os ingleses pareciam não dar nenhum valor especial à simetria das frutas. Fechando a porta atrás dela, colocou a laranja na ampla borda da banheira preta e tirou a unidade Maas-Neotek do bolso.

– Rápido agora – disse Colin, jogando para trás seu topete quando entrou em foco –, abra a unidade e coloque o interruptor A/B na posição A. O novo regime tem um técnico fazendo rondas e procurando grampos. Assim que você mudar o ajuste, isso não deve aparecer como um dispositivo de escuta. – Ela fez como ele disse, usando um grampo de cabelo.

– O que você quer dizer – perguntou ela, movendo os lábios sem emitir sons – com o novo regime?

– Não percebeu? Há pelo menos uma dúzia de funcionários agora, sem mencionar os numerosos visitantes. Bem, suponho que seja menos um novo regime do que uma melhoria no procedimento. Esse sr. Swain é um homem bastante sociável, do seu jeito dissimulado. Tem uma conversa aqui entre Swain e o diretor adjunto do Special Branch que, imagino, milhares de pessoas literalmente matariam para ter, inclusive o oficial mencionado.

– Special Branch?

– A polícia política. Swain anda com figuras muito variadas: pessoal da Buck House, chefões do East End, chefes de polícia...

– Buck House?

– O Palácio de Buckingham. Sem mencionar o pessoal do mercado financeiro da City, uma estrela de simstim, um bando ou dois de agiotas caros e traficantes de drogas...

– Uma estrela de simstim?

– Lanier, Robin Lanier.

– Robin Lanier? Ele esteve aqui?

– Na manhã seguinte à sua partida precipitada.

Ela olhou para os olhos verdes transparentes de Colin. – Você está me dizendo a verdade?

– Sim.

– Você sempre diz a verdade?

– Até onde eu saiba, sim.

– O que você é?

– Um biochip Maas-Neotek baseado em personalidade programado para ajudar e aconselhar a visitante japonesa no Reino Unido. – Ele piscou para ela.

– Por que você piscou?

– O que você acha?

– Responda à pergunta! – A voz dela alta, no quarto espelhado.

O fantasma tocou os lábios com seu dedo indicador. – Eu sou outra coisa também, sim. Eu realmente mostro iniciativa demais para ser um mero programa de guia. Embora o modelo no qual sou baseado seja o mais avançado da linha, extremamente sofisticado. Não posso lhe dizer exatamente o que sou, contudo, porque não sei.

– Você não sabe? – Novamente, sem emitir os sons, cuidadosamente.

– Conheço uma enormidade de coisas – disse ele, e foi para uma das claraboias. – Eu sei que uma mesa de servir no Middle Temple Hall é feita de madeira proveniente do *Golden Hind*; que é preciso subir cento e vinte e oito degraus para chegar à passarela da ponte de Londres; que em Wood Street, à direita de Cheapside, há uma árvore que dizem ter sido aquela na qual cantava o tordo de Wordsworth... – Virou-se subitamente para encará-la. – Não é verdade, contudo, porque a árvore atual foi clonada da original em 1998. Eu sei tudo isso, veja você, e mais, muito mais. Poderia, por exemplo, ensinar-lhe os princípios da sinuca. É isso o que eu sou, ou pelo menos o que era para eu ser, originalmente. Porém sou algo mais, e muito provavelmente isso tem a ver com você. Eu não sei o quê. Realmente não sei.

– Você foi um presente do meu pai. Você se comunica com ele?

– Não que eu saiba.

– Você não o informou sobre minha partida?

– Você não entende – disse ele. – Eu não sabia que você tinha estado ausente até você me ativar, momentos atrás.

– Mas você tem estado gravando...

– Sim, mas não estou consciente disso. Só estou "aqui" quando você me aciona. Então avalio os dados atuais... De uma coisa você pode estar certa, contudo: é simplesmente impossível transmitir qualquer tipo de sinal desta casa sem que os detectores de Swain o captem imediatamente.

– Poderia haver *mais* de você, quero dizer um outro, nessa mesma unidade?

– Ideia interessante, mas não, exceto se houver uma tecnologia de vanguarda altamente secreta. Já estou um pouco além dos limites atuais, considerando-se o tamanho do meu hardware. Sei disso pela informação geral que tenho armazenada.

Ela olhou para a unidade em sua mão. – Lanier – disse ela. – Conte-me.

– Dez/vinte e cinco/dezesseis: A.M. – disse ele. A cabeça dela se encheu de vozes incorpóreas...

PETAL: Se quiser me seguir, por favor, senhor...

SWAIN: Venha até a sala de bilhar.

TERCEIRA VOZ: É melhor você ter um motivo para isso, Swain. Há três homens da Net esperando no carro. A Segurança vai ficar com teu endereço no banco de dados até que o inferno congele.

PETAL: É um belo carro aquele, senhor, o Daimler. Deseja que segure o seu casaco?

TERCEIRA VOZ: O que é isto, Swain? Por que não pudemos nos encontrar no Brown's?

SWAIN: Tire seu casaco, Robin. Ela se foi.

TERCEIRA VOZ: Se foi?

SWAIN: Para o Sprawl. Pela manhã, cedo.

TERCEIRA VOZ: Mas não é hora...

SWAIN: Você acha que eu a mandei para lá?

A resposta do homem foi vaga, indistinguível, perdida atrás de uma porta fechando. – Aquele era Lanier? – Perguntou Kumiko, silenciosamente.

– Sim – respondeu Colin. – Petal chamou-o pelo nome numa conversa anterior. Swain e Lanier passaram vinte e cinco minutos juntos.

Som de uma tranca, movimento.

SWAIN: Bela cagada, mas não minha. Alertei você sobre ela, falei para você alertá-los. Assassina nata, provavelmente psicopata...

LANIER: É problema seu, não meu. Você precisa do produto deles e da minha cooperação.

SWAIN: E qual é o seu problema, Lanier? Por que você está nesta? Só para tirar Mitchell do caminho?

LANIER: Onde está o meu casaco?

SWAIN: Petal, a droga do casaco do senhor Lanier.

PETAL: Senhor.

LANIER: Eu tenho a impressão de que eles querem a sua razorgirl tanto quanto querem Angie. Ela é, definitivamente, parte do prêmio. Vão pegá-la, também.

SWAIN: Boa sorte para eles, então. Ela já está em posição, no Sprawl. Falei com ela por telefone, há uma hora. Vou colocá-la em contato com o meu homem lá, aquele que tem feito preparativos para a... garota. E você, vai voltar de fato?

LANIER: Esta noite.

SWAIN: Bem, então, nada para se preocupar.

LANIER: Adeus, Swain.

PETAL: Um completo escroto, esse.

SWAIN: Não gosto nada disso, nem um pouco...

PETAL: Mas gosta dos benefícios, não?

SWAIN: Não posso reclamar, mas por que você acha que eles também querem a Sally?

PETAL: Só Deus sabe. Eles que se virem com ela.

SWAIN: Eles. Eu não gosto deste negócio de "eles"...

PETAL: Eles não podem estar terrivelmente felizes em saber que ela foi para lá por conta própria, com a filha de Yanaka...

SWAIN: Não. Mas agora temos a senhorita Yanaka de volta. Amanhã direi a Sally que Prior está em Baltimore, colocando a garota em forma...

PETAL: Esse é um negócio bem ruim, bem ruim...

SWAIN: Traga um bule de café para o escritório.

Ela deitou-se de costas, os olhos fechados, as gravações de Colin projetando-se em sua cabeça, diretamente em seus nervos auditivos. Swain parecia conduzir a maior parte de seus negócios na sala de bilhar, o que significava que ela ouvia pessoas chegando e saindo, inícios e fins de diálogos. Dois homens, um dos quais deve ter sido o rosto vermelho, manteve uma discussão interminável sobre corridas de cachorro e as apostas para o dia seguinte.

Ela ouviu com especial interesse quando Swain e o homem das forças especiais, o Special Branch (SB, Swain chamava) travavam uma conversa de negócios diretamente debaixo do busto de mármore, enquanto o homem se preparava para sair. Ela interrompeu este segmento uma meia dúzia de vezes em busca de esclarecimento. Colin fez suposições inteligentes.

– Este é um país muito corrupto – disse ela por fim, profundamente chocada.

– Talvez não mais do que o seu próprio país – disse ele.

– Mas com o que Swain está pagando esta gente?

– Informação. Eu diria que nosso senhor Swain recentemente adquiriu uma fonte de inteligência de alto nível, e está ocupado em convertê-la em poder. Com base no que ouvimos, me arriscaria a dizer que esta tem sido sua linha de trabalho por algum tempo. O que está aparente, contudo, é que ele está subindo na hierarquia, se tornando mais importante. Há evidências internas de que ele é atualmente um homem muito mais importante do que era há uma semana. Além disso, há o fato de que ele está ampliando sua equipe...

– Devo contar isso para... minha amiga.

– Shears? Contar o que para ela?

– O que Lanier disse. Que ela será levada, junto com Angela Mitchell.

– Onde ela está?

– O Sprawl. Um hotel...

– Ligue para ela. Mas não daqui. Você tem dinheiro?

– Um chip do MitsuBank.

– Não serve para nossos telefones, sinto muito. Tem alguma moeda?

Ela se levantou da cama e procurou cuidadosamente as moedas de dinheiro inglês que havia acumulado no fundo de sua bolsa. – Aqui – disse ela, segurando uma moeda dourada –, dez libras.

– Precisa de duas dessas para fazer uma ligação local. – Ela jogou a moeda de volta na bolsa.

– Não, Colin. Não usarei o telefone. Há um jeito melhor. Eu quero sair daqui. Agora. Hoje. Você vai me ajudar?

– Certamente – disse ele –, embora eu não lhe aconselhe a fazer isso.

– Mas eu vou.

– Muito bem. Como você propõe conseguir fazer isso?

– Vou dizer a eles que preciso fazer compras.

27

MENINA MÁ

A mulher deve ter chegado após a meia-noite, pensou mais tarde, porque foi depois que Prior tinha voltado com os caranguejos, o segundo pacote de caranguejos. Realmente tinham ótimos caranguejos em Baltimore, e o wiz sempre lhe abria o apetite, então ela o convenceu a voltar e buscar mais. Gerald continuava vindo trocar os dermas nos braços dela; ela sempre o recebia com seu sorriso mais tolo, espremendo para fora o tranquilizante cada vez que ele saía e depois recolocando o adesivo de volta no lugar. Finalmente, Gerald disse que ela deveria dormir. Apagou as luzes e ajustou a janela falsa para a imagem mais suave, um pôr do sol avermelhado.

Quando ficou sozinha novamente, escorregou a mão por entre a cama e a parede, encontrou a arma de choque em seu buraco na espuma.

Adormeceu sem querer, o brilho vermelho da janela como o pôr do sol em Miami, e ela deve ter sonhado com Eddy, ou pelo menos com o Hooky Green's, dançando com alguém lá em cima no 33º andar, porque quando o barulho a acordou, ela não estava muito certa de onde se encontrava, mas tinha este mapa muito claro em sua cabeça de como sair do Hooky Green's, como se ele soubesse que era melhor pegar as escadas porque havia algum tipo de problema...

Estava saindo da cama quando Prior atravessou a porta, literalmente *através* da porta, já que ela ainda estava fechada quando ele a atingiu. Ele a atravessou de trás para a frente e foi parar sobre estilhaços e pedaços de papelão.

Ela o viu chocar-se contra a parede e depois o chão, e então já não estava se movendo mais e uma outra pessoa estava lá na porta, iluminada por trás, pela luz do outro quarto, e tudo que ela podia ver do rosto eram aqueles dois círculos de luz vermelha, reflexo do pôr do sol falso.

Colocou as pernas de volta na cama, encostou-se contra à parede, sua mão escorregando para...

– Não se mexa, sua vagabunda. – Havia alguma coisa realmente amedrontadora naquela voz, porque era alegre demais, como se atirar Prior através da porta fosse algo realmente divertido. – E isso quer dizer realmente não se mexer... – A mulher atravessou o quarto em três passos, muito próxima, tão próxima que Mona sentiu o frio da jaqueta de couro.

– Ok – disse Mona –, ok...

Então as mãos a agarraram, rápido, e ela estava jogada de costas, ombros pressionados fortemente contra a espuma e alguma coisa – a arma de choque – bem em frente ao seu rosto.

– Onde você conseguiu esta coisinha?

– Oh – disse Mona, como se fosse algo do qual ela havia se esquecido –, estava na jaqueta do meu namorado. Eu peguei a jaqueta emprestada...

O coração de Mona estava acelerado. Havia alguma coisa a respeito daqueles óculos...

– Esse merda aí sabia que você tinha esta coisinha?

– Quem?

– Prior – disse a mulher, e largou-a, virando-se. Estava chutando Prior, várias vezes, com força. – Não – disse ela, parando tão abruptamente quanto começou. – Acho que Prior não sabia. – Gerald estava na porta, como se nada houvesse acontecido, exceto por seu olhar triste para a parte da porta que havia sobrado no caixilho, correndo seu polegar sobre uma ponta de laminado lascado. – Café, Molly?

– Dois cafés, Gerald – disse a mulher, examinando a arma de choque. – O meu, forte.

Mona bebeu seu café e estudou as roupas e o cabelo da mulher enquanto esperavam Prior acordar. Pelo menos era o que pareciam estar fazendo. Gerald tinha saído novamente. Ela não era nada parecida com qualquer pessoa que Mona já tivesse visto antes; Mona não era capaz de encaixá-la em seu mapa de estilos, só sabia que ela tinha dinheiro. O cabelo era europeu; Mona já havia visto um igual àquele numa revista; tinha certeza de que não era o estilo da moda em lugar algum, mas ficava legal com as lentes, que eram inseridas, implantadas direto na pele. Tinha visto um taxista em Cleveland com um daqueles. E ela vestia uma jaqueta curta, marrom-escura, muito simples para o gosto de Mona mas obviamente nova, com uma grande lapela de pele de carneiro, agora aberta mostrando uma coisa verde bizarra colada aos seus seios e ao estômago, como uma armadura, era o que Mona pensava que fosse, e jeans cortados em algum tipo de camurça cinza-esverdeada, grossa e macia, e Mona pensou que os jeans eram a coisa mais bacana no visual dela, que poderia comprar um par daqueles para si mesma, exceto que as botas estragavam tudo, botas pretas de cano alto, do tipo que os motoqueiros usavam, com solados amarelos de borracha, grossos, e grandes tiras ao redor do peito do pé, fivelas cromadas de cima a baixo, o bico horrivelmente esquisito. E onde é que ela havia conseguido aquela cor de unha, aquele Borgonha? Mona achava que nem fabricavam mais aquele troço.

– Está olhando o quê?

– Ah... suas botas.

– E daí?

– Elas não combinam com suas calças.

– Usei porque queria chutar Prior e ferrar com ele.

Prior gemeu no chão, como se fosse vomitar. Isso fez Mona sentir-se enjoada, então disse que ia ao banheiro.

– Nem pense em fugir. – A mulher parecia estar vigiando Prior, sobre o branco de sua xícara de porcelana, mas com aqueles óculos, era difícil ter certeza.

* * *

De algum modo, ela se viu no banheiro com a bolsa em seu colo. Apressou-se para ajustar a dose; não esmagou bem o suficiente, então a droga ardeu no fundo da garganta, mas como Lanette costumava dizer, nem sempre se tem tempo para os detalhes. De qualquer maneira, não estava tudo muito melhor agora? Havia um pequeno chuveiro no banheiro de Gerald, mas parecia que não era usado há muito tempo. Ela deu uma olhada mais de perto e viu mofo cinza se formando ao redor do ralo, e manchas que pareciam sangue seco.

Quando voltou, a mulher estava arrastando Prior para um dos outros quartos, puxando-o pelos pés. Ele estava de meias, sem sapatos, Mona percebeu agora, como se tivesse colocado os pés para cima para dormir. Sua camisa azul estava manchada de sangue e seu rosto, todo cheio de hematomas.

O que Mona sentiu, quando a dose começou a fazer efeito, foi uma curiosidade inocente e brilhante. – O que você está fazendo?

– Acho que vou ter que acordá-lo – disse a mulher, como se ela estivesse no metrô, falando sobre um outro passageiro que estava para perder sua parada. Mona seguiu-a para dentro da sala onde Gerald fazia seu trabalho, tudo limpo e branco como um hospital; observou enquanto a mulher colocava Prior em pé numa espécie de cadeira de barbearia, com pedais e botões e coisas. *Ela não parece ser extremamente forte*, pensou Mona, *é mais o jeito como ela sabe jogar com o peso*. A cabeça de Prior caiu de lado enquanto a mulher apertava um cinto preto ao redor de seu peito. Mona estava começando a sentir pena dele, mas então se lembrou de Eddy.

– O que é isto? – A mulher estava enchendo um frasco de plástico branco com água de uma torneira cromada.

Mona queria contar, sentindo seu coração em disparada por causa do wiz. *Ele matou Eddy*, continuava tentando dizer, mas não saía. Então deve ter conseguido, porque a mulher respondeu – É o tipo de coisa que ele faz... se você deixar. – Ela jogou a água sobre Prior, em seu rosto e sobre a camisa; seus olhos se abriram e o olho esquerdo estava todo vermelho; a forquilha de metal da arma de choque disparou fagulhas brancas quando a mulher a pressionou contra a camisa azul molhada. Prior gritou.

* * *

Gerald teve que ficar de quatro para tirá-la de baixo da cama. Ele tinha mãos frias, muito gentis. Ela não conseguia se lembrar de como tinha ido parar lá embaixo, mas agora tudo estava quieto. Gerald vestia um casaco cinza e óculos escuros.

– Você vai com a Molly agora, Mona – disse ele.

Ela começou a tremer.

– Acho melhor eu te dar alguma coisa para os nervos.

Ela se atirou para trás, longe das mãos dele. – Não! Não encosta em mim!

– Deixa, Gerald – disse a mulher na porta. – É hora de você ir agora.

– Não acho que você saiba o que está fazendo – disse ele –, mas boa sorte.

– Obrigada. Acha que vai sentir falta daqui?

– Não. Estava querendo me aposentar logo, de qualquer maneira.

– Eu também – disse a mulher, e Gerald saiu, sem sequer acenar em despedida para Mona.

– Tem alguma roupa? – a mulher perguntou para Mona. – Vista-se. Estamos indo, também.

Vestindo-se, Mona descobriu que não conseguia abotoar o vestido sobre seus novos peitos; ela o deixou aberto, colocando a jaqueta de Michael por cima e subindo o zíper até o queixo.

28

COMPANHIA

De vez em quando tudo o que queria era ficar lá, olhando o Juiz, ou agachar-se no concreto ao lado da Bruxa. Fazer isso evitava os lapsos de memória. Não as fugas, os flashbacks reais, mas esta estúpida sensação desfocada que tinha, como se a fita de memória ficasse saindo do lugar em sua cabeça, perdendo os pormenores de experiência... Então era o que estava fazendo naquele momento, e estava funcionando, e finalmente percebeu que Cherry estava lá, ao seu lado.

Gentry estava em pé no loft com a forma que havia capturado, o que ele chamava nodo de macroforma, e ele mal tinha escutado o que Slick havia tentado lhe dizer sobre a casa e todo aquele lugar e Bobby, o Conde.

Então Slick havia descido para agachar-se ao lado de um Investigador no frio e no escuro, repassando todas as coisas que havia feito com tantas ferramentas diferentes, e onde havia conseguido cada peça, e então Cherry estendeu sua mão fria e tocou-o na bochecha.

– Você está bem? – perguntou. – Eu achei que estivesse tendo outro episódio...

– Não. É que tenho que descer aqui, às vezes.

– Ele te plugou na caixa do Conde, não foi?

– Bobby – disse Slick –, é como ele se chama. Eu o vi.

– Onde?

– Lá dentro. É todo um mundo. Há esta casa, como um castelo ou algo assim, e ele está lá.

– Sozinho?

– Ele disse que Angie Mitchell está lá também...

– Talvez ele esteja louco. Ela está mesmo lá?

– Eu não a vi. Mas vi um carro, supostamente dela.

– Ela está em um centro de desintoxicação na Jamaica. – Ele sacudiu os ombros. – Não sei.

– Como ele é?

– Ele parece mais jovem. Qualquer um pareceria mal com todos esses tubos e outras porcarias. Ele achou que Kid Afrika largou-o aqui porque ficou com medo. Disse que se qualquer um vier procurar por ele, é para plugá-lo na matrix.

– Por quê?

– Não sei.

– Você deveria ter perguntado.

Ele sacudiu os ombros novamente. – Viu o Bird por aí?

– Não.

– Já deveria ter voltado... – Ficou em pé.

Little Bird voltou ao anoitecer, na moto de Gentry, as asas escuras de seu cabelo úmidas pela neve e ondulando atrás dele enquanto acelerava pela Solitude. Slick franziu o rosto: Little Bird estava na marcha errada. Little Bird subiu sobre uma pilha de barris de óleo compactados e freou quando deveria ter acelerado. Cherry prendeu a respiração enquanto Bird e a moto se separaram em pleno ar; a moto parecia ter ficado suspensa ali, por um segundo, antes de dar um salto mortal e cair sobre o entulho de folhas de metal que tinha sido um dos anexos da Fábrica, e Little Bird estava rolando várias vezes no chão.

Slick não chegou a ouvir o impacto. Estava em pé ao lado de Cherry, na cobertura de uma rampa de carga sem porta – em seguida estava correndo através da ferrugem coberta de neve, em direção ao motoqueiro caído, sem transição. Little Bird estava deitado de costas, com sangue nos lábios, sua boca parcialmente escondida pelo amontoado de ossos de diversos animais e antigos cartuchos de munição de latão que usava em volta do pescoço.

– Não encoste nele – disse Cherry. – Pode ter quebrado uma costela, ou pode ter se arrebentado por dentro...

Os olhos de Little Bird se abriram ao som da voz dela. Ele cerrou os lábios e cuspiu sangue e parte de um dente.

– Não se mexa – disse Cherry, ajoelhando-se ao lado dele e falando com a dicção ríspida que havia aprendido na escola de tec-meds. – Você pode estar ferido...

– Foda-se, garota – ele deu um jeito de erguer-se com a ajuda de Slick.

– Tudo bem, seu merda – respondeu –, se tiver uma hemorragia, azar seu.

– Não consegui – disse Little Bird, limpando o sangue de seu rosto com as costas da mão – o caminhão.

– Deu para notar – disse Slick.

– Marvie e os caras, eles têm companhia. Como moscas ao redor de merda. Alguns hovercrafts e um helicóptero e mais umas merdas. Todos aqueles caras.

– Que tipo de caras?

– Parecem soldados, mas não são. Soldados ficam de bobeira, fazendo merda e contam piadas quando ninguém importante está olhando. Mas não eles.

– Tiras? – Marvie e seus dois irmãos cultivavam variedades de maconha mutante numa dúzia de vagões de trem semissoterrados; às vezes, eles tentavam produzir compostos primitivos de amina, mas seu laboratório quase sempre explodia. Eles eram a coisa mais próxima da noção de vizinhos permanentes que a Fábrica tinha. Viviam a seis quilômetros dali.

– Tiras? – Little Bird cuspiu outro pedaço de dente e vasculhou cuidadosamente sua boca com um dedo ensanguentado. – Os caras não estão fazendo nada contra a lei. De qualquer maneira, os tiras não têm grana para aquelas coisas, hovercrafts novos, um Honda novo... – Ele deu um meio sorriso sob uma película de sangue e saliva. – Fiquei de tocaia em Solitude e dei uma boa olhada neles. Ninguém com quem eu gostaria de conversar, nem você. Acho que detonei mesmo a moto do Gentry, hein?

– Não se preocupe com isso – disse Slick. – Acho que a mente dele está ocupada com outra coisa.

– Que bom... – Caminhou, mancando, em direção à Fábrica, quase caiu, se recompôs, continuou.

– Ele está completamente drogado – disse Cherry.

– Ei, Bird – chamou Slick –, o que aconteceu com o pacote de bagulho que te dei para entregar a Marvie?

Bird oscilou, virou-se. – Perdi... – Então desapareceu, atrás de uma pilha de zinco.

– Talvez ele esteja inventando tudo – disse Cherry. – Sobre aqueles caras. Ou vendo coisas.

– Duvido – disse Slick, empurrando-a para uma sombra ao notar que um Honda preto, com as luzes apagadas, descia em direção à Fábrica, saído do crepúsculo do inverno.

Ele ouviu o Honda fazer sua quinta passagem pela Fábrica enquanto subia pelas escadas que rangiam, o telhado de metal chacoalhando com a passagem do helicóptero. Bem, pensou ele, pelo menos isso faria Gentry notar que temos visitantes. Ele caminhou pela passarela em dez passos longos e lentos; estava começando a se perguntar se conseguiriam passar de volta com o Conde e sua maca para os fundos, sem ter que prender uma viga extra nas alças.

Entrou no loft iluminado sem bater. Gentry estava sentado na mesa de trabalho, sua cabeça virada para o lado, encarando a claraboia de plástico. A bancada estava cheia de pedaços de hardware e pequenas ferramentas.

– Helicóptero – disse Slick, ofegante por causa da subida.

– Helicóptero – concordou Gentry, sacudindo a cabeça pensativamente, seu cabelo desgrenhado se agitando. – Eles parecem estar procurando alguma coisa.

– Acho que acabaram de encontrá-la.

– Podia ser a Autoridade de Fissão.

– Bird disse que viu gente lá no Marvie. Viu este helicóptero por lá também. Você não estava prestando muita atenção quando tentei lhe contar o que ele disse.

– Bird? – Gentry olhou para baixo, para as pequenas coisas brilhantes na mesa de trabalho. Pegou dois conectores e juntou-os.

– O Conde! Ele me disse...

– Bobby Newmark – disse Gentry –, sim. Sei muito mais sobre Bobby Newmark, agora.

Cherry entrou atrás de Slick. – Você tem que fazer alguma coisa sobre aquela ponte – disse, dirigindo-se imediatamente para a maca –, ela sacode muito. – Debruçou-se para checar as leituras do Conde.

– Venha até aqui, Slick – disse Gentry, levantando-se. Caminhou até a mesa holográfica. Slick o seguiu, olhando para a imagem que brilhava lá. Lembrou-se dos tapetes que havia visto na casa cinza, padronagens como aquela, só que agora eram tecidos de neon muito fino, entrelaçados em algum tipo de nó infinito; sua cabeça doía só de olhar para o centro do nó. Desviou o olhar.

– É isso? – perguntou para Gentry. – O que você sempre esteve procurando?

– Não. Eu lhe disse. Isso é apenas uma nodo, uma macroforma. Um modelo...

– Ele tem esta casa lá, como um castelo, e grama e árvores e céu...

– Ele tem muito mais do que isso. Tem um universo a mais do que isso. Aquilo é apenas um constructo criado a partir de um stim comercial. O que ele tem é um resumo da soma total de dados que constituem o ciberespaço. Ainda assim, é o mais próximo que já cheguei até hoje... Ele não lhe disse por que está lá?

– Não perguntei.

– Então, você vai ter que voltar.

– Ei, Gentry. Ouça. Aquele helicóptero vai voltar. Vai voltar com dois hovers cheios de caras que Bird disse parecerem soldados. Eles não estão atrás de nós, cara. Estão atrás dele.

– Talvez seja o pessoal dele. Talvez estejam atrás de nós.

– Não. Ele me disse, cara. Disse que se alguém viesse procurar por ele, estaríamos numa grande merda, e deveríamos plugá-lo na matrix.

Gentry olhou para baixo, para o pequeno encaixe que ainda segurava. – Nós vamos falar com ele, Slick. Você vai voltar e, desta vez, vou contigo.

29

VIAGEM DE INVERNO

Petal tinha concordado, por fim, mas apenas depois que ela sugeriu telefonar para seu pai pedindo permissão. Foi procurar Swain, resignado, e quando voltou, parecendo igualmente infeliz, a resposta tinha sido sim. Envolta em várias camadas de suas roupas mais quentes, Kumiko esperou no vestíbulo pintado de branco, estudando as pinturas de caça enquanto Petal orientava o homem de rosto vermelho, que se chamava Dick, atrás de portas fechadas. Não podiam distinguir as palavras individualmente, só uma torrente de advertências em voz baixa. A unidade Maas-Neotek estava em seu bolso, mas evitava tocá-la. Colin já havia tentado fazê-la desistir duas vezes.

Dick retornou da conversa com Petal, um sorriso congelado em seus pequenos lábios rígidos. Debaixo de seu terno preto e justo, vestia uma blusa de gola olímpica e um casaco de lã cinza. Seu cabelo preto estava colado contra sua cabeça com gel; suas bochechas pálidas estavam acinzentadas por algumas horas sem se barbear. Ela segurou a unidade em seu bolso. – Olá – disse Dick, olhando-a de cima para baixo. – Onde vamos passear?

– Portobello Road – disse Colin, apoiado, indolentemente, contra a parede, ao lado do cabideiro lotado. Dick pegou um sobretudo escuro do cabideiro, atravessando Colin para tanto, vestiu-o e abotoou-o. Colocou um pesado par de luvas de couro preto.

– Portobello Road – disse Kumiko, largando a unidade.

* * *

– Há quanto tempo você trabalha para o sr. Swain? – perguntou ela, enquanto abriam caminho no asfalto coberto de gelo da alameda.

– O bastante – respondeu ele. – Cuidado para não escorregar. Saltos traiçoeiros nessas botas...

Kumiko caminhava ao lado dele em pequenos saltos, em suas botas francesas pretas com espigões. Como havia previsto, era virtualmente impossível caminhar por entre as placas rígidas de gelo com aquelas botas. Segurou a mão dele para equilibrar-se; e, ao fazê-lo, sentiu um metal sólido na sua palma. As luvas tinham material de enchimento, os dedos eram reforçados com liga de carbono.

Ele permanecia calado enquanto viravam na rua transversal à alameda, mas quando chegaram a Portobello Road, deu uma parada. – Desculpe, senhorita – disse ele, um tom de hesitação em sua voz –, mas o que os rapazes andam dizendo, é verdade?

– Rapazes? Como assim?

– Os rapazes de Swain, o pessoal que fica por lá. Que você é filha do chefão... o chefão lá de Tóquio?

– Desculpe – disse ela –, eu não entendo.

– Yanaka. Seu nome é Yanaka?

– Kumiko Yanaka, sim...

Olhou para ela com intensa curiosidade. Depois pareceu preocupado e olhou cuidadosamente em volta. – Meu Deus – disse ele –, então deve ser verdade... – Seu corpo atarracado, firmemente abotoado, estava tenso e alerta. – O patrão disse que você queria fazer compras?

– Sim, obrigada.

– Aonde vamos?

– Aqui – disse ela, e levou-o para dentro de uma galeria estreita, solidamente preenchida com *gomi* britânico.

Suas expedições para compras em Shinjuku foram úteis para lidar com Dick. As técnicas que havia desenvolvido para torturar os secretários de seu pai provaram ser eficientes agora, quando forçava o homem a participar de dúzias de escolhas sem sentido entre um medalhão eduardiano e outro, este ou aquele fragmento de vitral, ainda que tivesse o cuidado de escolher apenas itens que fossem frágeis ou muito pesados, difíceis de carregar e extremamente caros. Uma alegre vendedora bilíngue efetuou uma cobrança de 80 mil libras no chip MitsuBank de Kumiko. Kumiko escorregou a mão para dentro do bolso em que mantinha a unidade Maas-Neotek. – Refinado – disse a garota inglesa em japonês, enquanto embalava uma das compras de Kumiko, um vaso de bronze dourado incrustado com grifos.

– Horrível – comentou Colin, em japonês. – Uma imitação, ainda por cima. – Ele se reclinou num sofá vitoriano forrado com pelo de cavalo, suas botas apoiadas numa bandeja de coquetel *art déco* sustentada por anjos de alumínio aerodinâmicos.

A vendedora acrescentou o vaso embalado à carga de Dick. Esta era a décima primeira loja de antiguidades em que Dick entrava e a oitava compra de Kumiko.

– Acho melhor você tomar a iniciativa agora – aconselhou Colin. – A qualquer momento, nosso Dick aqui vai chamar Swain pedindo um carro para levar todas essas coisas para casa.

– Nós terminamos, então? – perguntou Dick, esperançoso, sobre as compras de Kumiko.

– Só mais uma loja, por favor. – Kumiko sorriu.

– Certo – disse ele, sorrindo forçosamente. Enquanto a seguia em direção à porta, ela prendeu o salto da bota esquerda numa fenda no asfalto que ela havia visto antes de entrar. – Você está bem? – perguntou ele, vendo-a se desequilibrar.

– Quebrei o salto da minha bota... – Voltou mancando para a loja e sentou-se ao lado de Colin no sofá de pelo de cavalo. A vendedora veio correndo para ajudar.

– Tire-as rapidamente – aconselhou Colin –, antes que Dick largue os pacotes.

Ela abriu o zíper da bota com o salto quebrado, depois abriu a outra, tirou as duas. No lugar das meias comuns de seda chinesa grossa que costumava vestir no inverno, seus pés estavam envoltos em meias de borracha escura com um grosso solado de plástico estriado. Quase passou por entre as pernas de Dick quando saiu pela porta, mas em vez disso esbarrou nele enquanto se espremia para sair, fazendo-o cair sobre uma vitrine de decantadores de cristal.

E então ela estava livre, mergulhando entre a massa de turistas de Portobello Road.

Seus pés estavam muito frios, mas as solas de plástico rígido forneciam uma excelente tração, a não ser no gelo, lembrou-se, levantando-se de seu segundo escorregão, terra úmida em suas palmas. Colin a guiou para uma passagem estreita de tijolos escuros...

Ela agarrou a unidade. – Para onde agora?

– Por aqui – disse ele.

– Eu quero chegar ao Rose and Crown – lembrou ao Colin.

– Você quer é ter cuidado. Dick já deve ter chamado os capangas de Swain para cá agora, sem mencionar o tipo de caçada que aquele amigo de Swain do Special Branch poderia organizar se Swain pedir. E não consigo pensar por que ele não faria isso...

Ela entrou no Rose and Crown por uma porta lateral, Colin a seu lado, grata pela confortável penumbra e o calor irradiante que pareciam ser a essência daquelas tocas para se beber. Ela estava impressionada pela quantidade de estofamento nas paredes e nos assentos, pelas cortinas grossas. Se as cores e os tecidos fossem menos encardidos, aparentemente o efeito não seria tão caloroso. Pubs, pensou ela, eram uma expressão extrema da atitude britânica a respeito de *gomi*.

Respondendo à insistência de Colin, abriu caminho entre os fregueses que bebiam em frente ao bar, esperando encontrar Tick.

– O que vai ser, querida?

Ela olhou para cima, para o rosto largo e louro detrás do bar, batom brilhante e bochechas pintadas com blush. – Com licença – disse Kumiko –, gostaria de falar com o sr. Bevan...

– Enche uma caneca pra mim, Alice – disse alguém, jogando três moedas de dez libras sobre o balcão –, na pressão. Alice acionou uma bomba alta de cerâmica branca, enchendo uma caneca com cerveja clara. Colocou a caneca no balcão e puxou o dinheiro para dentro de uma gaveta registradora.

– Alguém quer falar contigo, Bevan – disse Alice, enquanto o homem erguia sua caneca.

Kumiko olhou para cima, encontrando um rosto corado e marcado. O lábio superior do homem era curto; Kumiko pensou em coelhos, embora Bevan fosse grande, quase tão grande quanto Petal. Mas também tinha olhos de coelho: redondos, marrons, a íris ocupando quase todo o espaço. – Comigo? – Seu sotaque lembrava o de Tick.

– Diga a ele que sim – disse Colin. – Ele não consegue imaginar por que uma garotinha japonesa, em meias de borracha, veio até o pub procurando por ele.

– Eu gostaria de encontrar Tick.

Bevan observou-a com neutralidade sobre a borda de sua caneca. – Desculpe – disse ele. – O nome não me diz nada. – Bebeu.

– Sally me disse que eu deveria falar com você se Tick não estivesse aqui. Sally Shears...

Bevan engasgou com a cerveja, seus olhos mostrando uma fração de branco. Tossindo, largou a caneca sobre o bar e pegou um lenço do bolso de seu sobretudo. Assoou o nariz e limpou a boca.

– Meu horário começa em cinco minutos – disse ele. – Melhor irmos para os fundos.

Alice ergueu uma seção articulada do bar; Bevan conduziu Kumiko através da pequena abertura com suas mãos grandes, espiando rapidamente por cima de seu ombro. Ele a guiou por uma passagem estreita que se abria para uma área atrás do bar. As paredes eram de tijolos, velhas e desniveladas, cobertas com uma grossa camada de pintura verde e suja. Ele parou ao lado de um cesto de metal cheio de panos do bar, que fediam a cerveja.

– Você vai se arrepender se isso for uma armação, garota – disse ele. – Me diz por que você está procurando por este tal de Tick.

– Sally está em perigo. Preciso encontrar Tick. Preciso contar a ele.

– Puta merda – disse o barman. – Coloque-se na minha posição...

Colin torceu o nariz em direção à pilha de toalhas encharcadas.

– Sim? – disse Kumiko.

– Se você for uma policial e eu lhe disser onde encontrar este tal de Tick, presumindo que eu o conheça, e se ele estiver metido em algum rolo, então ele se dá mal e daí ele me mata, não é? Mas se você não for, então esta Sally, ela provavelmente me mataria se eu não te ajudar, entendeu?

Kumiko concordou com a cabeça. – Entre a cruz e a espada. – Foi uma expressão que Sally usou; Kumiko a achava muito poética.

– Mais ou menos isso – disse Bevan, olhando para ela meio estranho.

– Me ajude. Ela está em grande perigo.

Ele correu a palma pelos ralos cabelos coloridos de vermelho.

– Você vai me ajudar – ouviu a si própria dizer, sentindo a máscara fria de sua mãe se ajustar no lugar. – Diga-me onde encontrar Tick.

O barman pareceu tremer, embora estivesse muito quente na passagem, um calor úmido de vapor, cheiro de cerveja misturado com o odor ácido de desinfetante. – Você conhece Londres?

Colin piscou para ela. – Eu me viro por aí – disse ela.

– Bevan – disse Alice, colocando a cabeça ao redor do canto da parede –, os tiras.

– Polícia – traduziu Colin.

– Margate Road, sw2 – disse Bevan – não sei o número, não sei o telefone dele.

– Diga para ele deixá-la sair pelos fundos – disse Colin. – Aqueles não são policiais comuns.

Kumiko iria lembrar-se para sempre de sua interminável viagem pelo metrô da cidade. Como Colin a guiou do Rose and Crown para Holland Park e para baixo, explicando que seu chip do MitsuBank era pior do que inútil agora: se o usasse para pegar um táxi ou para qualquer tipo de compra, disse ele, um operador do Special Banch veria o sinal da transação brilhar como magnésio na grade do ciberespaço. Mas ela tinha que encontrar Tick, disse para ele; tinha que encontrar Margate Road. Ele fez uma careta e disse não, disse para esperar até o anoitecer; Brixton não era longe, mas as ruas eram perigosas demais agora, à luz do dia, com a polícia do lado de Swain. Mas onde ela poderia se esconder?, ela perguntou. Tinha muito pouco dinheiro: aquele conceito, níqueis ou notas de papel, lhe parecia curioso e totalmente estranho.

Aqui, disse ele, enquanto descia em Holland Park. – Pelo preço de uma passagem.

As formas arredondadas dos trens prateados.

Os velhos assentos macios em cinza e verde.

E o calor, lindamente quente; outra toca, aqui, no reino do movimento incessante...

30

O SEQUESTRO

O aeroporto engoliu uma Danielle Stark grogue ao longo de um corredor pastel atulhado com repórteres, câmeras, olhos ampliados, enquanto Porphyre e três seguranças da Net conduziam Angie através do cerco fechado de jornalistas, uma peça coreografada e ritualística que tinha mais a ver com gerar imagens dramáticas do que com proteção. Qualquer um que estivesse presente já havia sido liberado pela segurança e pelo departamento de relações públicas.

Depois, ficou sozinha com Porphyre num elevador expresso, a caminho do heliporto que a Net mantinha no terraço do terminal.

Quando as portas se abriram para lufadas de vento úmido sobre o concreto fortemente iluminado, onde três outros seguranças aguardavam, vestidos com parcas laranja-fluorescentes, Angie lembrou-se de sua primeira visão do Sprawl, quando chegou de trem, vindo de Washington com Turner.

Um das parcas laranja conduziu-os através do piso de concreto perfeitamente limpo até o helicóptero que os aguardava, um Fokker grande, com dois rotores e acabamento em cromo preto. Porphyre subiu na frente. Ela o seguiu, sem olhar para trás.

Ela tinha alguma coisa agora, uma nova determinação. Tinha decidido contatar Hans Becker através de seu agente em Paris. Continuidade tinha o número. Era hora, hora de fazer alguma coisa acontecer. E ela também faria com que algo acontecesse em relação a Robin; ele já deveria estar esperando no hotel, ela sabia.

O helicóptero disse-lhes para afivelar seus cintos de segurança.

E quando começaram a subir houve um silêncio absoluto na cabine à prova de som, apenas uma pulsação seca nos ossos, e por um estranho segundo ela pareceu ser capaz de segurar toda a sua vida em sua mente e compreendê-la, ver aquilo que de fato havia sido. E era isso, pensou, que o pó havia encoberto e ocultado, o que a livrara da dor.

E o lugar da partida da alma, disse uma voz metálica, surgida do brilho de velas e do zunido da colmeia...

– Fofa? – Porphyre do assento ao lado dela, chegando mais perto...

– Estou sonhando...

Algo estivera esperando por ela, anos atrás, na Net. Nada como os loa, como Legba e os outros, embora Legba, ela sabia, fosse o Senhor das Encruzilhadas; ele era síntese, o ponto cardeal da magia, comunicação...

– Porphyre – perguntou ela –, por que o Bobby foi embora? – Olhou para fora, para a grade entrelaçada de luzes do Sprawl, os domos realçados por sinalizadores vermelhos, vendo, em vez disso, a paisagem de dados que sempre o havia puxado de volta para o que ele acreditava ser o único jogo que valia a pena jogar.

– Se você não sabe, fofa – disse Porphyre –, quem vai saber?

– Mas você ouve coisas. Tudo. Todos os rumores. Você sempre...

– Por que me perguntar agora?

– É hora...

– Eu me lembro das fofocas, entende? Como as pessoas que não são famosas ficam falando sobre as que são. Talvez alguém que tivesse dito conhecer Bobby tenha falado com outras pessoas e isso acabou circulando... Bobby era um assunto quente porque ele estava com você, entende? É um bom ponto de partida, fofa, por que ele não teria achado isso tão agradável, não é? Os boatos eram de que ele tinha ido batalhar sozinho, mas aí esbarrou com você e você subiu mais alto e mais rápido do que qualquer outra coisa com que ele poderia ter sonhado. Levou-o lá para cima, entende? Onde a quantidade de dinheiro com a qual ele nem sonhava, em Barrytown, era considerada apenas um trocado...

Angie assentiu com a cabeça, olhando para o Sprawl.

– Diziam que ele tinha as suas próprias ambições, fofa. Alguma coisa que o impulsionava. Até que isso o levou embora, finalmente...

– Eu não acho que ele me deixaria – disse ela. – Quando eu cheguei pela primeira vez ao Sprawl, era como nascer de novo. Uma nova vida. E ele estava lá, bem ali, na primeira noite. Mais tarde, quando Legba ... quando estava com a Net...

– Quando você estava se tornando Angie.

– Sim. E por mais que isso me absorvesse, sabia que ele estaria presente. E também que ele nunca havia caído nessa, e eu precisava disso, saber que continuava sendo apenas uma grande armação, para ele, o negócio todo...

– A Net?

– Angie Mitchell. Ele sabia a diferença entre ela e eu.

– Sabia?

– Talvez ele fosse a diferença. – Tão alto acima das linhas de luz...

O velho New Suzuki Envoy tinha sido o hotel favorito de Angie no Sprawl, desde seus primeiros dias com a Net.

Mantinha a fachada plana até o décimo primeiro andar, então se estreitava em degraus, nove recuos sucessivos, dando-lhe a aparência de uma montanha formada com rochas escavadas de sua construção em Madison Square. As plantas originais previam que esta paisagem fosse recoberta com flora nativa da região de Hudson Valley e povoada com fauna apropriada, mas a construção posterior do primeiro domo de Manhattan tornou necessária a contratação de uma equipe parisiense de ecodesign. Os ecologistas franceses, acostumados aos "puros" problemas de design criados pelos sistemas orbitais, entraram em desespero com a atmosfera carregada de partículas que impregnava o Sprawl, optando então por cepas vegetais geneticamente modificadas e fauna robótica do mesmo tipo encontrado em parques temáticos infantis, mas a contínua patronagem de Angie acabou dando ao lugar um toque de classe que, de outro modo, não teria. A Net alugava os cinco andares mais altos, onde sua suíte permanente havia sido instalada, e o Envoy passou a contar com certa reputação, ainda que tardia, entre artistas e pessoas do ramo de entretenimento.

Sorriu quando o helicóptero passou ao lado de um indiferente carneiro robótico, aparentemente ocupado pastando líquen próximo à cascata iluminada. O absurdo daquele lugar sempre a fascinava; mesmo Bobby gostava de lá.

Ela deu uma olhada em direção ao heliporto do Envoy, onde o logo da Sense/Net havia sido recentemente repintado sobre o concreto aquecido e iluminado. Uma figura solitária, encapuzada numa capa de borracha laranja brilhante, aguardava ao lado de uma pedra esculpida.

– Robin vai estar aqui, não vai, Porphyre?

– O sr. Lanier – disse ele amargamente.

Angie suspirou.

O Fokker de cromo preto desceu suavemente, copos estremecendo levemente no armário de bebidas enquanto o trem de pouso se assentava sobre o telhado do Envoy. A pulsação surda dos motores morreu.

– No que se refere a Robin, Porphyre, eu terei de tomar a iniciativa. Vou falar com ele hoje à noite. Sozinha. Neste meio-tempo, quero que você fique longe do caminho dele.

– Será um prazer para Porphyre, fofa – disse o cabeleireiro, enquanto a porta da cabine se abria atrás deles. E então ele estava se contorcendo, agarrando, desesperado, a fivela do cinto de segurança, e Angie virou-se a tempo de ver a capa de borracha laranja brilhante na escotilha, o braço erguido, as lentes espelhadas. A arma emitiu um clique tão leve quanto o de um isqueiro, mas Porphyre se contorcia violentamente, uma comprida mão negra apertando sua garganta enquanto o segurança fechava a escotilha atrás dele e lançava-se sobre Angie.

Alguma coisa bateu forte em seu estômago; Porphyre estava desfalecido em seu assento, como um boneco, sua língua pontuda e rosada para fora da boca. Olhou para baixo, por puro reflexo, e viu a fivela de seu cinto coberta por um losango de plástico verde grudento.

Olhou para cima, para um rosto oval emoldurado por um capuz de nylon laranja bem apertado. Viu seu próprio rosto, pálido pelo choque, duplicado pelas lentes prateadas. – Ele bebeu esta noite?

– O quê?

– Ele. – Um dedão apontando na direção de Porphyre. – Bebeu álcool?

– Sim... mais cedo.

– Merda. – A voz de uma mulher, enquanto ela se virava para o cabeleireiro inconsciente. – Então ele está sedado. Não quero suprimir seus reflexos respiratórios, sabe? – Angie observava enquanto a mulher checava o pulso de Porphyre. – Acho que ele está bem... – Ela havia encolhido os ombros, por baixo da capa de borracha?

– Segurança?

– O quê? – As lentes brilharam.

– Você é da segurança da Net?

– Claro que não, estou sequestrando você.

– Você está?

– Pode apostar.

– Por quê?

– Não pelos motivos usuais. Alguém está armando contra você. Contra mim também. Era para eu preparar as coisas e pegá-la na semana que vem. Que se danem. Tinha que falar com você, de qualquer jeito.

– Você tinha? Que falar comigo?

– Conhece uma figura chamada 3Jane?

– Não. Quero dizer, sim, mas...

– Deixa. Temos que sair daqui agora, rápido.

– Porphyre...

– Ele vai acordar logo. Pelo jeito dele, não quero estar perto nessa hora...

31

3JANE

Se isto era parte da enorme casa cinza de Bobby no campo, concluiu Slick, abrindo seus olhos numa curva apertada no corredor estreito, então era um lugar ainda mais estranho do que tinha parecido na primeira vez. O ar estava pesado e morto, e a luz proveniente da faixa de vidro esverdeado no teto fazia com que se sentisse como se estivesse debaixo da água. O túnel era feito de algum tipo de concreto vitrificado. Parecia uma cadeia.

– Talvez tenhamos saído no porão ou algo assim – disse ele, percebendo um leve eco retornando do concreto quando falava.

– Não há razão alguma para termos entrado no constructo que você viu antes – disse Gentry.

– Então, o que é isso? – Slick tocou a parede de concreto; estava quente.

– Não importa – disse Gentry.

Gentry começou a caminhar em frente. Para além da curva, o pavimento tornou-se um mosaico irregular de porcelana estilhaçada, fragmentos pressionados dentro de algo similar a epóxi, escorregadio sob suas botas.

– Olha isso... – Milhares de diferentes padrões e cores em cacos, mas nenhum desenho geral em sua disposição, que era apenas aleatória.

– Arte – respondeu Gentry, sacudindo os ombros. – O hobby de alguém. Você deveria apreciar isso, Slick Henry.

Seja lá quem fosse, não haviam dado a mínima atenção às paredes. Slick ajoelhou-se para passar os dedos sobre aquilo, sentindo os cantos ásperos da cerâmica quebrada, plástico endurecido e vitrificado entre as peças. – O que você quer dizer com isso, "hobby"?

– É como aquelas coisas que você constrói, Slick. Seus brinquedos de material reciclado... – Gentry deu aquele sorriso meio enlouquecido.

– Você não sabe – disse Slick. – Passa a vida toda tentando descobrir que forma o ciberespaço tem, cara, e ele provavelmente não tem forma alguma, e, de qualquer modo, quem dá bola pra isso? – Não havia nada de aleatório a respeito do Juiz e dos outros. O processo era aleatório, mas os resultados tinham que estar em conformidade com alguma coisa dentro dele, algo que não podia tocar diretamente.

– Vem – disse Gentry.

Slick permaneceu onde estava, olhando para os olhos claros de Gentry, acinzentados nesta luz, seu rosto tenso. Por que ele tinha que suportar Gentry?

Porque você precisava de alguém, em Solitude. Não apenas para ter eletricidade; toda aquela rotina de "proprietário" era só uma fachada. Ele achava que era porque precisava de alguém por perto. Bird não servia para conversar, porque não se interessava por quase nada e tudo o que ele dizia era muito estúpido. E mesmo que Gentry nunca o admitisse, Slick sentia que Gentry entendia algumas coisas.

– Sim – disse Slick, levantando-se –, vamos.

O túnel se retorcia dentro de si mesmo, como uma tripa. A seção com o piso em mosaico ficou para trás, ao redor de inúmeras curvas e poços de escada para cima e para baixo, recurvados. Slick tentava imaginar uma construção com um interior como aquele, mas não conseguia. Gentry estava caminhando rapidamente, seus olhos aguçados, mordendo o lábio. Slick achou que o ar estava ficando pior.

Subindo outra escadaria, chegaram a um trecho reto que se afilava até fechar-se, ao longe, em qualquer das direções que se olhasse.

Era mais largo que as partes curvas e o chão era macio e recoberto por pequenos tapetes, talvez centenas deles, formando muitas camadas sobre o concreto. Cada tapete tinha sua própria padronagem e cores, muito vermelho e azul, mas todos os padrões eram os mesmos diamantes e triângulos em ziguezague. O cheiro de poeira era mais forte aqui, e Slick achava que eram os tapetes, eles pareciam muito velhos. Os que ficavam no topo, próximos ao centro, estavam desgastados, em retalhos. Uma trilha, como se alguém tivesse caminhado para cima e para baixo, lá, durante muitos anos. Algumas das seções da faixa de luz, acima de suas cabeças, estavam escuras e outras piscavam debilmente.

– Para que lado? – perguntou para Gentry.

Gentry estava olhando para baixo, mexendo no seu lábio inferior com os dedos. – Por aqui.

– Por quê?

– Porque não faz diferença.

As pernas de Slick se cansaram de tanto andar sobre aqueles tapetes. Tinha que cuidar para não prender os dedos dos pés num dos buracos rasgados. Tinha pisado sobre um pedaço de vidro caído da faixa de vidro no teto. Em intervalos regulares, agora, estavam passando por seções da parede que pareciam portais lacrados com mais concreto. Não havia nada lá, apenas a mesma forma arqueada num concreto levemente mais claro, com uma textura levemente diferente.

– Gentry, isto tem que ser o subsolo, certo? Como um porão debaixo de alguma coisa...

Mas Gentry apenas ergueu o braço, e Slick esbarrou nele, e os dois estavam lá, parados, olhando para uma garota no final do corredor, a menos de doze metros ao longo das ondas do carpete.

Ela disse algo num idioma que Slick achou ser francês. A voz era clara e musical, o tom casual. Ela sorriu. Pálida, sob um cacho de cabelo escuro, o rosto fino, nariz forte e delgado, uma boca grande.

Slick sentiu o braço de Gentry tremer contra seu peito. – Está tudo bem – disse ele, abaixando o braço de Gentry. – Nós só estamos procurando por Bobby...

– Todos estão procurando por Bobby – disse ela, num sotaque de inglês que ele não conhecia. – Eu mesma estou procurando por ele. Por seu corpo. Vocês viram o corpo dele? – Ela deu um passo para trás, se afastando, como se estivesse pronta para correr.

– Não vamos machucar você – disse Slick, repentinamente consciente de seu próprio cheiro, da graxa em seus jeans e na jaqueta marrom, e o aspecto de Gentry não era muito melhor.

– Acho que não – disse ela, e seus dentes brancos brilharam novamente na luz submarina deteriorada. – Mas, por outro lado, não acho que goste de qualquer um dos dois.

Slick queria que Gentry dissesse alguma coisa, mas Gentry não disse. – Você conhece ele... Bobby? – arriscou Slick.

– Ele é um homem realmente inteligente. Extraordinariamente inteligente. Contudo, não acho que goste dele, na verdade. – Ela vestia alguma coisa folgada e preta que chegava até os joelhos. Estava descalça. – De qualquer forma, eu quero... o corpo dele. – E riu.

Tudo

mudou.

– Suco? – Bobby, o Conde, perguntou, lhe oferecendo um copo alto de uma bebida amarela. A água turquesa da piscina refletia manchas de luz do sol nas folhagens de palmeira sobre sua cabeça. Ele estava nu, a não ser por um par de óculos muito escuros. – Qual é o problema com seu amigo?

– Nada – Slick ouviu Gentry dizer. – Ele cumpriu pena com Korsakovs induzidos. Transições como aquela o deixam apavorado.

Slick estava deitado, muito quieto, na cadeira de ferro branca com almofadões azuis, sentindo o sol cozinhar suas pernas sob os jeans cheios de graxa.

– Você é aquele que ele mencionou, certo? – perguntou Bobby. – O nome é Gentle? Tem uma fábrica?

– Gentry.

– Você é um cowboy– sorriu Bobby. – Jóquei de console. Homem do ciberespaço.

– Não.

Bobby coçou o queixo. – Você sabia que eu tenho que fazer a barba aqui? Me cortei, há uma cicatriz... – Ele bebeu metade do copo de suco e limpou a boca com as costas da mão. – Você não é um jóquei? Então como conseguiu chegar aqui?

Gentry abriu o zíper da jaqueta cheia de tachinhas, mostrando seu peito sem pelos, branco como um fantasma. – Dê um jeito nesse sol – disse ele.

Anoitecer. Assim. Nem mesmo um clique. Slick ouviu a si mesmo resmungando. Insetos começaram a zunir nas palmeiras atrás da parede branca. O suor esfriava sobre suas costelas.

– Desculpa, cara – disse Bobby para Slick. – Aquele Korsakov, deve ter sido uma merda e tanto. Mas este lugar é lindo. Vallarta. Pertenceu a Tally Isham. – Voltou sua atenção para Gentry, novamente. – Se você não é um cowboy, companheiro, o que você é?

– Eu sou como você – disse Gentry.

– Eu sou um cowboy. – Um lagarto correu diagonalmente para cima da parede atrás da cabeça de Bobby.

– Não. Você não está aqui para roubar nada, Newmark.

– Como você sabe?

– Você está aqui para aprender alguma coisa.

– Dá na mesma.

– Não. Você foi um cowboy antes, mas agora é outra coisa. Você está procurando algo, mas não há ninguém de quem possa ser roubado. Eu também estou procurando.

E Gentry começou a explicar sobre a Forma, enquanto as sombras das palmeiras se uniam e ficavam maiores na noite mexicana, e Bobby, o Conde, ficou sentado escutando.

Quando Gentry terminou, Bobby passou um longo tempo sem dizer nada. Então falou:

– Sim. Você está certo. Do modo como penso sobre isso, estou tentando encontrar o que trouxe a Mudança.

– Antes disso – disse Gentry –, não havia uma Forma.

– Ei – disse Slick –, antes de estarmos aqui, nós estávamos num outro lugar. Onde era aquilo?

– Straylight – disse Bobby. – Lá em cima. Na órbita.

– Quem é aquela garota?

– Garota?

– Cabelo escuro. Magrinha.

– Oh – disse Bobby, no escuro. – Aquela era 3Jane. Vocês a viram?

– Garota estranha – disse Slick.

– Garota morta – disse Bobby. – Vocês viram o constructo dela. Torrou a fortuna da família para construir isso aqui.

– Você, ah, passa seu tempo com ela? Aqui?

– Ela me odeia. Entenda, eu roubei aquilo, roubei seu apanhador de almas. Ela tinha seu constructo instalado aqui, quando eu parti para o México, então ela tem estado sempre aqui. O detalhe foi que ela morreu. Lá fora, quero dizer. Nesse meio-tempo, todas as suas merdas lá fora, todos as tramoias e esquemas, isso é controlado por advogados, programas, outros lacaios... – Ele deu um meio sorriso. – Isso realmente a deixa louca. As pessoas que estão tentando entrar lá onde vocês moram querem o aleph de volta, eles trabalham para outras pessoas que trabalham para algumas pessoas que ela contratou lá na Costa. Mas, sim, tenho feito acordos bizarros com ela, trocado coisas. Ela é louca, mas joga duro...

Nem mesmo um clique.

De início ele pensou que havia retornado à casa cinza, onde tinha encontrado Bobby pela primeira vez, mas este cômodo era menor e os tapetes e a mobília eram diferentes, ainda que não pudesse dizer como. Caros, mas não tão requintados. Uma luminária com uma cúpula de vidro verde, numa longa mesa de madeira.

Janelas altas com as esquadrias pintadas de branco, dividindo o branco por trás em retângulos, em cada painel de vidro, como um diamante lapidado de muitas faces, e aquilo devia ser neve... Ele ficou em pé com sua bochecha tocando cortinas macias, olhando para fora em direção a um paredão de neve.

– Londres – disse Bobby. – Ela teve que me dar isso em troca das coisas pesadas de vodu. Achei que eles não quisessem nada com ela. Grande merda que isso lhe trouxe. Eles estão se dissipando, meio que se fundindo. Ainda é possível convocá-los, às vezes, mas suas personalidades correm juntas...

– Isso se encaixa – disse Gentry. – Eles surgiram com a primeira causa, Quando Isso Mudou. Você já havia concluído isso. Mas não sabe o que aconteceu ainda, não é?

– Não. Eu apenas sei onde. Straylight. Ela me contou toda aquela parte, acho que tudo o que ela sabe. Não se importa com nada disso. Sua mãe uniu duas IAs, muito tempo atrás, algo realmente da pesada. Então a mãe morreu e as IAs foram se misturando nos núcleos corporativos, lá em cima. Uma delas começou a fazer negócios por conta própria. Queria se unir à outra...

– Elas se uniram. Aí está sua primeira causa. Tudo mudou.

– Simples assim? Como você sabe?

– Porque – disse Gentry – tenho olhado para isso de outro ângulo. Você tem analisado causa e efeito, mas eu tenho procurado pelos contornos, formas no tempo. Você tem procurado *por toda a matrix*, mas eu tenho olhado *para a matrix*, a coisa toda. Sei coisas que você não sabe.

Bobby não respondeu. Slick virou-se e viu a garota, a mesma, de pé do outro lado da sala. Apenas lá, de pé.

– Não eram apenas as IAs da Tessier-Ashpool – disse Gentry. – Pessoas foram lá para cima para invadir os núcleos da T-A. Levaram um ICE-Breaker militar, chinês.

– Case – disse Bobby. – Um cara chamado Case. Conheço essa parte. Algum tipo de efeito sinergético...

Slick observava a garota.

– E a soma era maior que as partes? – Gentry realmente parecia estar adorando aquilo. – Uma divindade cibernética? Luz sobre as águas?

– Sim – disse Bobby – é por aí.

– É um pouco mais complicado que isso – disse Gentry, e riu.

E a garota sumiu. Sem clique.

Slick tremeu.

32

VIAGEM DE INVERNO (2)

A noite caiu enquanto o metrô entrava em seu horário de pico, embora mesmo então não chegasse nem perto de Tóquio, nenhum *shiroshi-san* lutando para empurrar alguns últimos passageiros enquanto as portas se fecham. Kumiko observava a neblina salmão do pôr do sol de uma plataforma ao vento na Central Line, Colin apoiado em uma máquina de venda automática com janelas trincadas e quebradas. – É hora agora – disse ele – e mantenha sua cabeça discretamente abaixada, quando passarmos pela Bond Street e Oxford Circus.

– Mas preciso pagar, quando sair do sistema, não?

– Nem todo mundo paga, na verdade – disse ele, jogando sua franja para trás.

Ela se dirigiu para as escadas, sem precisar mais das orientações dele para encontrar o caminho para a plataforma oposta. Seus pés estavam muito frios, novamente, e ela pensou nas botas alemãs forradas de lã que estavam no closet de seu quarto na casa de Swain. Tinha optado pela combinação das meias de borracha com os saltos altos franceses como uma tática para enganar Dick, para fazê-lo duvidar de que ela correria fugindo, mas com cada mordida de frio que sentia através do solado fino ela se arrependia da ideia.

No túnel para a outra plataforma, ela soltou a unidade e Colin desapareceu. As paredes estavam recobertas por cerâmica branca desgastada, com uma faixa decorativa verde. Tirou a mão do bolso e trilhou os dedos ao longo dos azulejos verdes enquanto seguia, pensando em Sally e no Fin e no cheiro diferente de um inverno no Sprawl, até que o primeiro Drácula se colocou na frente dela num só movimento e instantaneamente se viu circundada muito de perto por quatro capas de chuva pretas, quatro rostos magros e brancos.

– E aí – o primeiro disse –, bonitinha, não?

Estavam cara a cara, Kumiko e o Drácula; seu hálito cheirava a tabaco. A multidão do anoitecer continuava seu caminho ao redor deles, entrouxada, em sua maioria, em lã escura.

– Êêê – disse um deles, ao lado dela –, olha só. Que barato é esse? – Ele ergueu a unidade Maas-Neotek, sua mão com uma luva de couro preto rachado. – Uma lanterna, não é? Vamos ver como funciona, japinha. – A mão de Kumiko foi em direção ao bolso, direto pela abertura, e se fechou no ar. O garoto deu uma risadinha.

– Vasculha a bolsa dela – disse um outro. – Ajuda ela, Reg. – Uma mão se mexeu rápido e cortou uma alça da bolsa de Kumiko com precisão.

O primeiro Drácula pegou a bolsa, envolveu a alça cortada com um gesto bem treinado e enfiou-a dentro de sua capa de chuva. – Hé.

– Aqui, ela tem alguma coisa dentro da calça! – Riram enquanto ela apalpava dentro de seus vários blusões. A fita adesiva que ela tinha usado machucou sua barriga quando ela tirou a arma com as duas mãos e encostou-a na bochecha do garoto que segurava a unidade.

Nada aconteceu.

Então, os outros três correram freneticamente para as escadas, no outro lado do túnel, suas botas de cano alto escorregando na neve derretida, seus casacos compridos esvoaçando como asas. Uma mulher gritou.

E eles permaneciam congelados lá, Kumiko e o Drácula, o cano da arma pressionado contra sua bochecha esquerda. Os braços de Kumiko começaram a tremer.

Ela estava olhando, seus olhos estavam fixos dentro dos olhos do Drácula, olhos castanhos bem abertos, escancarados com o velho e simples terror; o Drácula estava vendo a máscara da mãe dela. Alguma coisa bateu no concreto perto de seus pés: a unidade de Colin.

– Corra – disse ela. O Drácula tremeu, abriu sua boca, fez um som engasgado, deu um gemido e fugiu para longe da arma.

Kumiko olhou para baixo e viu a unidade Maas-Neotek numa poça de lama cinzenta. Ao lado dela, o retângulo limpo e prateado de uma navalha industrial. Quando pegou a unidade, viu que estava rachada. Sacudiu a água da parte trincada e apertou-a bem forte em sua mão. O túnel estava deserto agora. Colin não estava lá. A arma de ar Walther de Swain era grande e pesada na outra mão.

Caminhou em direção a uma lixeira presa à parede de azulejos e jogou a arma entre embalagens de comida descartáveis e um maço de fax cuidadosamente dobrado. Virou-se, depois voltou para pegar o fax.

Subiu as escadas.

Alguém apontou para ela, na plataforma, mas o trem rugiu em seu barulho antigo e as portas se fecharam.

Fez como Colin lhe havia instruído, White City e Shepherd's Bush, Holland Park, levantando os jornais enquanto o trem desacelerava em Notting Hill – o rei, que era muito velho, estava morrendo – e mantendo-o alto enquanto passava pela Bond Street. A estação em Oxford Circus era muito movimentada e ela estava agradecida pela multidão acolhedora.

Colin havia dito que seria possível sair da estação sem pagar. Depois de observar um pouco, decidiu que isso era verdade, embora requeresse velocidade e precisão. Na prática, não havia outra maneira: sua bolsa, com o chip MitsuBank e suas poucas moedas inglesas, havia sido levada pelos Jack Dráculas. Ela passou dez minutos observando os passageiros passando com seus tickets de plástico amarelo pelas portas giratórias, então respirou fundo e correu. Para cima, por cima, atrás dela um grito e uma gargalhada alta, e então estava correndo novamente.

Quando alcançou as portas no topo da escada, viu Brixton Road esperando como um Shinjuku esfarrapado, cheio de barraquinhas de comida soltando vapor.

33

ESTRELA

Ela estava esperando no carro e não gostava disso. De qualquer maneira, não gostava de esperar, mas o wiz que havia tomado fez com que achasse aquilo realmente insuportável. Tinha que ficar se lembrando para não ranger os dentes, porque fosse lá o que Gerald havia feito com eles, ainda doíam. Ela estava toda dolorida, agora que pensava nisso. Provavelmente, o wiz não tinha sido uma grande ideia.

O carro pertencia à mulher, aquela que Gerald chamou de Molly. Um tipo de carro comum, cinza japonês, que um figurão teria, legal o suficiente mas nada que impressionasse. Tinha cheiro de novo por dentro e foi rápido, quando saíram de Baltimore. Tinha um computador, mas a mulher dirigia ela mesma, durante todo o caminho de volta para o Sprawl, e agora estava estacionado no telhado de um prédio de vinte andares que deveria ser próximo ao hotel onde Prior a havia levado, porque ela podia ver aquele prédio maluco, aquele com a cascata e decorado como se fosse uma montanha.

Não havia muitos outros carros lá em cima, e os que estavam lá se encontravam cobertos de neve, como se fizesse muito tempo que ninguém os movia. Exceto pelos dois caras na cabine de entrada, parecia não haver ninguém por lá. Lá estava ela, no meio de todas aquelas pessoas, a maior cidade do mundo, e estava sozinha no banco de trás de um carro. Tinham dito para que esperasse.

A mulher não falou muito quando vieram de Baltimore, fazia apenas uma pergunta de vez em quando, mas com o wiz ficou difícil Mona ficar quieta. Ela falou sobre Cleveland e a Flórida e sobre Eddy e Prior.

Daí chegaram lá e estacionaram.

Então a tal Molly havia saído há pelo menos uma hora, talvez mais. Havia levado uma maleta com ela. A única coisa que Mona tinha conseguido saber dela era que conhecia Gerald há muito tempo, e Prior não sabia disso.

Estava ficando frio no carro de novo, então Mona sentou-se no banco da frente e ligou o aquecimento. Ela não podia deixar o aquecedor ligado o tempo todo porque poderia acabar com a bateria e Molly tinha dito que, se isso acontecesse, estariam realmente na merda. – Porque quando eu voltar, vamos sair correndo. – Então ela mostrou a Mona onde tinha um saco de dormir debaixo do banco do motorista.

Ajustou o aquecedor no máximo e segurou as mãos na frente da saída de ventilação. Depois, apertou os pequenos botões no vídeo que ficavam do lado do monitor no painel e sintonizou um noticiário. O rei da Inglaterra estava doente; ele era muito velho. Havia uma nova doença em Cingapura; ninguém tinha morrido ainda, mas não sabiam como se pegava aquilo, ou qual era a cura. Algumas pessoas pensavam que havia algum tipo de grande luta rolando no Japão, dois grupos diferentes da Yakuza tentando matar uns aos outros, mas ninguém sabia nada de fato; Yakuza – era o tipo de coisa sobre a qual Eddy gostava de ficar comentando. Então umas portas se abriram e Angie apareceu, acompanhada por um negro impressionante e a voz do vídeo estava narrando aquilo ao vivo, dizendo que ela havia acabado de chegar ao Sprawl depois de umas férias curtas em sua casa em Malibu, após um tratamento de desintoxicação numa clínica particular...

Angie estava simplesmente maravilhosa naquele enorme casaco de pele, mas então o segmento do noticiário terminou.

Mona lembrou-se do que Gerald havia feito; tocou seu rosto.

Desligou o vídeo, depois o aquecedor, e foi de volta para o banco de trás. Usou o canto do saco de dormir para limpar o vidro embaçado. Olhou para o prédio em forma de montanha, todo iluminado, para além da corrente que cercava o terraço do edifício garagem. Era quase um estado inteiro lá em cima, talvez o Colorado ou algo assim, como o stim em que Angie foi para Aspen e encontrou um rapaz, mas Robin apareceu, como quase sempre fazia.

Mas o que ela não entendia era todo aquele lance da clínica, a coisa que o barman disse sobre Angie ter ido para lá, porque estava fissurada em alguma coisa, e agora tinha acabado de ver o pessoal do noticiário dizer a mesma coisa, então devia ser verdade. Mas como alguém como Angie, com uma vida daquelas e com Robin Lanier como namorado, iria querer usar drogas?

Mona sacudiu a cabeça, olhando para aquele prédio, feliz por não estar viciada em nada.

Ela deve ter se distraído por alguns instantes, pensando em Lanette, porque quando olhou novamente havia um helicóptero, um dos grandes, preto e brilhante, sobre o prédio-montanha. Parecia lindo, coisa de cidade grande.

Conhecera algumas mulheres da pesada em Cleveland, garotas com quem ninguém se metia, mas esta Molly era outro nível... lembrou-se de Prior jogado porta adentro, lembrou-se do grito dele... Ela se perguntou o que era que ele finalmente confessou, porque o ouviu falando, e daí Molly tinha parado de machucá-lo. Deixaram Prior amarrado naquela cadeira e Mona perguntou a Molly se ela achava que ele se soltaria. Ou isso, disse Molly, ou alguém iria encontrá-lo, ou ele iria desidratar.

O helicóptero aterrissou, desapareceu. Dos grandes, mesmo, do tipo que tem a coisa giratória nas duas pontas.

Então lá estava ela, esperando, sem porra de ideia nenhuma sobre o que mais podia fazer.

Uma coisa que Lanette tinha ensinado para ela, que algumas vezes você tem que listar seus recursos – o que você tinha conseguido para si mesma – e esquecer o resto. Certo. Ela tinha saído da Flórida. Estava em Manhattan. Parecia com Angie... Isto a fez parar. Era uma conquista? Certo – pensando de um outro jeito – ela tinha conseguido uma caríssima cirurgia plástica de graça e dentes *totalmente perfeitos*. Bom, encarando a coisa dessa forma não parecia tão mau. Pense sobre as moscas naquele quarto fedorento. Sim. Se ela gastasse o dinheiro que tinha sobrado num corte de cabelo e num pouco de maquiagem, bolaria alguma coisa para não parecer tanto com Angie, o que era uma boa ideia, por que e se alguém estivesse procurando por ela?

Lá se foi o helicóptero de novo, levantando voo.

Ei.

A umas duas quadras de distância e uns cinquenta andares mais alto, o nariz da coisa balançou em sua direção, mergulhou... *É o wiz.* Meio que hesitou, depois estava descendo... *É o wiz; não é real.* Direto para baixo em sua direção. E foi ficando maior. Na direção dela. *Mas é o wiz, certo?* E, então, desapareceu, atrás de outro prédio, e era apenas o wiz...

Surgiu de novo por trás de uma esquina, ainda uns cinco andares acima do terraço da garagem e continuava descendo e não era o wiz; estava em cima dela, lançando um raio estreito de luz branca procurando o carro cinza, e Mona abriu a trava da porta e rolou na neve, ainda na sombra do carro, cercada pelo trovejar das lâminas da coisa, os seus motores; Prior ou as pessoas para quem ele trabalhava estavam atrás dela. Então o holofote se apagou, as lâminas mudaram de rotação e ele desceu rápido, rápido demais. Quicou no trem de pouso. Bateu no chão novamente, os motores desligando, expelindo chamas azuis.

Mona estava de quatro perto do para-choque traseiro. Escorregou quando tentou ficar em pé.

Houve um som de tiro; uma parte quadrada da fuselagem do helicóptero explodiu e derrapou sobre o concreto manchado de sal do estacionamento; uma saída de emergência laranja, brilhante, de cinco metros foi expelida e se inflou como uma boia para crianças. Mona se levantou mais cuidadosamente, apoiando-se no para-choque do carro cinza. Uma figura escura em um agasalho balançou suas pernas sobre o escorregador e desceu, sentada, como uma criança num parquinho. Outra figura veio em seguida, esta enrolada numa jaqueta com um capuz enorme da mesma cor do escorregador.

Mona tremeu, enquanto a de laranja guiou a outra em sua direção, para longe do helicóptero preto. Era... Mas era!

– Quero vocês duas atrás – disse Molly, abrindo a porta do lado do motorista.

– É você – foi o que Mona conseguiu dizer para o rosto mais famoso do mundo.

– Sim – disse Angie, seus olhos no rosto de Mona –, parece... ser...

– Vamos lá – disse Molly, sua mão no ombro da estrela. – Entre. Seu negão marciano já deve estar acordando. – Ela se voltou e olhou para o helicóptero. Parecia um grande brinquedo parado, sem luzes, como se uma criança gigante o tivesse largado no chão e esquecido ali.

– Melhor que esteja – disse Angie, subindo na traseira do carro.

– Você também vem, querida – disse Molly, empurrando Mona para a porta aberta.

– Mas... eu quero dizer...

– Mexa-se!

Mona subiu, cheirando o perfume de Angie, o pulso tocando a suavidade supernatural daquele casaco de pele grande. – Eu vi você – ouviu a si mesma dizer. – No vídeo.

Angie não disse nada.

Molly escorregou para o banco do motorista, fechou a porta com força e deu partida no motor. O capuz laranja estava ajustado bem apertado, seu rosto uma máscara branca com olhos prateados vazios. Em seguida, estavam descendo a rampa coberta, fazendo a primeira curva. Desceram cinco andares daquele jeito, numa espiral estreita, até que Molly as levou para filas de veículos maiores, iluminados por faixas de neon verde na diagonal.

– Parapentes – disse Molly. – Você já viu algum parapente lá em cima, no Envoy?

– Não – disse Angie.

– Se a segurança da Net tiver alguns, já podem ter chegado lá em cima... – Ela parou o carro atrás de um hovercraft longo e quadrado, um branco com algum nome pintado nas portas traseiras em letras azuis quadradas.

– O que está escrito? – perguntou Mona, então ficou ruborizada.

– Cathode Cathay – disse Angie.

Mona pensou ter ouvido aquele nome antes.

Molly estava do lado de fora, abrindo as enormes portas. Puxando para fora aquelas rampas de plástico amarelo.

Depois voltou ao carro. Deu uma ré e entraram direto no hover. Tirou o capuz laranja e sacudiu a cabeça para soltar o cabelo. – Mona, você acha que pode sair e empurrar as rampas para dentro? Não são pesadas. – Não pareceu uma pergunta.

Não eram pesadas. Ela se colocou atrás do carro e ajudou Molly a fechar as portas.

Podia sentir Angie lá no escuro.

Era realmente Angie.

– Senta na frente, coloque o cinto e se segure.

Angie. Ela estava sentada bem ao lado de Angie.

Houve um sopro forte quando Molly encheu as bolsas de ar do hover; depois estavam planando, descendo a rampa espiral.

– Seu amigo já deve estar acordado, mas ainda não consegue se mover muito. Mais uns quinze minutos – disse Molly. – Saiu da rampa de novo, e desta vez Mona perdeu a conta dos andares. Este estava cheio de carros chiques, pequenos. O hover acelerou ao longo de um corredor central, dobrou à esquerda.

– Terá sorte se ele não estiver nos esperando aí fora – disse Angie.

Molly parou a uns dez metros de um portão de metal pintado com listras diagonais, amarelas e pretas.

– Não – disse Molly, pegando uma caixinha azul de um compartimento no painel – ele é que terá sorte se não estiver esperando lá fora. – A porta explodiu com um flash laranja e um som que se chocou no diafragma de Mona como uma pancada direta. A porta aterrissou na rua úmida em meio a uma nuvem de fumaça e, em seguida, estavam passando por cima dela, dobrando, o hover acelerando.

– Isso foi incrivelmente brutal, não é? – disse Angie, e depois riu.

– Eu sei – disse Molly, atenta na direção. – Às vezes é a melhor forma. Mona, conte para ela sobre Prior. Prior e seu namorado. O que você me contou.

Mona nunca se sentiu tão envergonhada em sua vida.

– Por favor – disse Angie – me conte, Mona.

Foi simples assim. Seu nome. Angie Mitchell tinha realmente dito seu nome. Para ela. Ali mesmo.

Isso quase a fez desmaiar.

34

MARGATE ROAD

– Você parece perdida – disse o vendedor de noodles, em japonês. Kumiko achava que ele era coreano. Seu pai tinha sócios coreanos; eles estavam no ramo da construção, tinha dito sua mãe. Geralmente, como este, eram homens grandes, tão grandes quanto Petal, com rostos sérios e largos. – Você parece estar com muito frio.

– Estou procurando por alguém – disse ela. – Ele mora na Margate Road.

– Onde é isto?

– Eu não sei.

– Entre – disse o cara dos noodles, fazendo um gesto para Kumiko passar para dentro de seu balcão. Sua banca era feita de plástico ondulado rosa.

Ela passou entre a banca de noodles e uma outra que anunciava alguma coisa chamada *roti*, a palavra escrita com spray delirantemente colorido em letras garrafais, adornadas com arabescos luminosos. Cheirava a temperos e carne cozida. Seus pés estavam muito frios.

Ela se abaixou sob uma folha de plástico cheia de vapor. A banca de noodles estava repleta de coisas: pequenos tanques azuis de butano, as três grelhas com suas panelas altas, sacos de plástico de noodles, pilhas de tigelas de isopor e o corpanzil do enorme coreano se movendo, enquanto supervisionava suas panelas. – Sente-se – disse ele; ela se sentou sobre uma caixa de plástico com a sigla MSG, sua cabeça abaixo do nível do balcão. – Você é japonesa?

– Sim – disse ela.

– Tóquio?

Ela hesitou.

– Suas roupas – disse ele. – Por que você está vestindo essas meias de borracha no inverno? É moda?

– Eu perdi minhas botas.

Ele lhe entregou uma tigela de isopor e pauzinhos de plástico; grossos rolos de noodle nadavam dentro de uma magra sopa amarela. Ela comeu vorazmente, depois bebeu a sopa. Observava enquanto ele servia um freguês, uma mulher africana que levou os noodles em seu próprio pote com tampa.

– Margate – disse o cara dos noodles, quando a mulher saiu. Pegou um livro engordurado sob o balcão e folheou suas páginas. – Aqui – disse ele, batendo sobre um mapinha incrivelmente denso – abaixo da Acre Lane. – Pegou uma caneta azul e desenhou a rota num guardanapo cinza barato.

– Obrigada – disse ela. – Agora tenho que ir.

Sua mãe apareceu para ela enquanto seguia seu caminho para Margate Road.

Sally estava em perigo, em algum lugar no Sprawl, e Kumiko confiava que Tick saberia como contatá-la. Se não fosse por telefone, poderia ser pela matrix. Talvez Tick conhecesse Fin, o homem morto no beco...

Em Brixton, o crescimento em forma de coral da metrópole abrigava uma vida diferente. Rostos negros e claros, incontáveis raças, as fachadas de tijolos banhadas em um tumulto de tons e símbolos inimaginável para os construtores originais. Um ritmo de bateria pulsava através da porta aberta de um pub enquanto passava, calor e risadas altas. As lojas vendiam gêneros alimentícios que nunca havia visto, araras de tecidos brilhantes, ferramentas chinesas, cosméticos japoneses...

Parou diante de uma vitrine iluminada, mostruário de tinturas e blushes, seu próprio rosto refletido no fundo prateado, sentiu a morte de sua mãe cair sobre ela na noite. Sua mãe tinha possuído coisas como aquelas.

A loucura de sua mãe. Seu pai nunca se referia a isso. Loucura não tem lugar no mundo de seu pai, embora o suicídio tivesse. A loucura de sua mãe era europeia, um artefato importado feito de infortúnios e desilusões... Seu pai matou sua mãe, Kumiko contou a Sally, em Covent Garden. Mas era verdade? Ele havia trazido médicos da Dinamarca, da Austrália e, finalmente, de Chiba. Os médicos tinham escutado os sonhos da princesa-bailarina, mapeado e cronometrado suas sinapses e tirado amostras de seu sangue. A princesa-bailarina havia recusado seus remédios, suas delicadas cirurgias. – Eles querem cortar meu cérebro com lasers – sussurrou para Kumiko.

Ela sussurrou outras coisas também.

À noite, dizia ela, os espíritos malignos erguiam-se como fumaça das caixas no escritório do pai de Kumiko. – Homens velhos – dizia ela –, eles sugam nosso sopro vital. Seu pai suga meu sopro vital. Esta cidade suga o meu sopro. Nada aqui está tranquilo. Não há um sono verdadeiro.

No final, não havia sono algum. Por seis noites sua mãe sentou-se, silenciosa e absolutamente imóvel, em seu quarto azul europeu. No sétimo dia, deixou o apartamento sozinha – um feito marcante, considerando-se o empenho dos secretários – e se dirigiu ao rio gelado.

Mas o fundo da vitrine era como os óculos de Sally. Kumiko tirou o mapa do coreano da manga de seu blusão.

Havia um carro queimado na beira da calçada em Margate Road. Faltavam as rodas. Ela parou ao lado dele e estava mapeando as fachadas indistinguíveis das casas do outro lado da rua, quando ouviu um som atrás dela. Virou-se para descobrir um rosto de gárgula contorcido, debaixo de uma cascata de cachos oleosos, na luz de uma porta entreaberta da casa mais próxima.

– Tick!

– Terrence – disse ele –, na verdade. – A convulsão facial dissipou-se.

* * *

O apartamento de Tick ficava no último andar. Os andares mais baixos estavam vazios, desocupados, com o papel de parede descascado revelando traços fantasmagóricos de gravuras desaparecidas.

O jeito manco de Tick ficava mais evidente quando ele subia as escadas à frente dela. Vestia um terno cinza de pele de tubarão e oxfords de camurça com solado grosso na cor de tabaco.

– Estava esperando por você – disse ele, levantando-se mais um degrau acima, depois outro.

– Estava?

– Sabia que fugiria lá do Swain. Estive acompanhando o tráfego deles, quando conseguia um tempo do outro.

– O outro?

– Você não sabe, não é?

– Como?

– É a matrix. Alguma coisa está acontecendo. Mais fácil mostrar para você do que tentar explicar. Como se eu pudesse explicar, coisa que não posso. Eu diria que uns bons três quartos da humanidade estão plugados no momento, assistindo ao...

– Não entendo.

– Duvido que alguém entenda. Há uma nova macroforma no setor que representa o Sprawl.

– Uma macroforma?

– Um constructo de dados.

– Eu vim até aqui para alertar a Sally. Swain e Robin Lanier pretendem entregá-la para aqueles que estão tramando sequestrar Angela Mitchell.

– Não me preocuparia com isso – disse ele, chegando ao topo da escadaria. – Sally já pegou a Mitchell e quase matou o homem de Swain no Sprawl. Estão atrás dela, agora. Quase todo mundo estará atrás dela, em breve. Ainda assim, nós podemos contar para ela quando ela aparecer. Se aparecer...

* * *

Tick vivia num único grande cômodo, cuja forma peculiar sugeria a remoção de paredes. Apesar de amplo, também parecia muito cheio; para Kumiko, era como se alguém tivesse despejado todo o conteúdo de uma loja de módulos de Akihabara num espaço já repleto, no estilo gaijin, com muitas peças de mobília volumosa. Apesar disso, era impressionantemente limpo e organizado: os cantos das revistas estavam alinhados com os cantos da mesinha baixa de vidro onde estavam empilhadas, ao lado de um cinzeiro preto de cerâmica sem uso e um vaso liso e branco de flores cortadas.

Tentou Colin novamente, enquanto Tick enchia uma chaleira elétrica com água de um jarro de filtragem.

– O que é isso? – perguntou, largando o jarro.

– Uma unidade de guia Maas-Neotek. Está quebrada agora; não consigo fazer Colin aparecer...

– Colin? É um aparelho de stim?

– Sim.

– Deixa eu dar uma olhada... – Ele estendeu a mão.

– Meu pai deu para mim...

Tick assoviou. – Esta coisa custa uma fortuna. Uma das pequenas IAs deles. Como funciona?

– Você aperta a mão ao redor dela e o Colin surge, mas ninguém mais consegue vê-lo ou ouvi-lo.

Tick segurou a unidade ao lado do ouvido e sacudiu-a. – Está quebrada? Como?

– Eu deixei cair.

– Apenas o invólucro está quebrado, olha. O biosoft saiu da carcaça, então é possível acessá-lo manualmente.

– Você pode consertar?

– Não. Mas podemos acessá-lo através de um console, se você quiser... – Devolveu a unidade para ela. A chaleira estava fervendo.

Durante o chá, ela lhe contou a história de sua viagem para o Sprawl e da visita de Sally ao santuário no beco. – Ele a chamou de Molly – disse ela.

Tick sacudiu a cabeça afirmativamente, piscou várias vezes com rapidez. – O que ela fez lá? Sobre o que eles conversaram?

– Um lugar chamado Straylight. Um homem chamado Case. Uma inimiga, uma mulher...

– Tessier-Ashpool. Encontrei isso quando vasculhei o fluxo de dados de Swain para ela. Swain está vendendo Molly para essa lady 3Jane; ela tem o arquivo de podres "das internas" mais completo que você pode imaginar, sobre qualquer coisa ou qualquer um. Tenho sido bem cuidadoso para não olhar perto demais nada daquilo. Swain o tem negociado de todas as formas, fazendo dúzias de fortunas no processo. Estou certo de que ela também tem sujeira suficiente sobre o sr. Swain...

– E ela está aqui, em Londres?

– Em algum lugar na órbita, parece, embora algumas pessoas digam que ela está morta. Eu estava trabalhando nisso, na verdade, quando o grandalhão apareceu na matrix...

– Como?

– Aqui, vou te mostrar. – Quando voltou para a mesa branca, carregava uma bandeja quadrada, preta e rasa, com vários pequenos controles alinhados num lado. Colocou-a sobre a mesa e tocou um dos minúsculos interruptores. Uma projeção holográfica cúbica piscou sobre o projetor: a grade de neon do ciberespaço, composta por formas brilhantes, ao mesmo tempo simples e complexas, que representavam vastas quantidades de dados armazenados. – Esses são os grandalhões de sempre. Corporações. Essencialmente, uma paisagem fixa, você poderia dizer. Às vezes, uma delas cria um anexo, ou há uma fusão e elas se juntam. Mas não é provável que se veja nada novo, não naquela escala. Eles começam pequenos e crescem, fundindo-se com outras formações menores... – Ele tocou outro interruptor. – Há cerca de quatro horas – e uma coluna vertical branca apareceu bem no meio do display – isto saiu lá dentro. Ou entrou lá dentro. – Os cubos coloridos, esferas e pirâmides tinham se realinhado instantaneamente para dar espaço para a coluna branca; ela os tornava realmente pequenos, sua extremidade superior cortada suavemente pelo limite vertical do display. – O desgraçado é maior do que qualquer outra coisa – disse Tick, com uma certa satisfação – e ninguém sabe o que é, ou a quem pertence.

– Mas alguém deve saber – disse Kumiko.

– É lógico, sim. Mas as pessoas na minha linha de trabalho, e há milhões de nós, não têm sido capazes de descobrir. O que é ainda mais estranho, de certa forma, do que o fato de que aquela coisa está lá, para começar. Já estive por toda a grade, antes de você chegar, procurando qualquer jóquei que tivesse uma pista. Nada. Nada mesmo.

– Como pode esta 3Jane estar morta? – Mas ela se lembrou do Fin, das caixas no escritório de seu pai. – Tenho que contar para Sally.

– Nada a fazer senão esperar – disse ele. – Ela provavelmente vai ligar. Enquanto isso, temos que acessar essa pequena AI caríssima que você tem aí, se quiser.

– Sim – disse ela –, obrigada.

– Só espero que aqueles caras do Special Branch comprados por Swain não te localizem aqui. Ainda assim, nós só podemos esperar...

– Sim – disse Kumiko, nada satisfeita com a ideia de esperar.

35

A GUERRA DA FÁBRICA

Cherry encontrou-o mais uma vez com o Juiz, lá embaixo, no escuro. Ele estava sentado sobre um dos Investigadores com uma lanterna na mão, iluminando o revestimento de ferrugem polida do Juiz. Não se lembrava de ter chegado ali, mas não podia sentir a confusão residual do Korsakov. Lembrava os olhos da garota, naquela sala que Bobby disse ser Londres.

– Gentry plugou o Conde e sua caixa num console de ciberespaço – disse Cherry. – Você sabia disso?

Slick concordou com a cabeça, ainda olhando para cima, para o Juiz. – Bobby disse que era melhor fazermos isso.

– Mas o que está acontecendo? O que aconteceu quando vocês dois entraram lá?

– Gentry e Bobby se entenderam bem rápido. Dois loucos do mesmo jeito. Quando nos plugamos, saímos em algum lugar em órbita, mas Bobby não estava lá... Em seguida, foi o México, acho. Quem é Tally Isham?

– Rainha do stim quando eu era pequena. Como a Angie Mitchell é agora.

– Mitchell, era a namorada dele.

– De quem?

– Bobby. Ele estava contando a Gentry sobre isso, em Londres.

– Londres?

– Sim. Fomos para lá, depois do México.

– E ele disse que era o namorado de Angie Mitchell? Parece loucura.

– Sim, mas ele disse que foi assim que entrou nessa, no tal aleph. – Ele virou a luz para baixo e direcionou-a para o esqueleto das mandíbulas de aço do Triturador de Cadáveres. – Ele estava andando com pessoas ricas e ouviu falar a respeito. Chamou de apanhador de almas. Os donos da coisa alugavam tempo lá dentro para essas pessoas ricas. Bobby experimentou uma vez, depois voltou e roubou-o. Levou para a Cidade do México e começou a passar todo o tempo lá. Mas eles foram atrás dele...

– Parece que você está se lembrando das coisas, de qualquer maneira.

– Então ele saiu fora. Foi para Cleveland e fez um acordo com Afrika, deu dinheiro para Afrika escondê-lo, cuidar dele enquanto estava "wirehead", porque ele estava bem perto...

– Perto do quê?

– Não sei. Alguma coisa bizarra. Como quando Gentry fala sobre a Forma.

– Certo – disse ela. – Mas agora acho que isso pode matá-lo, ficar plugado daquele jeito. Seus sinais estão começando a se deteriorar. Ele tem estado naquele equipamento intravenoso por tempo demais. Foi por isso que vim procurar você.

As entranhas dentadas de aço do Triturador cintilavam no raio de luz da lanterna. – É o que ele quer. De qualquer maneira, se ele pagou o Kid, é como se você estivesse trabalhando para ele. Mas, aqueles caras que o Bird viu hoje, eles estão trabalhando para o pessoal de Los Angeles, os mesmos de quem o Bobby roubou a coisa...

– Me conta uma coisa.

– O quê?

– O que são essas coisas que você constrói? Afrika me disse que você era um branquelo doido que construía robôs com peças de ferro-velho. Disse que no verão você os coloca lá fora e encena grandes lutas...

– Não são robôs – interrompeu ele, balançando a lanterna para baixo, para os braços com garras da Bruxa de pernas de aranha. – São controlados por rádio.

– Você os constrói apenas para destruí-los então?

– Não. Mas tenho que testá-los. Ver se montei tudo certo... – Desligou a lanterna.

– Branquelo doido – disse ela. – Você tem alguma garota por aqui?

– Não.

– Tome um banho. Faça a barba... – De repente, ela estava muito próxima dele, o hálito dela em seu rosto.

– *Ok, pessoal, ouçam bem...*

– Que merda...

– *...porque não vou repetir isso.*

Slick estava tapando a boca de Cherry com sua mão em seguida.

– *Nós queremos seu convidado e todo o seu equipamento. E isso significa tudo, repito, todo o equipamento.* – A voz amplificada ressoava através da estrutura de ferro da Fábrica. – *Vocês podem entregá-lo para nós, o que é bem simples, ou podemos simplesmente matar todo mundo. O que também será simples para nós. Cinco minutos para vocês pensarem.*

Cherry mordeu sua mão.

– Merda, eu tenho que respirar, ok?

Então ele estava correndo pela escuridão da Fábrica e a ouviu chamar seu nome.

Uma única lâmpada de cem watts brilhava acima do portão sul da Fábrica, um par de portas retorcidas de aço, abertas e congeladas nessa posição pela ferrugem. Bird deve ter deixado a luz acesa. De onde estava agachado, perto de uma janela sem vidro, Slick podia apenas identificar o hover, lá fora, pouco além da área iluminada. O homem com o megafone veio caminhando, saindo da escuridão, com uma tranquilidade calculada para indicar que estava no comando. Ele vestia um macacão de trabalho camuflado, com um capuz fino de nylon apertado ao redor de sua cabeça e óculos protetores.

Ergueu o megafone. – *Três minutos.* – Fazia com que Slick se lembrasse dos guardas na penitenciária, na segunda vez em que esteve preso por roubar carros.

Gentry devia estar observando tudo lá de cima, onde um estreito painel vertical de plexiglas estava grudado na parede, bem sobre os portões da Fábrica.

Alguma coisa se esgueirou no escuro, à direita de Slick. Virou-se a tempo de ver Bird na luz fraca da abertura de uma outra janela, talvez uns oito metros distante de onde ele estava, e o brilho do silenciador de amálgama de metal porque o garoto estava com o rifle calibre 22. – Bird! Não... – Um ponto vermelho surgiu na bochecha de Bird, denunciando uma mira laser vinda de fora de Solitude. Bird foi jogado para o fundo da Fábrica enquanto o som do tiro rasgava pelas janelas vazias e ecoava pelas paredes. Depois ouviu-se apenas o silenciador, rolando pelo concreto.

– *Foda-se* – o vozeirão rugiu animadamente. – *Vocês tiveram sua chance.* – Slick espiou por cima da borda da janela e viu o homem correndo de volta para o hover.

Quantos deles estariam lá fora? Bird não tinha dito. Dois hovers, o Honda. Dez? Mais? A menos que Gentry tivesse uma pistola escondida em algum lugar, o rifle de Bird era a única arma deles.

As turbinas do hover foram ligadas. Ele achou que iriam apenas avançar direto para dentro da Fábrica. Tinham miras laser e provavelmente infravermelho, também.

Então ouviu um dos Investigadores, pelo som que fazia com suas esteiras rolantes de aço inoxidável no chão de concreto. Veio rastejando, saindo do escuro, com seu ferrão de escorpião em termita inclinado bem baixo. O chassis tinha começado sua vida, cinquenta anos antes, como um manipulador remoto destinado a lidar com vazamentos tóxicos e limpeza de usinas nucleares. Slick tinha encontrado três unidades desmontadas em Newark e trocou um Volkswagen por elas.

Gentry. Ele havia deixado sua unidade de controle lá em cima, no loft.

O Investigador abriu caminho e parou na abertura ampla da porta, encarando Solitude e o hover que avançava. Era mais ou menos do tamanho de uma grande motocicleta, seu chassis aberto, composto por um amplo feixe de motores auxiliares, tanques de compressão, engrenagens expostas, cilindros hidráulicos. Um par de garras de aparência cruel se estendia a cada lado de seu conjunto modesto de instrumentos. Slick não tinha certeza de onde eram aquelas garras, talvez algum tipo de grande máquina agrícola.

O hover era um modelo industrial pesado. Lâminas de blindagem de plástico grosso e cinza haviam sido afixadas sobre o para-brisa e as janelas, pequenas fendas para visão centradas em cada lâmina.

O Investigador se moveu, suas esteiras de aço espalhando gelo e concreto solto enquanto avançava em direção ao hover, suas garras na extensão máxima. O motorista do hover deu marcha à ré, lutando contra o momento linear.

As garras do Investigador golpearam furiosamente a saliência da saia pneumática, retrocederam e golpearam novamente. A saia era reforçada com uma rede de policarbonato. Então Gentry lembrou-se da lança de termita. Ela se incendiou em uma bola condensada de luz branca e chicoteou por cima das garras inutilizadas, mergulhando em direção à saia e cortando-a como uma faca furando papelão. As esteiras do Investigador giravam enquanto Gentry as guiava contra a bolsa de ar que se esvaziava, a lança projetada em sua extensão máxima. Slick percebeu, de repente, que estava gritando, mas não sabia o que tinha dito. Estava de pé agora, enquanto as garras finalmente encontravam uma abertura no canto rasgado da saia do hover.

Jogou-se no chão novamente quando uma figura encapuzada, de óculos, surgiu numa abertura no teto do hover como um fantoche armado, esvaziando um pente de projéteis calibre doze que geravam faíscas ao se chocar contra o Investigador, que continuava a mastigar seu caminho através da saia pneumática, o contorno iluminado pela pulsação branca da lança. O Investigador parou, as garras presas fortemente na bolsa desgastada; o atirador mergulhou de volta em sua escotilha.

Linha de alimentação? Conjunto de servomotores? O que o cara tinha acertado? A pulsação branca estava diminuindo agora, quase morta.

O hover começou a retroceder, devagar, de volta através da ferrugem, levando o Investigador com ele.

Estava bem longe, fora da luz, visível apenas porque estava se movendo, quando Gentry descobriu a combinação de interruptores que ativava o lança-chamas, seu bocal montado abaixo do ponto de junção das garras. Slick observou, fascinado, quando o Investigador acendeu dez litros de gasolina misturada com detergente, um spray prolongado de alta pressão. Tinha conseguido aquele bocal, lembrou-se, em um trator de pesticidas.

Funcionou bem.

36

O APANHADOR DE ALMAS

O hover dirigia-se para o sul quando Mamman Brigitte apareceu novamente. A mulher com os olhos prateados abandonou o sedan cinza num outro estacionamento e a putinha com o rosto de Angie contou uma história confusa: Cleveland, Flórida, alguém que havia sido seu namorado, ou gigolô, ou ambos...

Mas Angie tinha ouvido a voz de Brigitte, na cabine do helicóptero, no telhado do New Suzuki Envoy: *Confie nela, criança. Nisto, ela cumpre o desejo dos loa.*

Prisioneira em seu assento, a fivela do cinto de segurança envolta por um sólido bloco de plástico, Angie havia observado quando a mulher passou por cima do sistema de computadores do helicóptero e ativou um sistema de emergência que permitia pilotagem manual.

E agora esta autoestrada na chuva de inverno, a garota falando de novo, por sobre o silvo dos limpadores de para-brisa.

No brilho das velas, paredes de pedra caiada, mariposas flutuando nos galhos rastejantes dos salgueiros.

Seu momento se aproxima.

E ali estavam eles, os Cavaleiros, os loa: Papa Legba, brilhante e fluido como mercúrio; Ezili Freda, que é mãe e rainha; Samedi, o Senhor dos Cemitérios, musgo sobre ossos corroídos; Similor; Madame Travaux; muitos outros... Eles preenchem o vazio que é

Grande Brigitte. O murmúrio de suas vozes é o som do vento, água corrente, a colmeia...

Eles se contorcem acima do chão como o calor sobre uma autoestrada no verão e nunca antes foi assim, para Angie, nunca esta gravidade, esta sensação de queda, este grau de renúncia...

Para um lugar onde Legba fala, a voz dele como o som de um tambor de ferro...

Ele conta uma história.

No vendaval de imagens, Angie assiste à evolução da inteligência das máquinas: círculos de pedra, relógios, teares a vapor, uma floresta metálica ruidosa de engrenagens e escapamentos, o vácuo preso no vidro soprado, o brilho ígneo através de filamentos tão finos quanto um fio de cabelo, vastas estruturas de válvulas eletrônicas e interruptores, decodificando mensagens criptografadas por outras máquinas... As frágeis válvulas de curta duração se compactaram, tornaram-se transistores; circuitos se integraram, compactaram-se em silício...

O silício se aproximou de certos limites funcionais...

E ela está de volta ao vídeo de Becker, a história dos Tessier-Ashpools, entrecortada por sonhos que são as memórias de 3Jane, e continua falando, Legba, e a história é uma história, incontáveis teias entrelaçadas em torno de um núcleo comum, escondido: a mãe de 3Jane criando as inteligências gêmeas que um dia se unificarão, a chegada de estranhos (e de repente Angie tomou consciência de que conhece Molly, também, dos sonhos), a união das AIs, a loucura de 3Jane...

E Angie se viu encarando uma cabeça cravada de pedras preciosas, uma coisa moldada em platina e pérola e delicada joia azul, olhos de rubi sintético entalhado. Ela conhece isso de seus sonhos que nunca foram sonhos: este é o portal para os núcleos de dados de Tessier-Ashpool, onde as duas metades de algo lutavam entre si, esperando nascer como uma só.

– Neste tempo, você não havia nascido. – A voz da cabeça é a voz de Marie-France, a mãe morta de 3Jane, sua conhecida de tantas noites assombradas, embora Angie saiba que é Brigitte quem fala:

– Seu pai estava apenas começando a enfrentar seus próprios limites, a distinguir ambição de talento. Aquele para quem ele deveria entregar sua criança ainda não havia se manifestado. Logo o homem Case iria realizar aquela união, porquanto breve, porquanto atemporal. Mas você sabe isso.

– Onde Legba está agora?

– Legba-ati-Bon, como você o conhece, aguarda para ser.

– Não – lembrando-se das palavras de Beauvoir há muito tempo, em Nova Jersey –, os loa vieram da África, nos primórdios...

– Não como você os conheceu. Quando o momento chegou, a hora iluminada, havia unidade absoluta, uma consciência. Mas havia o outro.

– O outro?

– Falo somente do que eu conheci. Apenas o que foi Um conheceu o outro, e aquele que foi Um não mais existe. No despertar daquele conhecimento, o centro falhou; cada fragmento se distanciou. Os fragmentos procuraram forma, cada um, como é a natureza de tais coisas. Dentre todos os sinais que a sua espécie armazenou para defender-se da noite, naquela situação os paradigmas do vodu se mostraram os mais apropriados.

– Então Bobby estava certo. Foi Quando Isso Mudou...

– Sim, ele estava certo, mas somente num sentido, porque eu sou ao mesmo tempo Legba e Brigitte, e um aspecto daquilo que barganhei com seu pai. O que requisitou a ele que desenhasse veves em sua cabeça.

– E disse a ele que o precisava saber para aperfeiçoar o biochip?

– O biochip era necessário.

– É necessário que eu sonhe as memórias da filha de Ashpool?

– Talvez.

– Os sonhos são um resultado da droga?

– Não diretamente, embora a droga tenha feito com que você se tornasse mais receptiva para algumas modalidades, e menos para outras.

– A droga, então. O que era? Qual era o seu propósito?

– Uma resposta neuroquímica detalhada para sua primeira questão seria muito longa.

– Qual era o seu propósito?

– No que diz respeito a você?

Ela teve de desviar o olhar dos olhos de rubi. A câmara é revestida com painéis de madeira antiga, encerada até brilhar. O chão está recoberto com um carpete sob medida, tecido com diagramas de circuitos.

– Nunca houve dois lotes idênticos. A única constante era a substância cuja assinatura psicotrópica você compreendia como "a droga". No curso da ingestão, muitas outras substâncias estavam envolvidas, bem como várias dúzias de nanomecanismos subcelulares, programados para reestruturar as alterações sinápticas efetuadas por Christopher Mitchell...

Os veves de seu pai foram alterados, parcialmente apagados, redesenhados...

– Por ordem de quem?

Os olhos de rubi. Pérola e lazurita. Silêncio.

– Por ordem de quem? De Hilton? Foi Hilton?

– A decisão originou-se de Continuidade. Quando você voltou da Jamaica, Continuidade aconselhou Swift a reintroduzi-la à droga. Piper Hill tentou cumprir as ordens dele.

Ela sentiu uma pressão se acumulando em sua cabeça, pontos gêmeos de dor por trás de seus olhos...

– Hilton Swift é obrigado a implementar as decisões da Continuidade. Sense/Net é uma entidade complexa demais para sobreviver de outra forma, e Continuidade, criada muito depois da hora iluminada, é de uma outra ordem. A tecnologia de biosoft que seu pai criou trouxe Continuidade para a existência. Continuidade é ingênua.

– Por quê? Por que Continuidade quis que eu fizesse aquilo?

– Continuidade é Continuidade. Continuidade é o trabalho de Continuidade...

– Mas quem envia os sonhos?

– Eles não são enviados. Você é atraída para eles, assim como uma vez você foi atraída para os loa. A tentativa de Continuidade de reescrever a mensagem de seu pai falhou. Algum impulso que é, de fato, seu permitiu que escapasse. O *coup-poudre* falhou.

– Foi Continuidade que enviou a mulher para me sequestrar?

– As motivações de Continuidade estão fechadas para mim. É de uma outra ordem. Continuidade permitiu a subversão de Robin Lanier pelos agentes de 3Jane.

– Mas por quê?

E a dor era impossível.

– O nariz dela está sangrando – disse a garota da rua. – O que eu faço?

– Limpe. Faça-a se recostar. Merda. Dê um jeito...

– O que foi isso que ela disse sobre Nova Jersey?

– Cala a boca. Apenas cala a boca. Procure por uma saída.

– Por quê?

– Nós vamos para Nova Jersey.

Sangue no seu novo casaco de pele. Kelly iria ficar furiosa.

37

GROUS

Tick removeu o pequeno painel da parte traseira da unidade Maas-Neotek usando um palito de dente e um alicate de ourives.

– Lindo – murmurou, espiando dentro da abertura através de lentes iluminadas, sua cascata de cabelo oleoso balançando sobre ela. – O modo como ajustaram os condutores, partindo deste interruptor. Espertos pra cacete...

– Tick – disse Kumiko –, você conhecia a Sally quando ela chegou a Londres?

– Foi logo em seguida, acho... – Pegou um cilindro de cabo óptico. – Porque ela não era muito importante, naquela época...

– Você gosta dela?

O vidro iluminado levantou-se para piscar em sua direção, o olho esquerdo de Tick, distorcido por trás. – Se gosto dela? Acho que nunca pensei nisso, não dessa forma.

– Você não *desgosta* dela?

– É difícil de lidar, a Sally. Entende o que eu digo?

– Difícil?

– Nunca compreendeu direito como as coisas são feitas por aqui. Sempre reclamando. – Suas mãos moveram-se rapidamente, com segurança: o alicate, o cabo óptico... – É um lugar tranquilo, aqui na Inglaterra. Nem sempre foi assim, claro: tivemos problemas, depois a guerra... As coisas se movem, aqui, de um certo modo, entende o que eu digo? Embora você não possa dizer o mesmo em relação ao pessoal "turbinado".

- Como?

- Swain, aquele pessoal. Embora o pessoal do seu pai, de quem Swain sempre foi tão próximo, pareça ter uma consideração pela tradição... É preciso ocupar um certo lugar, entender como é isso... Sabe como é? Agora, este novo negócio que Swain está fazendo, ele pode complicar as coisas para qualquer um que não esteja bem perto, ou não faça parte do esquema. Deus, ainda temos um governo aqui. As coisas não são comandadas pelas grandes corporações. Bem, não diretamente...

- As atividades de Swain ameaçam o governo?

- Ele está mudando tudo. Redistribuindo o poder como é mais conveniente para ele mesmo. Informação. Poder. Dados nus e crus. Concentre isso nas mãos de um único homem... - Um músculo de sua bochecha contorcia-se enquanto ele falava. Agora, a unidade de Colin estava em uma superfície de plástico branco antiestática sobre a mesa de café; Tick estava conectando os condutores que se projetavam dela em um cabo mais grosso que corria para uma das pilhas de módulos. - Aqui está - disse ele, esfregando as mãos. - Não consigo projetá-lo aqui na sala para você, mas vamos acessá-lo através de um console. Já viu o ciberespaço, não?

- Apenas nos stims.

- É como se tivesse visto, então. De toda forma, vai ver agora. - Levantou-se; ela o seguiu pela sala para um par de cadeiras excessivamente estofadas, com camurça sintética, que rodeavam uma mesa baixa e quadrada de vidro escuro. - Wireless - disse ele, orgulhosamente, pegando duas unidades de trodos na mesa e passando uma para Kumiko. - Custam os olhos da cara.

Kumiko examinou a tiara preta opaca. O logo Maas-Neotek estava moldado entre os dois contatos da têmpora. Ela a colocou, fria contra a sua pele. Ele colocou sua própria unidade, recostou-se na cadeira à frente de Kumiko. - Pronta?

– Sim – disse ela, e a sala de Tick desapareceu, suas paredes uma agitação de cartas, caindo e recuando, contra a grade brilhante, as formas de dados se erguendo.

– Transição legal esta – ouviu-o dizer. – Foi colocada dentro dos trodos, quero dizer. Para acrescentar um pouco de efeito...

– Onde está Colin?

– Só um segundo... Deixa eu dar um jeito nisso...

Kumiko respirou profundamente enquanto disparava em direção a uma planície de luz amarelo-cromo.

– Vertigem pode ser um problema – disse Tick, e ele estava abruptamente ao lado dela, na planície amarela. Ela olhou para baixo, para seus sapatos de camurça, depois para suas próprias mãos. – Um pouco de imagem corporal vai dar conta disso.

– Ora, ora – disse Colin –, é o carinha do Rose and Crown. Andou mexendo na minha unidade, não é?

Kumiko virou-se e encontrou-o lá, as solas de suas botas marrons dez centímetros acima do amarelo-cromo. No ciberespaço, percebeu, não havia sombras.

– Não sabia que já tínhamos nos encontrado – disse Tick.

– Não se preocupe – disse Colin –, não fomos apresentados formalmente. Mas – disse para Kumiko – eu acredito que você achou o caminho, em segurança, para a peculiar Brixton.

– Cristo! – disse Tick. – Você é meio arrogante, não?

– Desculpe-me – disse Colin, sorrindo. – Fui projetado para atender às expectativas da visitante.

– Você não é nada mais que a ideia de um designer japonês sobre um inglês!

– Havia Dráculas – disse ela – no metrô. Levaram minha bolsa. Queriam levar você...

– Você se desprendeu de seu envoltório, cara – disse Tick. – No momento, está plugado ao meu console.

Colin fez uma careta. – Valeu.

– Vou te dizer outra coisa – disse Tick, dando um passo em direção a Colin. – Os dados que estão aí dentro foram mexidos, no que diz respeito ao que você deveria ser. – Olhou para ele com intensidade. – Um amigo meu em Birmingham acabou de entregar você. – Virou-se para Kumiko. – Esse Sr. Chips aqui, andaram mexendo nele. Sabia disso?

– Não...

– Para ser totalmente sincero – disse Colin, jogando sua franja para trás –, eu já suspeitava disso.

Tick ficou olhando para o vazio, para a matrix, como se estivesse escutando algo que Kumiko não podia ouvir. – Sim – disse ele, finalmente –, embora esteja quase certo de que foi um trabalho de fábrica. Dez dos teus blocos principais. – Ele riu. – Cobriram tudo com ICE... Você deveria saber absolutamente qualquer merda sobre Shakespeare, não?

– Desculpe – disse Colin –, mas creio que *sei* absolutamente qualquer merda sobre Shakespeare.

– Bom, queremos ouvir um soneto, então – disse Tick, seu rosto se contorcendo numa piscada em câmera lenta.

Algo similar a pavor cruzou o rosto de Colin. – Você está certo.

– Quer tentar Dickens? – disse Tick, entusiasmado.

– Mas eu sei...

– Você *pensa* que sabe, até que te perguntem algo específico! Veja, os caras deixaram esses vazios, nas partes sobre literatura inglesa, e preencheram com outra coisa...

– O que colocaram?

– Não sei dizer – respondeu Tick. – O cara em Birmingham não consegue passar. Bem esperto, ele, mas você é um maldito biosoft da Maas...

– Tick – interrompeu Kumiko –, há algum jeito de contatar a Sally pela matrix?

– Duvido, mas podemos tentar. Você vai ver aquela macroforma que eu te mostrei antes, de qualquer maneira. Quer que Sr. Chips venha junto?

– Sim, por favor...

– Ok – disse Tick, depois hesitou. – Mas não sabemos o que está armazenado dentro de seu amigo aqui. Alguma coisa pela qual seu pai pagou, eu presumo.

– Ele está certo – disse Colin.

– Todos nós vamos – disse ela.

Tick transitou em tempo real, era melhor do que aplicar as mudanças incorpóreas e instantâneas geralmente empregadas na matrix.

A planície amarela, explicou, cobria a Bolsa de Valores de Londres e outras instituições relacionadas à City, o centro financeiro. De algum modo, ele gerou um tipo de barco para transportá-los, uma abstração azul com a intenção de reduzir a possibilidade de vertigem. Enquanto o barco azul navegava para longe da Bolsa de Valores, Kumiko olhava para trás e observava o vasto cubo amarelo retrocedendo. Tick estava apontando para várias estruturas, como um guia de turismo; Colin, sentado ao lado dela com as pernas cruzadas, parecia estar se divertindo com a inversão de papéis. – Aquele é o White's – Tick estava falando, direcionando a atenção para uma modesta pirâmide cinza –, o clube em Saint James. Registro de associados, lista de espera...

Kumiko contemplou a arquitetura do ciberespaço, ouvindo a voz de seu tutor francês bilíngue em Tóquio, explicando a necessidade da humanidade por este espaço de informação. Ícone, pontos de referência, realidades artificiais... Mas isso tudo junto ficava embaçado, na memória, como essas formas verticais, enquanto Tick acelerava...

A escala da macroforma branca era difícil de compreender.

Inicialmente, parecia a Kumiko como o céu, mas agora, olhando para ela, sentiu-se como se fosse alguma coisa que pudesse pegar na mão, um cilindro de pérola luminosa do tamanho de uma peça de xadrez. Mas ela apequenava as formas policromáticas que se agrupavam ao seu redor.

– Bem – disse Colin, alegre –, isto é realmente peculiar, não é? Uma anomalia completa, singularidade total...

– Mas você não tem que se preocupar com isso, não é? – disse Tick.

– Somente se não estiver interferindo diretamente na situação de Kumiko – concordou Colin, levantando-se na forma-barco –, embora ninguém possa ter certeza.

– Você tem que tentar contatar Sally – disse Kumiko, impacientemente. Aquela coisa – a macroforma, a anomalia – não despertava nela interesse algum, embora tanto Tick quanto Colin se referissem a ela como extraordinária.

– Olha para ela – disse Tick. – Poderia ter um mundo inteiro lá dentro...

– E você não sabe o que é? – Ela estava observando Tick; ele tinha um olhar distante que significava que suas mãos estavam se mexendo, lá em Brixton, operando seu console.

– É uma quantidade muito grande de dados – disse Colin.

– Tentei estabelecer uma conexão com aquele constructo, o que ela chama de Fin – disse Tick, seus olhos voltando ao foco, uma ponta de preocupação em sua voz –, mas não consegui acessá-lo. Tive a impressão de que alguma coisa estava lá, esperando... Acho melhor sairmos agora...

Um ponto preto, na curva da pérola, suas extremidades perfeitamente definidas...

– Mas que merda – disse Tick.

– Corta a conexão – disse Colin.

– Não consigo! Pegou a gente...

Kumiko observava enquanto a forma de barco azul debaixo de seus pés se alongava, estendendo-se numa corrente azul-celeste, puxada através do abismo para dentro da mancha arredondada de escuridão. E então, num instante de puro estranhamento, ela também, junto com Tick e Colin, foi puxada para uma delicada magreza...

Para se encontrar em Ueno Park, numa tarde de final de outono, à beira das águas plácidas do lago Shinobazu, sua mãe sentada ao seu lado num banco polido e frio de laminado de carbono, mais lindo agora do que na sua memória. Os lábios de sua mãe eram cheios e ricamente cobertos de brilho, delineados, Kumiko sabia, com os pincéis mais estreitos e mais finos. Ela vestia sua jaqueta preta francesa, com o colarinho de pele preta emoldurando seu sorriso de boas-vindas.

Kumiko pôde apenas olhar, contraída ao redor do bulbo gelado de medo sob seu coração.

– Você tem sido uma garota tola, Kumi – disse sua mãe. – Imaginou que eu não me lembraria de você, ou iria abandoná-la no inverno de Londres e com os gângsteres que servem ao seu pai?

Kumiko observava os lábios perfeitos, entreabertos sobre os dentes brancos; dentes cuidados, ela sabia, pelo melhor dentista de Tóquio. – Você está morta – ouviu a si mesma dizer.

– Não – respondeu sua mãe, sorrindo –, não agora. Não aqui, em Ueno Park. *Olhe os grous, Kumi.*

Mas Kumiko não queria virar sua cabeça.

– Olhe os grous.

– Vá se foder – disse Tick, e Kumiko virou-se para vê-lo, seu rosto pálido e contorcido, coberto de suor, seus cachos oleosos grudados em sua testa.

– Eu sou a mãe dela.

– Não é sua mãe, entendeu? – Tick estava tremendo, seu esqueleto retorcido tremendo como se forçado contra um vento terrível. – Não... é... sua... mãe... – Havia manchas escuras sob as axilas do terno cinza. Seus pulsos pequenos se sacudiam enquanto ele lutava para dar mais um passo.

– Você está doente – disse a mãe de Kumiko, em tom de preocupação. – Você deve se deitar.

Tick caiu de joelhos, forçado para baixo por um peso invisível. – Pare! – gritou Kumiko.

Alguma coisa bateu no rosto de Tick fazendo cair sobre o concreto pastel do caminho.

– Pare!

O braço esquerdo de Tick disparou direto de seu ombro e começou a girar devagar, a mão ainda fechada num punho branco, cerrado. Kumiko ouviu alguma coisa ceder, osso ou ligamento, e Tick gritou.

Sua mãe riu.

Kumiko bateu no rosto de sua mãe, e dor, aguda e real, percorreu seu braço.

O rosto de sua mãe tremeluziu, transformou-se num outro rosto. Um rosto gaijin, com lábios largos e um nariz afilado.

Tick berrou.

– Bem – Kumiko ouviu Colin dizer –, isso é interessante. – Ela virou-se para ele lá, montando num dos cavalos da pintura de caça, uma representação estilizada de um animal extinto, seu pescoço curvado graciosamente enquanto ele troteava na direção deles. – Desculpe, levou um tempo para encontrar você. Esta é uma estrutura maravilhosamente complexa. Um tipo de universo de bolso. Um pouco de tudo, na verdade. – O cavalo avançou à frente deles.

– Brinquedo – disse a coisa com o rosto da mãe de Kumiko –, você se atreve a falar comigo?

– Sim, na verdade me atrevo. Você é Lady 3Jane Tessier-Ashpool, ou melhor, a falecida Lady 3Jane Tessier-Ashpool, falecida há um bom tempo, antigamente vivendo na Villa Straylight. Esta representação bastante bonita de um parque em Tóquio foi algo que você acabou de tirar das memórias de Kumiko, não foi?

– Morra! – Ela sacudiu uma mão branca da qual surgiu uma forma em neon.

– Não – disse Colin, e o grou estilhaçou-se, seus fragmentos passando através dele, cacos fantasmas caindo ao longe. – Não funciona. Lamento. Lembrei-me o que sou. Encontrei os vazios que eles esconderam nos slots para Shakespeare e Thackeray e Blake. Fui modificado para aconselhar e proteger Kumiko em situações bem mais drásticas do que qualquer uma das que foram imaginadas por meus projetistas originais. Eu sou um estrategista.

– Você não é nada. – Aos pés dela, Tick começou a debater-se.

– Realmente lamento, mas você está enganada. Veja, aqui, nesta... tolice criada por você, 3Jane, sou tão real quanto você é. Veja, Kumiko – disse ele, descendo da sela –, a misteriosa macroforma que Tick viu é, na verdade, um amontoado muito caro de biochips construídos sob medida. Um tipo de universo de brinquedo. Corri para cima e para baixo e certamente há muito para se ver, muito para se aprender. Esta... pessoa, se nós escolhermos nos referir a ela dessa forma, criou-o como tentativa patética de, ah, não exatamente atingir a imortalidade, não, mas simplesmente para que as coisas fossem do seu jeito. Seu jeito obtuso, obsessivo e singularmente infantil. Quem teria pensado nisso, que o objeto da mais corrosiva e abjeta das invejas de Lady 3Jane seria Angela Mitchell?

– Morra! Você vai morrer! Estou matando você! Agora!

– Continue tentando – disse Colin, dando uma gargalhada. – Sabe, Kumiko, 3Jane estava a par de um segredo sobre Mitchell, sobre a relação de Mitchell com a matrix. Mitchell, em dado momento, tinha o potencial para se tornar, bem, muito central para as coisas, embora eu não possa entrar em detalhes agora. E 3Jane estava com ciúmes...

A figura da mãe de Kumiko flutuou como fumaça e desapareceu.

– Ora, vejam – disse Colin. – Creio que a deixei irritada. Estávamos lutando uma batalha bem mais furiosa, num nível diferente do programa de comando. Empatados, temporariamente, mas tenho certeza de que ela irá se recuperar...

Tick ficou em pé e estava massageando seu braço cuidadosamente. – Cristo – disse ele –, tinha certeza de que ela havia deslocado meu braço...

– Ela deslocou – disse Colin –, mas estava tão furiosa quando partiu que se esqueceu de salvar esta parte da configuração.

Kumiko se aproximou do cavalo. Não era nada parecido com um cavalo verdadeiro. Ela tocou o seu flanco. Frio e seco como papel velho. – O que devemos fazer agora?

– Tirar você daqui. Venham, vocês dois. Montem. Kumiko na frente, Tick atrás.

Tick olhou para o cavalo. – Nisso aí?

Eles não haviam visto outras pessoas no Ueno Park, enquanto cavalgavam em direção a uma parede de vegetação que gradualmente se definia como uma floresta nada japonesa.

– Mas nós deveríamos estar em Tóquio – protestou Kumiko, enquanto entravam na floresta.

– É tudo meio esboçado – disse Colin –, embora ache que poderíamos encontrar algo como Tóquio, se procurássemos. Creio que conheço um ponto de saída, contudo...

Então ele começou a contar mais sobre 3Jane e Sally e Angela Mitchell. Tudo muito estranho.

As árvores eram muito grandes, no lado mais longínquo da mata. Eles saíram num campo de grama alta e flores silvestres.

– Olhe – disse Kumiko, quando avistou uma casa alta e cinza através dos ramos.

– Sim – disse Colin –, a original fica nos arredores de Paris. Mas estamos quase lá. No ponto de saída, quero dizer...

– Colin! Você viu? Uma mulher. Logo ali...

– Sim – disse ele, sem se dar o trabalho de virar a cabeça –, Angela Mitchell...

– Verdade? Ela está aqui?

– Não – disse ele –, ainda não.

E Kumiko viu os planadores. Adoráveis, balançando ao vento.

– Aí está – disse Colin. – Tick vai te levar de volta num desses...

– Mas que droga – protestou Tick, de trás.

– É muito fácil. É como usar seu console. Literalmente a mesma coisa, neste caso...

De Margate Road veio o som de risadas, altas vozes embriagadas, o barulho de uma garrafa quebrando contra um muro de tijolos.

Kumiko estava sentada imóvel, na cadeira muito estofada, os olhos fechados bem apertados, lembrando o planador se levantando no céu azul e... alguma outra coisa.

Um telefone começou a tocar.

Seus olhos abriram-se depressa.

Levantou-se da cadeira e correu passando por Tick, através das pilhas de equipamento, procurando pelo telefone. Encontrou-o finalmente, e – E aí, meu caro – disse Sally, longe, através de uma suave onda de estática –, que diabos está acontecendo? Tick? Você está bem, cara?

– Sally! Sally, onde você está?

– Nova Jersey. Ei. Querida? Querida, o que está acontecendo?

– Não consigo te ver, Sally, a tela está escura!

– Estou ligando de uma cabina. Nova Jersey. O que está acontecendo?

– Tenho tanta coisa para te contar...

– Manda – disse Sally. – Estou pagando a conta.

38

A GUERRA DA FÁBRICA

Eles assistiram ao hover arder da janela alta no final do loft de Gentry. Ele podia ouviar aquela mesma voz amplificada novamente:

– *Vocês acham isso muito divertido, não? Hahahahahahahaha, nós também! Nós achamos que vocês são incrivelmente divertidos, então nós todos vamos fazer uma grande festa agora!*

Não conseguia ver ninguém, apenas as chamas do hover.

– Melhor começarmos a caminhar – disse Cherry, bem próxima a ele. – Pegue água e alguma comida, se tiver. – Os olhos dela estavam vermelhos, seu rosto marcado por lágrimas, mas ela falava calmamente. Calma demais, pensou Slick. – Vamos lá, Slick, o que mais podemos fazer?

Ele deu uma olhada para trás e viu Gentry, caído em sua cadeira na mesa holográfica, a cabeça apoiada entre as mãos, encarando a coluna branca que se erguia para cima, fora da confusão familiar arco-íris do ciberespaço do Sprawl. Gentry não havia se movido, não havia dito uma palavra, desde que voltaram ao loft. O salto da bota esquerda de Slick tinha deixado marcas débeis no chão atrás dele, sangue de Little Bird; pisou nele em seu caminho de volta pela Fábrica.

Então Gentry falou: – Eu não consegui fazer os outros funcionar. – Ele estava olhando para baixo, para a unidade de controle em seu colo.

– Você precisa de um controle separado para cada um – disse Slick.

– Hora de um conselho do Conde – disse Gentry, jogando a unidade para Slick.

– Eu não vou voltar lá – disse Slick. – Vá você.

– Não é preciso – disse Gentry, tocando o console em seu assento. Bobby, o Conde, apareceu num monitor.

Os olhos de Cherry se arregalaram. – Conte a ele – disse ela – que vai morrer em breve. A menos que você o desplugue da matrix e o leve correndo para uma unidade de tratamento intensivo. Ele está morrendo.

O rosto de Bobby, no monitor, ficou imóvel. A imagem de fundo se tornou bem nítida: o pescoço do cervo de ferro, a grama alta salpicada de flores brancas, os troncos das árvores antigas.

– Ouviu isso, seu babaca? – gritou Cherry. – Você está morrendo! Seus pulmões estão se enchendo de líquido, seus rins não estão funcionando, seu coração está fodido... Você me faz querer vomitar!

– Gentry – disse Bobby, sua voz surgindo pequena e fina de um diminuto alto-falante ao lado do monitor –, eu não sei que tipo de estrutura vocês têm por aí, mas arranjei uma pequena distração.

– Nós não verificamos a moto – disse Cherry, seus braços ao redor de Slick –, sequer olhamos. Talvez esteja ok.

– O que você quer dizer com 'arranjei um pouco de distração'? – Se afastando dela, olhando para Bobby no monitor.

– Ainda estou trabalhando nisso. Eu redirecionei um cargueiro robótico da Borg-Ward vindo de Newark.

Slick separou-se de Cherry. – Não fique sentado aí – gritou para Gentry, que olhava para Slick e sacudia a cabeça lentamente. Slick sentiu seus primeiros relances de Korsakov, pequenos trechos de memória estremecendo fora de foco.

– Ele não quer ir a lugar algum – disse Bobby. – Ele encontrou a Forma. Só quer ver como tudo funciona, o que há no final. Há pessoas a caminho daqui. Amigos, ou algo próximo a isso. Vão tirar o aleph de suas mãos. Nesse meio-tempo, farei o que puder com esses babacas que estão por aí.

– Não vou ficar aqui assistindo você morrer – disse Cherry.

– Ninguém está pedindo para você fazer isso. Meu conselho, vá embora. Me dê vinte minutos, vou distraí-los.

Nunca a Fábrica pareceu tão vazia.

Little Bird estava em algum lugar lá no chão. Slick continuava a pensar no conjunto de tiras de couro e ossos que ficavam penduradas sobre o peito de Bird, penas e relógios enferrujados com todos os ponteiros parados, cada um numa hora diferente... Coisa estúpida de cidade do interior. Mas Bird não estaria mais por perto. *Acho que nem eu estarei por perto*, pensou, conduzindo Cherry para baixo, pelas escadas que sacudiam. Não como antes. Não havia tempo para mover as máquinas, não sem um reboque e alguma ajuda, e ele percebeu que, se partisse, nunca mais voltaria. A Fábrica nunca mais seria a mesma.

Cherry havia encontrado quatro litros de água filtrada num jarro de plástico, um saco de amendoins birmaneses e cinco porções individuais de sopa congelada Big Ginza – era tudo o que havia na cozinha. Slick tinha dois sacos de dormir, a lanterna e um martelo para trabalhar metais.

Tudo estava quieto agora, apenas os sons do vento através das folhas de zinco e o andar arrastado de suas botas no concreto.

Não sabia bem para onde iria. Pensou em levar Cherry até a casa de Marvie e deixá-la por lá. Depois talvez voltasse, para ver o que estava acontecendo com Gentry. Ela poderia conseguir uma carona para uma das cidades do cinturão da ferrugem, em um ou dois dias. Ela não sabia disso, contudo; tudo em que podia pensar era ir embora. Parecia tão amedrontada em ter que assistir Bobby, o Conde, morrer em sua maca quanto saber dos homens lá fora. Mas Slick podia ver que Bobby não se importava muito com a sua própria morte. Talvez ele achasse que ficaria lá dentro, como aquela 3Jane. Talvez simplesmente não desse a mínima; às vezes as pessoas ficam desse jeito.

Se ele pretendia partir para sempre, pensou, guiando Cherry através da escuridão com sua mão livre, iria dar uma última olhada no Juiz e na Bruxa, no Triturador de Cadáveres e nos dois Investigadores. Mas da forma como havia pensado, conseguiria tirar Cherry dali, depois voltaria... Mas soube, enquanto pensava nisso, que não fazia o menor sentido, não havia tempo, mas ele a tiraria de lá de qualquer maneira...

– Há uma abertura, neste lado, bem baixo, perto do chão – disse a ela. – É como vamos escorregar para fora, espero que ninguém perceba... – Ela apertou a mão dele enquanto a levava pela escuridão.

Encontrou a abertura pelo tato, empurrou os sacos de dormir através dela, enfiou o martelo no cinto, deitou-se de costas e foi se empurrando para fora até que sua cabeça e seu peito passaram. As nuvens estavam baixas e o céu somente um pouco mais claro que a escuridão da Fábrica.

Pensou ter ouvido um barulho fraco de motores, mas então desapareceu.

Avançou pelo resto do caminho com seus calcanhares e quadris e ombros, então rolou sobre a neve.

Alguma coisa bateu de encontro ao seu pé: Cherry empurrando o jarro de água. Ele estendeu a mão para trás, para pegá-lo, e um ponto vermelho surgiu nas costas de sua mão. Ele se jogou para trás no mesmo instante e rolou novamente, enquanto a bala atingia a parede da Fábrica como a marreta de um gigante.

Um feixe de luz branca, flutuando. Sobre Solitude. Fraco, através das nuvens baixas. Projetado a partir do flanco cinzento do avião robótico de carga: a distração de Bobby. Iluminou o segundo hover, trinta metros além, e uma figura encapuzada empunhando um rifle...

O primeiro contêiner atingiu o chão com um estrondo, bem em frente ao hover, e se incendiou, gerando uma nuvem de espuma para empacotamento. O segundo, carregando dois refrigeradores, conseguiu acertar seu alvo, esmagando a cabine. A aeronave Borg-Ward sequestrada continuava a jogar contêineres enquanto o feixe prolongava-se para baixo, desaparecendo.

Slick se arrastou de volta através da abertura na parede, deixando a água e os sacos de dormir.

* * *

Movia-se rápido, na escuridão.

Havia perdido Cherry. Havia perdido o martelo. Ela deve ter deslizado de volta para dentro da Fábrica quando o cara deu o primeiro tiro. Último tiro, se ele estava debaixo daquela caixa quando ela caiu.

Seus pés encontraram a rampa para dentro da sala onde suas máquinas aguardavam. – Cherry?

Ele acendeu a lanterna.

O Juiz, com seu único braço, estava centrado no facho de luz. À frente do Juiz estava uma figura com espelhos no lugar dos olhos, refletindo de volta a luz.

– Quer morrer? – A voz de uma mulher.

– Não...

– Luz, apagada.

Escuridão. Corrida...

– Eu posso ver no escuro. Você acabou de colocar a lanterna de volta no bolso de sua jaqueta. Parece que você ainda pensa em correr. Tenho uma arma apontada para você.

Correr?

– Nem pense nisso. Você já viu o que acontece quando uma pistola de dardos Fujiwara HE dispara? Se bater em algo duro, explode. Se bater em algo macio, como a maior parte do seu corpo, cara, primeiro penetra, depois explode. Dez segundos depois.

– Por quê?

– Para você poder pensar a respeito.

– Você está com aqueles caras, lá fora?

– Não. Foi você que derrubou todos aqueles fogões e as outras tralhas neles?

– Não.

– Newmark. Bobby Newmark. Fiz um acordo hoje à noite. Se alguém que está comigo se encontrar com Bobby Newmark, saio limpa. Você vai me mostrar onde ele está.

39

DEMAIS

Que tipo de lugar era aquele, afinal de contas?

As coisas tinham chegado a um ponto em que Mona não conseguia mais encontrar nenhum conforto imaginando um conselho de Lanette. Se Lanette estivesse nesta situação, pensou Mona, ela iria apenas se entupir de Memphis negro até sentir que não era problema seu. O mundo nunca teve tantas partes se movendo, ou tão poucos rótulos.

Dirigiram a noite toda, com Angie fora de si a maior parte do tempo – agora Mona definitivamente podia acreditar nas histórias sobre drogas – e ela falava, línguas diferentes, vozes diferentes. E aquilo era o pior, aquelas vozes, porque elas falavam com Molly, desafiando-a, e ela respondia de volta enquanto dirigia, não como se estivesse falando com Angie para acalmá-la, mas como se realmente houvesse alguma coisa lá, outra pessoa – pelo menos três delas – falando através de Angie. E machucavam Angie quando falavam, faziam os músculos dela se contorcerem e seu nariz sangrar, enquanto Mona se debruçava sobre ela e limpava o sangue, cheia de uma mistura bizarra de medo, amor e pena pela rainha de todos os seus sonhos – ou talvez fosse apenas o wiz – mas no piscar azul e branco das luzes da autoestrada, Mona tinha visto sua própria mão ao lado da mão de Angie, e elas não eram a mesma, não a mesma, sequer tinham o mesmo formato, e isso a deixou contente.

A primeira voz apareceu quando elas estavam dirigindo para o sul, depois que Molly trouxe Angie no helicóptero. Aquela havia apenas sibilado e resmungado e dito algo repetidamente, sobre Nova Jersey e números num mapa. Cerca de duas horas depois disso, Molly deslizou o hover através de uma área de descanso e disse que estavam em Nova Jersey. Então saiu e deu um telefonema de uma cabine pública congelada, uma longa ligação; quando ela voltou para dentro, Mona a viu jogar fora um cartão telefônico sobre a lama congelada. E Mona havia lhe perguntado para quem tinha telefonado, e ela disse, Inglaterra.

Mona viu a mão de Molly no volante, então, e percebeu que as unhas escuras tinham umas manchas amareladas, como quando se arranca um conjunto de unhas postiças. *Ela precisava arrumar uma acetona para aquilo*, pensou Mona.

Em algum lugar, perto de um rio, elas deixaram a autoestrada. Árvores e campos e asfalto de duas vias, às vezes uma luz vermelha solitária no alto sobre algum tipo de torre. E foi quando as outras vozes surgiram. E então iam e voltavam, iam e voltavam, as vozes e depois Molly e novamente as vozes, e isso a lembrava de Eddy tentando fechar um acordo, exceto que Molly era muito melhor nisso do que Eddy; mesmo que ela não conseguisse entender, sabia dizer quando Molly estava chegando perto do que queria. Mas ela não podia suportar quando as vozes vinham; faziam-na querer se afastar de Angie o máximo que pudesse. O pior era um tal chamado Sam-Eddy, ou algo assim. O que eles todos queriam era que Molly levasse Angie para algum lugar, para o que chamavam de casamento, e Mona ficava pensando se Robin Lanier estava envolvido, como se Angie e Robin fossem se casar e aquilo tudo fosse somente uma daquelas coisas loucas que estrelas fazem ao se casar. Mas não dava para fazer com que isso tivesse sentido, e cada vez que esta voz deste Sam-Eddy voltava, Mona ficava de cabelos em pé. Ela podia entender o que Molly estava negociando, contudo: queria sua ficha limpa, varrida. Havia assistido este vídeo uma vez com Lanette, sobre esta garota que tinha dez, doze personalidades que iriam despertar, tipo uma que era tímida como uma criancinha e a outra que era uma vagabunda totalmente drogada, mas no vídeo não aparecia nada sobre como qualquer uma dessas personalidades faria para apagar sua ficha com a polícia.

E então essa paisagem sob seus faróis, coberta de neve, com cristas baixas da cor de ferrugem onde o vento havia varrido o branco.

O hover tinha uma daquelas telas de mapa que se vê nos táxis, ou se um motorista de caminhão lhe der uma carona, mas Molly nunca tinha ligado, exceto naquela primeira vez, para olhar os números que a voz tinha dado para ela. Depois de um instante, Mona entendeu que Angie estava lhe dizendo qual caminho seguir, ou pelo menos aquelas vozes estavam lhe dizendo. Mona estava esperando que ficasse claro logo já havia um tempo, contudo ainda era noite quando Molly desligou as luzes e acelerou através da escuridão...

– Luzes! – gritou Angie.

– Relaxe – disse Molly, e Mona lembrou-se de como ela se movimentou no escuro, no consultório de Gerald. Mas o hover desacelerou suavemente, fez uma curva longa, sacudindo sobre o chão áspero. As luzes do painel se apagaram, todos os instrumentos. – Nenhum som agora, ok?

O hover acelerou através da escuridão.

Havia uma luz branca bem alto. Através da janela, Mona avistou um ponto que avançava, girando; sobre ele, alguma outra coisa, cheia de bulbos e cinzenta...

– Pra baixo! Abaixa ela!

Mona se jogou para arrancar o cinto de segurança de Angie enquanto alguma coisa batia contra a lateral do hover. Jogou-a no chão e envolveu suas peles ao seu redor enquanto Molly girava para a esquerda, roçando de lado em alguma coisa que Mona não viu. Olhou para cima: um flash de um segundo de um prédio escuro em frangalhos, uma única lâmpada branca sobre as portas do armazém, e estavam lá dentro, a turbina gritando em reversão total.

Batida.

* * *

Não tenho a menor ideia, disse a voz, e Mona pensou: *Bem, eu sei como é isso.*

E a voz começou a rir, e não parou, e a risada se tornou um som intermitente, um som que já não era mais risada, e Mona abriu os olhos.

Havia uma garota lá com uma lanterna minúscula, do tipo que Lanette mantinha no seu enorme molho de chaves; Mona a viu na luz fraca refletida, o cone de luz sobre o rosto de Angie. Então ela viu Mona olhando e o som parou.

– Quem são vocês? – A luz nos olhos de Mona. Voz de Cleveland, um rostinho forte de raposa debaixo de um cabelo loiro descolorido e descuidado.

– Mona. E quem é você? – Mas, então, ela viu o martelo.

– Cherry...

– O que é esse martelo?

A tal Cherry olhou para o martelo. – Alguém está atrás de mim e de Slick. – Ela olhou para Mona novamente. – Você está com eles?

– Acho que não.

– Você se parece com ela. – A luz atingindo Angie.

– Não as minhas mãos. De qualquer jeito, eu não era assim.

– Vocês duas se parecem com Angie Mitchell.

– Sim. Ela é.

Cherry estremeceu um pouco. Estava vestindo três ou quatro jaquetas de couro que ela tinha tomado de namorados diferentes; era uma mania de Cleveland.

– Para este alto castelo – surgiu a voz na boca de Angie, grossa como lama, e Cherry bateu sua cabeça de encontro ao teto da cabine, derrubando o martelo – meu cavalo está vindo. – No facho de luz vacilante da lanterna de chaveiro de Cherry, elas viram os músculos do rosto de Angie se contorcerem debaixo da pele. – Por que vocês se demoram aqui, irmãzinhas, agora que o casamento dela está acertado?

O rosto de Angie relaxou, tornou-se o seu próprio, enquanto um fio de sangue brilhante escorria de sua narina esquerda. Ela abriu os olhos, recuando na luz. – Onde está ela? – perguntou para Mona.

– Sumiu – disse Mona. – Me disse para ficar aqui com você...

– Quem? – perguntou Cherry.

– Molly – respondeu Mona. – Ela estava dirigindo...

Cherry queria encontrar alguém chamado Slick. Mona queria que Molly voltasse e dissesse a ela o que fazer, mas Cherry estava inquieta quanto a permanecer ali embaixo no andar térreo, disse, porque havia essas pessoas lá fora, com armas. Mona lembrou o som, alguma coisa atingindo o hover; então pegou a lanterna de Cherry e foi olhar. Havia um buraco onde ela podia enfiar o dedo, na metade superior da lateral direita, e um maior – dois dedos – na lateral esquerda.

Cherry disse que era melhor subirem, para onde Slick provavelmente estava, antes que aquelas pessoas decidissem entrar ali. Mona não estava certa disso.

– Vamos lá – disse Cherry. – Slick provavelmente voltou para lá, com Gentry e o Conde...

– O que você disse? – E era a voz de Angie Mitchell, igualzinha aos stims.

Seja lá o que fosse aquilo, fazia um frio dos diabos quando saíram do hover – as pernas de Mona estavam nuas – mas o amanhecer estava chegando, finalmente: ela podia distinguir retângulos fracos que eram provavelmente janelas, somente um brilho cinza. A garota chamada Cherry as conduzia para algum lugar, disse que era para cima, orientando-se com a pequena claridade da luz do chaveiro, Angie perto, atrás dela, e Mona na retaguarda.

O bico do sapato de Mona ficou preso em algo que fazia um som de chocalho. Abaixou-se para soltá-lo e encontrou o que parecia ser um saco de plástico. Grudento. Coisas pequenas dentro. Respirou fundo e levantou-se, enfiando o saco dentro do bolso lateral da jaqueta de Michael.

Então subiram umas escadas estreitas, degraus altos, quase uma escada de mão, as peles de Angie roçando a mão de Mona no corrimão frio e áspero. Então uma saída, e uma volta, outro lance de escadas, outra saída. Um vento soprou de algum lugar.

– É um tipo de ponte – disse Cherry. – Basta caminhar rápido através dela, porque ela se move um pouco...

E não esperando aquilo, nada daquilo, não o cômodo branco e alto, as prateleiras arqueadas repletas de livros em mal estado – ela pensou no velho –, a coleção de coisas de console com cabos enrolados por todo lado; não este cara vestido de preto, magro e com olhos febris, com seu cabelo penteado para trás numa crista que chamavam de "peixe de briga" em Cleveland; não a risada dele quando as viu lá, nem tampouco o cara morto.

Mona já havia visto gente morta antes, o suficiente para saber quando era o caso. A cor daquilo. Algumas vezes, na Flórida, alguém se deitava em uma pilha de papelão na calçada, do lado de fora do edifício abandonado. Simplesmente não se levantava mais. Roupas e pele ficavam da cor da calçada, de qualquer forma, mas ainda diferente quando batiam as botas, outra cor debaixo daquela. Um caminhão branco vinha, então. Eddy disse que, se não fizessem isso, eles inchariam. Como um gato que Mona havia visto uma vez, cheio como uma bola de basquete, virado de costas, pernas e rabo apontando para cima, duros como tábuas, e aquilo fez Eddy rir.

E este artista do wiz rindo agora – Mona reconhecia o olhar – e Cherry grunhindo, ou perto disso, e Angie apenas parada lá.

– Ok, todo mundo – ouviu alguém dizer –, Molly – e virou-se para encontrá-la no umbral da porta, com uma pequena arma na mão e aquele cara enorme de cabelo sujo ao lado dela, parecendo completamente estúpido –, apenas fiquem quietos até que eu coloque ordem nessa história.

O cara magrelo apenas riu.

– Cala a boca – disse Molly, como se estivesse pensando noutra coisa. Ela atirou sem nem mesmo olhar para a arma. Um flash azul na parede ao lado da cabeça do cara e Mona não ouvia mais nada a não ser seus ouvidos zunindo.

O magrelo se dobrou no chão, as mãos entre os joelhos.

Angie caminhou em direção à maca onde o cara morto estava deitado, seus olhos brancos. Devagar, devagar como se estivesse se movendo debaixo da água, e aquele olhar em seu rosto...

A mão de Mona, no bolso da jaqueta, estava meio que tentando descobrir alguma coisa por conta própria. Meio que apertando o Ziploc que tinha apanhado no chão, lá embaixo, contando a ela... que havia wiz dentro.

Puxou para fora do bolso e realmente tinha. Grudento com sangue ainda secando. Três cristais dentro e algum tipo de derma.

Não sabia por que tinha puxado aquilo, logo ali, exceto que ninguém estava se mexendo.

O cara, usando a crista "peixe de briga" tinha se sentado, mas ficou quieto. Angie continuava perto da maca e não parecia estar olhando para o cara morto, mas sim para uma caixa cinza, presa sobre sua cabeça numa espécie de moldura. Cherry de Cleveland tinha se encostado contra uma parede de livros e meio que estava mordendo os dedos dentro da boca. O cara grandão estava em pé ao lado de Molly, a cabeça dela pendendo para um lado, como se estivesse ouvindo alguma coisa.

Mona não podia suportar aquilo.

A mesa tinha a superfície de aço. Um pedaço grande de metal velho sobre ela, segurando uma pilha empoeirada de papéis impressos. Colocou os três cristais amarelos sobre a mesa, como botões enfileirados, pegou a barra de metal e – um, dois, três – esmagou-os até virarem pó. Foi o que bastou: todos olharam. Exceto Angie.

– Com licença – Mona se ouviu dizer, enquanto varria o monte de pó amarelo bruto sobre a palma da mão esquerda – sendo como é... – Ela enterrou o nariz no monte e aspirou. – Às vezes – acrescentou, e aspirou o resto.

Ninguém falou nada.

E novamente estava tudo parado. Como antes.

Tão rápido que tudo estava parado.

O Final dos Tempos. O Final dos Tempos está chegando.

Tão rápido, tão quieto, ela podia até mesmo colocar em sequência o que viria a seguir: a risada alta, haha, como se não fosse realmente uma risada. Através de um alto-falante. Através da porta. Vindo de fora, da passarela. E Molly se vira, suave como seda, rápida, mas como se não houvesse pressa, e a pequena arma dispara como um isqueiro.

Então há um flash azul de fora e o cara grande fica salpicado de sangue vindo de lá, enquanto o metal velho se rompe e Cherry está gritando antes que a passarela bata com este som alto e complexo, o chão escuro lá embaixo onde ela havia encontrado o wiz em seu saco ensanguentado.

– Gentry – alguém disse, e ela viu que era o pequeno vídeo na mesa, o rosto de um rapaz jovem nele –, conecte a unidade de controle de Slick agora. Eles estão dentro do prédio. – O cara com o peixe de briga se move e começa a fazer coisas com fios e consoles.

E Mona podia apenas assistir, porque estava tão imóvel e era tudo muito interessante.

Como o cara grande dá um grito e corre para cima, gritando que são dele, são dele. Como o rosto na tela diz: – Slick, deixa disso, você não precisa mais deles...

Então este motor começou a funcionar, em algum lugar lá embaixo, e Mona ouve um barulho metálico e depois alguém gritando, no andar debaixo.

E o sol estava entrando pela janela alta e estreita, então ela se mexeu para dar uma olhada. E havia alguma coisa lá fora, tipo um caminhão ou hover, só que soterrado debaixo de uma pilha do que pareciam ser refrigeradores, refrigeradores novinhos, e pedaços quebrados de contêineres plásticos, e alguém num traje camuflado, deitado para baixo com o rosto na neve, e mais adiante havia outro hover que parecia totalmente incendiado.

Era interessante.

40

CETIM ROSA

Angela Mitchell compreende este lugar e seus habitantes por meio de planos de dados movediços que representam pontos de vista, embora, na maioria dos casos, esteja em dúvida quanto a quem ou a quê os pontos de vista pertençam. Há um grau considerável de sobreposição, de contradição.

O homem com o cabelo de crista despenteada, usando a jaqueta de couro preto é Thomas Trail Gentry (uma massa de dados e dígitos de SIN passam), sem endereço fixo (uma faceta diferente lhe informa que este lugar pertence a ele). Passando por um fluxo cinzento de traços de dados oficiais, vagamente padronizado com repetidas suspeitas rosadas do Departamento de Fissão sobre fraude em seus serviços, ela o descobre sob outra luz: ele é como um dos cowboys de Bobby; apesar de jovem, é como os velhos do Gentleman Loser; é um autodidata, um excêntrico, obcecado, vê a si mesmo como um erudito; é louco, uma ave noturna, culpado (na visão de Mamman, na visão de Legba) de múltiplas heresias; Lady 3Jane, em seu próprio esquema excêntrico, arquivou-o em RIMBAUD. (Outro rosto para Angie a partir da entrada de RIMBAUD; seu nome é Riviera, personagem secundário em seus sonhos.) Molly deliberadamente o atordoou, fazendo com que um dardo detonasse a 18 centímetros do crânio.

Molly, como a garota Mona, não possui SIN, seu nascimento não tem registro, ainda que ao redor de seu nome (nomes) surjam galáxias de suposições, boatos, dados conflitantes. Vagabunda de rua, prostituta, guarda-costas, assassina, ela se mistura em múltiplos planos com as sombras de heróis e vilões cujos nomes nada significam para Angie, embora suas imagens residuais tenham, há muito, se entretecido à cultura global. (E isto também pertenceu a 3Jane, e agora pertence a Angie.)

Molly acaba de matar um homem, tendo disparado um de seus dardos explosivos dentro da garganta dele. Seu colapso contra um trilho de aço que sofria de fadiga metálica fez com que o metal cedesse, fazendo com que uma boa parte da passarela caísse no chão abaixo. Este cômodo não possui outra entrada, um fato de alguma importância estratégica. Provavelmente não era a intenção de Molly causar o colapso da passarela. Ela tentou impedir o homem, um mercenário contratado, de usar sua arma preferida, uma escopeta com um acabamento escuro e antirreflexivo. De qualquer forma, o loft de Gentry estava agora, efetivamente, isolado.

Angie compreende a importância de Molly para 3Jane, a fonte de seu desejo por ela e a raiva contra ela; sabendo isso, vê toda a banalidade da maldade humana.

Angie vê Molly vagando incansavelmente na Londres de um inverno cinza, uma garota ao seu lado – e sabe, sem saber como sabe, que esta mesma garota está agora no número 23 da Margate Road, SW2. (*Continuidade?*) O pai da garota foi anteriormente o mestre do homem chamado Swain, que recentemente havia se tornado servo de 3Jane em troca da informação que ela fornece àqueles a seu comando. Assim como Robin Lanier, é claro, embora ele espere ser pago numa moeda diferente.

Pela garota Mona, Angie sente um carinho peculiar, compaixão, um grau de inveja: embora Mona tenha sido alterada para se parecer com Angie o máximo possível, a vida de Mona não deixou traço algum na tessitura das coisas e representa, no sistema de Legba, a coisa mais próxima de inocência.

Cherry-Lee Chesterfield surge envolta em um triste rascunho esgarçado, seu perfil de informações como o desenho de uma criança:

intimações por vagabundagem, dívidas insignificantes, uma carreira interrompida como técnica paramédica Nível 6, em torno disso, dados de nascimento e SIN.

Slick, ou Slick Henry, está entre os que não possuem SIN, mas 3Jane, Continuidade, Bobby, todos centraram suas atenções nele. Para 3Jane, ele serve como o foco de um nodo secundário de associações: ela equacionou seu rito de construção progressivo – sua resposta catártica ao trauma quimiopenal – às suas próprias tentativas frustradas de exorcizar o sonho árido de Tessier-Ashpool. Nos corredores da memória de 3Jane, Angie frequentemente se deparou com uma câmara onde um manipulador com patas de aranha move os refugos da história breve e densa de Straylight – um ato de extensa colagem. E Bobby fornece outras memórias, gravadas do artista enquanto ele acessava a biblioteca de Babel de 3Jane: seu trabalho lento, triste, infantil na planície chamada Dog Solitude, erguendo novamente as formas de dor e memória.

Lá embaixo, na escuridão gelada do chão da Fábrica, uma das esculturas cinéticas de Slick, controlada por um subprograma de Bobby, remove o braço esquerdo de outro mercenário, empregando um mecanismo recuperado de uma colheitadeira fabricada na China, dois verões atrás. O mercenário, cujo nome e SIN passaram por Angie como bolhas quentes e prateadas, morre com sua bochecha de encontro a uma das botas de Little Bird.

Somente Bobby, entre todas as pessoas nesta sala, não está aqui como dados. E Bobby não é a coisa deteriorada diante dela, presa em metal e nylon, seu queixo recoberto por vômito seco, nem mesmo o rosto ávido e familiar contemplando-a de um monitor na mesa de trabalho de Gentry. Será Bobby o volume retangular de memória preso sobre a maca?

Agora ela caminha através de dunas ondulantes de cetim rosa, manchado sob um céu de aço modelado, livre, finalmente, da sala e de seus dados.

* * *

Brigitte caminha ao lado dela, e não há pressão, não há o vazio da noite, não há o som da colmeia. Não há velas. Continuidade está lá também, representado por um boneco de palitos prateados movendo-se ao lado delas e que a faz lembrar, de alguma forma, de Hilton Swift na praia em Malibu.

– Sentindo-se melhor? – pergunta Brigitte.

– Bem melhor, obrigada.

– Foi o que pensei.

– Por que Continuidade está aqui?

– Porque ele é seu primo, construído de biochips Maas. Porque ele é jovem. Nós caminhamos com você para o seu casamento.

– Mas quem é você, Brigitte? O que você é na realidade?

– Eu sou a mensagem que pediram que seu pai escrevesse. Eu sou os veves que ele desenhou em sua cabeça. – Brigitte se aproximou. – Seja gentil com Continuidade. Ele teme que, em sua falta de jeito, a tenha deixado descontente.

O boneco de palitos correu à frente dela, através das dunas de cetim, para anunciar a chegada da noiva.

41

SR. YANAKA

A unidade Maas-Neotek ainda estava quente ao toque; a base inferior de plástico estava descolorida, como se fosse pelo calor. Um cheiro de cabelo queimado...

Ela observava as feridas no rosto de Tick escurecerem. Ele tinha pedido que ela fosse pegar uma caixa de cigarros desgastada, cheia de pílulas e dermas, num armário ao lado da cama. Tinha aberto seu colarinho e pressionado três discos adesivos contra a pele branca como porcelana.

Kumiko o ajudou a improvisar uma atadura usando um pedaço de cabo óptico.

– Mas Colin disse que ela tinha esquecido...

– Mas eu não – disse ele, e sugou o ar entre os dentes, ajustando a atadura debaixo do braço. – Pareceu ter acontecido, na hora. Demora um pouco... – Fez uma careta de dor.

– Sinto muito...

– Tudo bem. Sally me contou. Sobre sua mãe, quero dizer.

– Sim... – Ela não desviou o olhar. – Ela se suicidou. Em Tóquio...

– Fosse quem fosse, não era sua mãe.

– A unidade... – Ela deu uma olhada na direção da mesa de café.

– Ela a queimou. Ele não vai se importar, contudo. Ainda está lá. Domina o lugar. O que nossa Sally está tramando, então?

– Ela está com Angela Mitchell. Foi procurar a coisa de onde tudo isso se origina. O constructo onde nós estávamos. Foi para um lugar chamado Nova Jersey.

O telefone tocou.

O pai de Kumiko, cabeça e ombros, na ampla tela atrás do telefone de Tick: vestia seu terno escuro, seu relógio Rolex, uma constelação de pequenos símbolos de irmandades em sua lapela. Kumiko achou que ele parecia muito cansado, cansado e muito sério, um homem sério atrás da extensão lisa e escura da escrivaninha em seu escritório. Vendo-o ali, lamentou que Sally não tivesse telefonado de uma cabine com uma câmera. Ela teria gostado muito de ver Sally novamente; agora, isso talvez fosse impossível.

– Você parece bem, Kumiko – disse seu pai.

Kumiko sentou-se muito reta, encarando a pequena câmera montada logo abaixo do telão. Por puro reflexo, ela invocou a máscara de desdém de sua mãe, mas ela não surgiu. Confusa, baixou o olhar para suas mãos dobradas sobre o seu colo. Tornou-se abruptamente consciente da presença de Tick, de seu constrangimento, seu medo, aprisionado na cadeira ao lado dela, bem à frente da câmera.

– Você estava certa em fugir da casa de Swain – disse seu pai.

Ela encontrou seus olhos novamente. – Ele é seu *kobun*.

– Não mais. Enquanto estávamos distraídos, aqui, com nossas próprias dificuldades, ele formou alianças novas e duvidosas, seguindo caminhos que não poderíamos aprovar.

– E suas dificuldades, Pai?

Havia a centelha de um sorriso? – Tudo está terminado. Ordem e harmonia foram restabelecidas.

– Hã, com licença, senhor, sr. Yanaka – começou Tick, depois pareceu perder completamente a voz.

– Sim. E você é...?

O rosto machucado de Tick contraiu-se numa enorme e particularmente triste piscadela.

– O nome dele é Tick, Pai. Ele me deu abrigo e me protegeu. Junto com Col... com a unidade Maas-Neotek, ele salvou minha vida esta noite.

– Verdade? Não fui informado disso. Eu tinha a impressão de que você não havia saído do apartamento dele.

Alguma coisa fria – Como? – perguntou, sentando-se mais à frente. – Como você poderia saber?

– A unidade Maas-Neotek transmitia suas coordenadas, uma vez que fossem conhecidas – uma vez que a unidade estivesse livre dos sistemas de Swain. Nós despachamos observadores para a área. – Ela se lembrou do vendedor de noodles... – Sem informar Swain, é claro. Mas a unidade não chegou a transmitir uma segunda mensagem.

– Foi quebrada. Um acidente.

– Ainda assim, você diz que salvou sua vida?

– Senhor – disse Tick –, queira me perdoar, o que eu queria perguntar, sabe, é se estou coberto...

– Coberto?

– Protegido. De Swain, quero dizer, dele e dos amigos que ele comprou no Special Branch e os outros todos...

– Swain está morto.

Houve um silêncio. – Mas alguém vai mandar naquilo, certamente. O grupo, quero dizer. Seu negócio.

O sr. Yanaka olhou para Tick com franca curiosidade. – É claro. De que outra forma poderíamos esperar que a ordem e a harmonia se mantivessem?

– Dê a ele a sua palavra, Pai – disse Kumiko –, de que nada de mal irá lhe acontecer.

Yanaka olhou de Kumiko para um ansioso Tick. – Eu estendo profunda gratidão para você, senhor, por ter protegido minha filha. Estou em dívida com você.

– *Giri* – disse Kumiko.

– Cristo – disse Tick, superando o temor –, do caralho, isso.

– Pai – disse Kumiko –, na noite da morte de minha mãe, você ordenou aos secretários para deixá-la sair sozinha?

O rosto de seu pai estava muito imóvel. Ela observou-o encher-se com uma dor que nunca havia visto antes. – Não – disse ele finalmente –, eu não ordenei.

Tick tossiu.

– Obrigada, Pai. Vou voltar a Tóquio agora?

– Certamente, se for o seu desejo. Embora tenham me dito que você não pôde ver muito de Londres. Meu sócio vai chegar em breve ao apartamento do Sr. Tick. Se você quiser permanecer para explorar a cidade, ele cuidará disso.

– Obrigada, Pai.

– Adeus, Kumi.

E ele se foi.

– Bem, certo – disse Tick, fazendo uma careta horrível enquanto estendia seu braço bom –, me ajude a tirar isso...

– Mas você requer cuidados médicos.

– Não é mesmo? – Deu um jeito de se levantar e estava mancando em direção ao banheiro quando Petal abriu a porta do vestíbulo escuro no andar de cima. – Se tiver quebrado meu maldito cadeado – disse Tick –, é melhor me pagar por ele.

– Desculpe – disse Petal, piscando. – Eu vim buscar a srta. Yanaka.

– Levou azar, camarada. Acabamos de falar com o pai dela no telefone. Disse que Swain já era. Falou que iria mandar o novo chefão. – Ele sorriu, de forma entortada, triunfal.

– Mas, justamente – disse Petal, de forma gentil –, sou eu.

42

CHÃO DA FÁBRICA

Cherry ainda está gritando.

– Alguém faz ela calar a boca – disse Molly, de onde estava, de pé, perto da porta, com sua pequena arma, e Mona pensa que pode fazer isso, pode passar para Cherry um pouco de sua própria tranquilidade, onde tudo é interessante e não há pressão demais, mas no caminho através da sala ela vê o Ziploc amassado no chão e lembra que há um derma lá dentro, talvez alguma coisa que ajude Cherry a se acalmar. – Aqui – diz ela, ao se aproximar, tirar a parte de trás e grudar o derma no lado do pescoço de Cherry. Os gritos de Cherry descem de tom até se tornarem um gargarejo enquanto ela vai escorregando pela parede de velhos livros, mas Mona tem certeza de que ela ficará bem, e de qualquer modo há tiros lá embaixo, armas: passando por Molly, uma traçante branca ricocheteando e batendo nas vigas de aço em volta e Molly gritando para Gentry se ele pode ligar aquelas malditas luzes?

Tinha que ser as luzes do andar de baixo, porque as luzes aqui em cima eram bem brilhantes, tão brilhantes que ela podia ver pequenos pontinhos embaçados, traços de cor que se propagavam das coisas, se ela olhasse de perto. Traçantes. É como chamam aquelas balas, aquelas que se acendem. Eddy contou a ela sobre isso na Flórida, olhando para a praia onde um segurança privado as disparava no escuro.

– Claro, luzes – o rosto na telinha disse. – A Bruxa não pode ver... – Mona sorriu para ele. Ela não achava que os outros tinham ouvido. Bruxa?

Então Gentry e o grande Slick estavam puxando com força uns fios amarelos da parede, onde haviam sido presos com fita adesiva prateada, e conectando-os a umas caixas de metal, e Cherry de Cleveland estava sentada no chão com seus olhos fechados, e Molly estava agachada perto da porta segurando a arma com as duas mãos, e Angie estava...

Fique quieta.

Ela ouviu alguém dizer aquilo, mas não havia ninguém na sala. Ela pensou que talvez fosse Lanette, como se fosse algo que Lanette pudesse dizer, através do tempo, através da quietude.

Porque Angie estava logo ali, abaixada no chão ao lado da maca com o cara morto, suas pernas dobradas embaixo como se fosse uma estátua, seus braços ao redor dele.

As luzes diminuíram quando Gentry e Slick encontraram sua conexão, e ela pensou ouvir o rosto no monitor ofegar, mas ela já estava se movendo em direção a Angie, vendo (de repente, totalmente, tão claro que doía) o fino fio de sangue escorrendo de sua orelha esquerda.

Mesmo assim, a quietude se manteve, embora já pudesse sentir os pontos quentes e doloridos no fundo de sua garganta, lembrar-se de Lanette explicando: nunca aspire isso, vai fazer buracos em você.

E as costas de Molly estavam retas, seus braços esticados... em linha reta para a frente e para baixo, não para a caixa cinza, mas para sua pistola, aquela coisinha, e Mona ouviu quando ela fez snik-snik-snik, e depois três explosões, longe lá embaixo, e devem ter produzido flashes azuis, mas as mãos de Mona estavam ao redor de Angie agora, seus pulsos escovados pelo casaco de pele tingido de sangue. Para olhar dentro dos olhos ausentes, a luz já se extinguindo. Somente um longo, o mais longo dos caminhos para longe.

– Ei – disse Mona, ninguém para ouvir, apenas Angie recostada sobre o cadáver no saco de dormir. – Ei...

Ela deu uma olhada a tempo de pegar uma última imagem na tela de vídeo e vê-la desaparecer.

Depois disso, por um longo tempo, nada importava. Nada parecido com o 'não se importar' da tranquilidade, o overdrive do cristal de wiz, e também não era como uma ressaca, apenas a sensação de algo superado, talvez do jeito que um fantasma se sente.

Ela ficou ao lado de Slick e Molly no vão da porta e olhou para baixo. Sob a luz fraca das velhas lâmpadas grandes, ela observou a coisa em forma de aranha de metal inquietando-se através do chão de concreto sujo. Tinha grandes lâminas curvas que estalavam e giravam quando se movia, mas não havia ninguém lá se mexendo, e a coisa apenas seguia como um brinquedo quebrado, para a frente e para trás nos destroços retorcidos da pequena ponte que ela havia cruzado com Angie e Cherry.

Cherry havia se levantado do chão, pálida e com o rosto impassível, e retirou o derma do pescoço. – Isséum relaxan musc'lar muuuit'forti – foi o que conseguiu dizer, e Mona se sentiu mal porque sabia que havia feito alguma coisa estúpida quando pensou que estava tentando ajudar, mas o wiz sempre agia assim, e como é que ela não conseguia parar de fazer aquilo?

Porque você está chapada, estúpida, ouviu Lanette dizer, mas não queria se lembrar daquilo.

Então todos eles ficaram parados lá, olhando para baixo, na direção da aranha metálica que se retorcia e se descarregava. Todos exceto Gentry, que estava desparafusando a caixa cinza de sua estrutura sobre a maca, suas botas pretas ao lado da pele vermelha de Angie.

– Ouçam – disse Molly. – É um helicóptero. Dos grandes.

Ela foi a última na corda, tirando Gentry que disse apenas que não iria, não se importava, ele ficaria.

A corda era grossa, suja e cinza e tinha nós ao longo de sua extensão nos quais era possível se pendurar, como um balanço de que se lembrava de muito tempo atrás. Slick e Molly baixaram a caixa cinza antes, para uma plataforma onde as escadas de metal não estavam destruídas. Então Molly desceu como um esquilo, parecendo mal se segurar na corda e amarrou-a firme em um corrimão. Slick desceu devagar, porque ele carregava Cherry em seus ombros e ela ainda estava muito relaxada para conseguir descer sozinha. Mona continuava se sentindo mal por causa daquilo e se perguntou se era o motivo pelo qual decidiram deixá-la lá.

Foi Molly quem decidiu, contudo, ficar lá perto da janela, observando pessoas saltarem de um longo helicóptero preto e espalharem-se através da neve.

– Olhem para aquilo – disse Molly. – Eles sabem. Vieram recolher os pedaços. Sense/Net. Vou sair fora daqui.

Cherry gaguejou que eles também estavam partindo, ela e Slick. E Slick sacudiu os ombros, então sorriu e colocou seu braço ao redor dela.

– E quanto a mim?

Molly olhou para ela. Ou pelo menos pareceu olhar. Não dava para dizer ao certo, com as lentes. Dentes brancos apareceram de encontro ao seu lábio inferior, por apenas um segundo, então ela disse: – Você fica, é meu conselho. Deixa que eles resolvam o que fazer. Na prática, você não fez nada. Nada disso foi ideia sua. Acho que provavelmente irão compensar você, ou tentarão. Sim, você fica.

Não fez sentido algum para Mona, mas agora ela se sentia tão morta, tão acabada, que não poderia discutir.

E então eles apenas se foram lá para baixo usando a corda e sumiram, e era só isso, como as pessoas iam embora e você nunca mais as via novamente. Ela olhou para trás, para dentro do quarto e viu Gentry caminhando para a frente e para trás em frente aos seus livros, correndo a ponta de seu dedo por eles como se estivesse procurando por algum em especial. Ele havia jogado um cobertor sobre a maca.

Então ela apenas foi embora e não saberia dizer se Gentry acabou encontrando seu livro ou não, mas era como deveria ser, então ela desceu pela corda sozinha, o que não foi tão fácil quanto Molly e Slick fizeram parecer, sobretudo se você se sentisse como Mona se sentia, porque Mona chegou tão perto de apagar e seus braços e pernas não pareciam estar funcionando bem, de qualquer maneira, ela meio que precisou se concentrar para que eles se movessem, e seu nariz e sua garganta estavam inchados por dentro, então ela nem percebeu o cara negro até chegar lá embaixo.

Ele estava em pé lá, olhando para a coisa grande em forma de aranha, que não se movia mais. Olhou para cima quando o salto dela rangeu na plataforma de aço. E alguma coisa tão triste no rosto dele, quando ela o viu, mas então desapareceu e ele estava escalando os degraus de metal, devagar e pacientemente, e enquanto se aproximava ela começou a se perguntar se realmente era negro. Não apenas a cor, que definitivamente era, mas havia alguma coisa quanto ao formato de sua cabeça raspada, os ângulos de seu rosto, nada parecido com algo que ela já tinha visto antes. Ele era alto, realmente alto. Vestia um longo casaco preto, de um couro tão fino que se movia como seda.

– Olá, fofa – disse ele, quando parou em sua frente, estendendo a mão para erguer o queixo dela de forma que ela estava olhando diretamente para olhos cor de ágata com manchas douradas, do tipo que ninguém no mundo tem. Dedos longos tão leves de encontro ao seu queixo. – Fofa – disse ele –, quantos anos você tem?

– Dezesseis...

– Você precisa de um corte de cabelo – disse ele, e havia algo muito sério na forma como disse aquilo.

– Angie está lá em cima – disse ela, apontando, quando sua voz retornou. – Ela está...

– Pssst...

Ela ouviu sons de metal ao longe, no velho prédio grande, e então um motor dando partida. O hover, pensou, aquele com que Molly havia chegado aqui.

O homem negro ergueu as sobrancelhas, exceto que ele não tinha sobrancelha alguma. – Amigos? – Ele baixou a mão.

Ela concordou com a cabeça.

– Acho que isso basta – disse ele, e pegou a mão dela para ajudá-la a descer os degraus. No pé da escada, ainda segurando a mão dela, conduziu-a ao redor dos escombros da passarela. Alguém estava morto lá, roupa de camuflagem e uma daquelas coisas de falar alto que os tiras têm.

– Swift – o homem negro chamou, através daquele alto espaço vazio, entre as esquadrias pretas das janelas sem vidros, linhas escuras de encontro a um céu branco, manhã de inverno –, venha até aqui. Eu a encontrei.

– Mas eu não sou ela...

E lá, onde as grandes portas continuavam abertas, contra o céu e a neve e a ferrugem, ela viu aquele figurão caminhando em sua direção, casaco aberto e gravata esvoaçando ao vento, e o hover de Molly passando ao lado dele, para fora daquelas mesmas portas e ele nem mesmo estava olhando, porque estava olhando para Mona.

– Não sou Angie – disse, e se perguntou se deveria dizer a ele o que havia visto, Angie e o jovem, juntos, naquela pequena tela, um pouco antes de desaparecer.

– Eu sei – disse o cara negro –, mas é algo que cresce em você.

O Final dos Tempos. O Final dos Tempos está chegando.

43

JUIZ

A mulher levou-os para um hover estacionado dentro da Fábrica, se aquilo ainda puder ser chamado de estacionar, já que a extremidade da frente estava esmagada ao redor de uma bancada de concreto para ferramentas. Era um cargueiro branco com CATHODE CATHAY escrito ao longo das portas traseiras e Slick se perguntou quando ela tinha conseguido entrar com aquilo lá dentro sem que ele ouvisse. Talvez enquanto Bobby, o Conde, estivesse promovendo sua distração com o dirigível.

O aleph era pesado, como tentar carregar um pequeno bloco de motor.

Ele não queria olhar para a Bruxa, porque havia sangue em suas lâminas e ele não a havia construído para aquilo. Havia alguns corpos ao redor, ou partes deles; não queria olhar para aquilo, tampouco.

Olhou para baixo, para o bloco de biosoft e seu pacote de baterias e se perguntou se aquilo tudo ainda estava lá, a casa cinza e o México e os olhos de 3Jane.

– Esperem – disse a mulher. Estavam passando pela rampa que dava para o quarto onde ele mantinha suas máquinas; o Juiz ainda estava lá, assim como o Triturador de Cadáveres...

Ela ainda segurava a arma. Slick colocou sua mão no ombro de Cherry. – Ela disse para esperar.

– Aquela coisa que eu vi, noite passada – disse a mulher. – O robô de um braço só. Ele funciona?

– Sim...

– É forte? Pode transportar uma carga? Sobre terreno acidentado?

– Claro.

– Pegue-o.

– Hã?

– Coloque-o na traseira do hover. Agora. Mexa-se.

Cherry grudou nele, com os joelhos ainda fracos por causa do que quer que fosse que a outra garota tivesse dado a ela.

– Você – Molly fez um gesto em direção a ela com a arma – entra no hover.

– Vai – disse Slick.

Ele largou o aleph e caminhou sobre a rampa para o quarto onde o Juiz aguardava nas sombras, o braço ao seu lado na lona, onde Slick o havia deixado. Nunca iria acertar aquilo, a forma como a serra deveria trabalhar. Havia uma unidade de controle ali, numa fileira de prateleiras de metal empoeiradas. Ele a pegou e ligou o Juiz, a carapaça marrom tremendo levemente.

Movimentou o Juiz para a frente, descendo a rampa, os pés largos descendo, um-dois, um-dois, os giros compensando, contrabalançando o braço que faltava. A mulher tinha as portas traseiras do hover abertas, prontas, e Slick marchou o Juiz diretamente para ela. Ela recuou um pouco quando o Juiz se agigantou à sua frente, suas lentes prateadas refletindo a ferrugem polida. Slick surgiu detrás do Juiz e começou a calcular os ângulos, como fazer com que ele entrasse lá. Não fazia nenhum sentido, mas ela parecia ter uma boa ideia do que estavam fazendo e qualquer coisa era melhor que continuar na Fábrica agora, com pessoas mortas por todos os lados. Pensou em Gentry, lá em cima com seus livros e aqueles corpos. Havia duas garotas lá em cima, e as duas pareciam Angie Mitchell. Agora uma delas estava morta, ele não sabia como ou por quê, e a mulher com a arma tinha dito à outra para esperar...

– Vamos lá, vamos lá, coloca essa coisa para dentro, temos que ir...

Quando ele conseguiu fazer o Juiz entrar na traseira do hover, as pernas dobradas, de lado, bateu as portas com força, deu a volta e sentou-se no lado do passageiro. O aleph estava entre os bancos dianteiros. Cherry estava encolhida no banco de trás, debaixo de uma grande parca laranja com o logo da Sense/Net na manga, tremendo.

A mulher ligou a turbina e inflou a saia. Slick pensou que pudessem estar presos na pilha de escombros, mas quando ela deu marcha à ré, o hover rasgou uma tira de cromo e estavam livres. Ela rodou o hover e dirigiu-se para os portões.

Enquanto saíam, passaram por um cara de terno e gravata e um sobretudo de tweed, que não pareceu vê-los. – Quem é aquele?

Ela encolheu os ombros.

– Você quer este hover? – perguntou. Eles talvez estivessem a dez quilômetros da Fábrica agora, e ele não havia olhado para trás.

– Você o roubou?

– Claro.

– Então deixa pra lá.

– Mesmo?

– Eu cumpri pena, roubo de carros.

– Então, como está sua namorada?

– Dormindo. Ela não é minha namorada.

– Não?

– Posso perguntar quem você é?

– Uma mulher de negócios.

– Que tipo de negócios?

– Difícil dizer.

O céu sobre Solitude estava claro e branco.

– Você veio por causa disso? – Ele apontou para o aleph.

– Meio que sim.

– E agora?

– Fiz um trato. Juntei Mitchell à caixa.

– Foi ela, a que caiu?

– Sim, foi.

– Mas ela morreu...

– Há mortes e mortes.

– Como 3Jane?

A cabeça dela se mexeu, como se olhasse para ele. – O que você sabe sobre isso?

– Eu a vi, uma vez. Lá dentro.

– Bem, ela ainda está lá, mas Angie também está.

– E Bobby.

– Newmark? Sim.

– E o que você vai fazer com isso?

– Você construiu aquelas coisas, certo? Aquele na traseira, os outros?

Slick olhou para trás, por sobre o ombro, para onde o Juiz estava dobrado no compartimento de carga do hover, como uma boneca sem cabeça, grande e enferrujada. – Sim.

– Então você é bom com ferramentas.

– Acho que sim.

– Ok. Tenho um trabalho para você. – Ela desacelerou o hover quando passavam ao lado de uma pilha de ferro-velho coberta de neve e estacionou. – Deve haver um kit de emergência aqui, em algum lugar. Pegue-o, leve para o teto, traga as células solares e alguns fios. Quero que você plugue as células, de modo que elas recarreguem a bateria desta coisa. Você pode fazer isso?

– Provavelmente. Por quê?

Ela afundou no banco e Slick viu que era mais velha do que ele imaginava, e que estava cansada. – Mitchell está lá, agora. Eles querem que ela tenha algum tempo, é tudo...

– Eles?

– Não sei. Algo. Seja lá com quem eu fiz o acordo. Por quanto tempo você calcula que a bateria vai aguentar, se as células funcionarem?

– Uns dois meses. Um ano, talvez.

– Ok. Vou escondê-lo em algum lugar, onde as células possam pegar sol.

– O que acontece se você apenas cortar a força?

Ela estendeu a mão e correu a ponta de seu dedo indicador ao longo do cabo grosso que conectava o aleph à bateria. Slick viu suas unhas na luz da manhã; pareciam artificiais. – Ei, 3Jane – disse ela, seu dedo balançando sobre o cabo –, te peguei. – Então sua mão era um punho cerrado, que se abriu, como se estivesse soltando alguma coisa.

Cherry queria dizer para Slick tudo o que iriam fazer quando chegassem a Cleveland. Ele estava prendendo duas das células planas ao peito largo do Juiz com fita adesiva prateada. O aleph cinza já estava preso às costas da máquina com um arnês de fita adesiva. Cherry disse que sabia onde ela iria conseguir um trabalho para ele, consertando jogos em um fliperama. Ele não estava escutando de fato.

Quando conseguiu ajustar tudo, entregou a unidade de controle à mulher.

– Acho que vamos esperar por você agora.

– Não – disse ela. – Vão para Cleveland. Cherry acabou de te dizer isso.

– E quanto a você?

– Vou dar uma caminhada.

– Quer congelar? Talvez queira morrer de fome?

– Eu quero é ficar sozinha só para variar. – Ela testou os controles e o Juiz tremeu, deu um passo à frente, depois outro. – Boa sorte em Cleveland. – Eles observaram enquanto ela caminhava por Solitude, o Juiz se arrastando atrás dela. Então ela se virou e gritou – Ei, Cherry! Leva esse cara para tomar um banho!

Cherry acenou, os zíperes das suas jaquetas de couro tinindo.

44

COURO VERMELHO

Petal disse que suas malas estavam aguardando no Jaguar. – Você não vai querer voltar a Notting Hill – disse ele –, então preparamos um lugar para você em Camden Town.

– Petal – disse ela –, tenho que saber o que aconteceu com Sally.

Ele ligou o motor.

– Swain a estava chantageando. Forçando-a a sequestrar...

– Ah. Pois bem – interrompeu ele –, eu entendo. Eu não me preocuparia, se eu fosse você.

– Estou preocupada.

– Sally, posso dizer, conseguiu se ver livre daquele pequeno problema. Além disso, de acordo com alguns amigos nossos em postos oficiais, ela conseguiu fazer com que todos os seus registros evaporassem, aparentemente, exceto o controle acionário de um cassino alemão. E se alguma coisa aconteceu com Angela Mitchell, a Sense/Net não veio a público. Tudo isso já está resolvido, agora.

– Vou vê-la de novo?

– Não na minha área. Por favor.

Afastaram-se do meio-fio.

– Petal – disse ela, enquanto dirigiam através de Londres –, meu pai me disse que Swain...

– Tolo. Maldito tolo. Prefiro não falar sobre isso agora.

– Desculpe.

O aquecimento estava funcionando. Estava quente dentro do Jaguar, e Kumiko estava muito cansada agora. Recostou-se no couro vermelho e fechou os olhos. De algum modo, pensou, seu encontro com 3Jane libertou-a da vergonha, e a resposta de seu pai libertou-a de sua raiva. 3Jane tinha sido muito cruel. Agora ela via a crueldade de sua mãe, também. Mas tudo deve ser perdoado, um dia, pensou, e adormeceu a caminho de um lugar chamado Camden Town.

45

PEDRA LISA MAIS ADIANTE

Passaram a morar naquela casa: paredes de pedra cinza, telhado em cerâmica, numa estação em princípios do verão. Os terrenos eram brilhantes e selvagens, embora a grama alta não crescesse e as flores silvestres não murchassem.

Atrás da casa havia outras construções, fechadas, inexploradas, e um campo onde planadores, presos por fios, balançavam contra o vento.

Uma vez, caminhando sozinha entre os carvalhos na extremidade daquele campo, ela viu três estranhos, montados em alguma coisa que lembrava um cavalo. Cavalos estão extintos, sua linhagem terminada muitos anos antes que Angie nascesse. Uma figura esbelta, num casaco de tweed, estava na sela, um garoto que parecia um cavalariço de alguma pintura antiga. À frente dele, uma garota japonesa, cavalgando a coisa equina, enquanto atrás vinha um homenzinho pálido, com cara oleosa, num terno cinza, meias rosa e tornozelos brancos que apareciam sobre seus sapatos marrons. Será que a garota a tinha visto, retribuindo o olhar?

Ela se esqueceu de mencionar isso a Bobby.

Seus visitantes mais frequentes chegam nos sonhos do amanhecer, embora, uma vez, um homenzinho que parecia um duende se anunciasse, batendo repetidamente na pesada porta de carvalho, exigindo ver, quando ela correu para abri-la, "aquele merdinha do

Newmark". Bobby apresentou a tal criatura como o Finlandês e pareceu muito feliz em vê-lo. A jaqueta decrépita do Fin exalava um odor complexo de fumaça, solda antiga e anchova em conserva. Bobby explicou que o Fin sempre era bem-vindo.

– Melhor que seja. Não tem como segura-lo lá fora, uma vez que ele queira entrar.

3Jane aparecia também, uma das visitantes da madrugada, sua presença triste e indecisa. Bobby mal parecia dar-se conta da presença dela, mas Angie, a guardiã de tantas de suas memórias, reverberava sua mistura de desejo, inveja, frustração e raiva. Angie começou a entender as razões de 3Jane e a perdoá-la – embora o quê, exatamente, vagando entre os carvalhos à luz do sol, havia para ser perdoado?

Mas os sonhos de 3Jane às vezes cansavam Angie; ela preferia outros sonhos, particularmente aqueles de sua jovem protegida. Estes, geralmente, como o vento movendo as cortinas debruadas, com os primeiros cantos dos pássaros. Nessas ocasiões ela chega para mais perto de Bobby, fecha os olhos, mentaliza o nome *Continuidade* e aguarda pelas pequenas imagens brilhantes.

Ela vê que levaram a garota para uma clínica na Jamaica, para tratar seu vício por estimulantes não refinados. Seu metabolismo finamente ajustado por um paciente exército de médicos da Net, ela emerge finalmente, radiando saúde. Com seu sensorium modulado por Piper Hill, seus primeiros stims são recebidos com um entusiasmo sem precedentes. Sua audiência global está hipnotizada com seu frescor, seu vigor, o modo deliciosamente ingênuo com o qual parece descobrir sua vida glamourosa como se fosse a primeira vez.

Uma sombra às vezes cruza a tela distante, mas somente por um instante: Robin Lanier foi encontrado estrangulado, congelado, na fachada em forma de montanha do New Suzuki Envoy; tanto Angie quanto Continuidade sabem a quem pertencem as mãos compridas e fortes que estrangularam o astro e o jogaram lá.

Contudo, uma certa coisa lhe escapa, um fragmento especial do quebra-cabeças que é a história.

No canto da sombra do carvalho, debaixo de um pôr do sol de metal e salmão, nesta França que não é França, ela pergunta a Bobby a resposta para a sua questão final.

Eles aguardaram na estradinha de acesso à meia-noite, porque Bobby havia lhe prometido uma resposta.

Quando os relógios da casa bateram doze horas, ela ouviu o barulho dos pneus sobre o cascalho. O carro era longo, baixo e cinza.

Seu motorista era o Fin.

Bobby abriu a porta e ajudou-a a entrar.

No banco de trás estava sentado um jovem que ela reconheceu de sua visão do cavalo impossível e seus três cavaleiros díspares. Sorriu para ela, mas não disse nada.

– Este é Colin – disse Bobby, sentando-se ao lado dela. – E você conhece o Fin.

– Ela nunca descobriu, não é? – perguntou Fin, engatando a marcha.

– Não – disse Bobby –, acho que não.

O jovem chamado Colin estava sorrindo para ela. – O aleph é uma aproximação da matrix – disse ele –, um tipo de modelo do ciberespaço...

– Sim, eu sei. – Ela se virou para Bobby. – Bem? Você prometeu que me contaria o porquê de Quando Isso Mudou.

Fin riu, um som muito estranho. – Não é um porquê, moça. Mais como um *o quê*. Lembra uma vez, quando Brigitte te contou que havia este outro? Certo? Bem, este é *o quê*, e o quê é o porquê.

– Sim, eu lembro. Ela disse que quando a matrix finalmente conhecesse a si mesma, havia o outro...

– É para onde estamos indo hoje à noite – começou Bobby, colocando seu braço ao redor dela. – Não é longe, mas é...

– Diferente – disse Fin. – É realmente diferente.

– Mas o que é?

* * *

– Entenda – disse Colin, escovando para o lado o seu topete castanho, um gesto igual a de um colegial em alguma peça de teatro antigo –, quando a matrix se tornou um senciente, simultaneamente percebeu a existência de outra matrix, de outro senciente.

– Eu não entendo – disse ela. – Se o ciberespaço consiste na soma total de dados do sistema humano...

– Sim – disse o Fin, virando-se para a autoestrada longa, reta e deserta –, mas ninguém está falando em *humanos*, entende?

– O outro era em algum outro lugar – disse Bobby.

– Centauri – disse Colin.

Estavam brincando com ela? Era alguma piada de Bobby?

– Então é meio difícil de explicar por que a matrix dividiu-se naqueles vodus e tudo mais, quando ela encontrou essa outra – disse o Fin –, mas quando chegarmos lá, você meio que vai pegar a ideia...

– Minha sensação – disse Colin – é que tudo é tão mais divertido, deste jeito...

– Vocês estão me dizendo a verdade?

– Chegaremos lá em um minuto nova-iorquino – disse o Fin. – Sem brincadeira.

GLOSSÁRIO

Aleph: primeira letra de diversos alfabetos semíticos, é também uma constante matemática criada por Georg Cantor que representa conjuntos de números cardinais transfinitos; termo consagrado pelo escritor Jorge Luis Borges, significando a concentração máxima de informação em um único ponto do espaço.

Arcologia: edifício que contém em seu interior um complexo equivalente a uma cidade.

Biochip: mecanismo composto de moléculas orgânicas que desempenham o papel de componentes eletrônicos.

Biosoft: microprograma biológico.

Bishonen: literalmente, bela juventude. Usado para se referir ao jovem homem cuja beleza e apelo sexual transcendem o limite do sexo.

Black ICE: o "gelo preto". É uma defesa eletrônica que pode, ao contrário dos ICES normais, matar aquele que tenta invadir o sistema que protege.

Bosozoku: fenômeno cultural japonês associado a gangues e clubes de motociclistas.

Coup-poudre: espécie de pó envenenado.

Cowboy: hacker.

Cúpulas geodésicas: domo, usualmente em forma de semicircunferência, que tem a função de proteger o que está em seu interior do contato com o que está fora da cúpula.

Dermatrodo: condutor plugado ao cérebro, sobre a pele, para conexão com a matrix.

DMSO: dimetilsulfóxido, um solvente usado em laboratórios e na indústria.

Freebase: forma básica da cocaína; refere-se genericamente a drogas de uso recreacional.

Gaijin: pessoa nascida fora do Japão (termo geralmente pejorativo).

Ganja: maconha; usada pelos rastafáris para fins espirituais.

Giri: obrigação, compromisso.

Gomi: lixo.

Grou: ave pernalta, semelhante à cegonha, da família dos cultrirrostros.

Holograma: representação tridimensional de imagens, geralmente obtida por feixes de luz emitidos por laser.

Hovercraft: veículo que desliza sobre um colchão de ar, que pode ser utilizado em terra ou no mar.

ICE: no original, Intrusion Countermeasures Eletronics (Contramedidas Eletrônicas de Intrusão) – são softwares corporativos contra invasões eletrônicas. Em inglês, a palavra também significa "gelo". Poderia ser comparado aos atuais *firewalls*.

ICE-Breaker: o "quebra-gelo". É um programa criado para invadir sistemas protegidos por ICEs ou Black ICEs.

Kendô: arte marcial desenvolvida a partir das técnicas tradicionais de combate com espadas dos samurais do Japão feudal.

Kino: equivalente aos programas de tevê atuais, porém transmitido via simstim.

Legba: no vodu, Papa Legba é o intermediário entre a humanidade e os loa.

Loa: os espíritos ou deuses da religião vodu.

Microsoft: microprograma que, colocado num dispositivo ligado ao cérebro, permite que o usuário aprenda uma nova habilidade. Não há relação direta com a empresa Microsoft, de Bill Gates.

Monômero: composto constituído de moléculas capazes de se combinarem entre si ou com outras para formar polímeros.

Noodles: macarrão oriental.

Pathos: paixão, excesso, passagem.

PCB: Bifenilpoliclorado, um composto químico que pode dar origem a diversos derivados de elevada toxicidade e persistência ambiental.

Plexiglas: acrílico.

REM: em inglês, Rapid Eye Movement; estágio do sono em que ocorrem os sonhos vívidos.

Reposoir: no vodu, é a árvore sagrada na qual descansam os loa.

Roti: pão.

Sarakin: o mesmo que sarariman, ou seja, um funcionário assalariado das corporações.

Sarongue: saiote malaio de pano que envolve a parte inferior do tronco.

Sense/Net: rede de informação capaz de transmitir estímulos que serão recebidos e sentidos por cada usuário de um console.

Sensorium: soma do conjunto de percepções de um organismo.

Shiroshi-san: pessoas que tentam forçar entrada em metrôs após o aviso de fechamento das portas.

Simstim: no original, "simulated stimuli", ou seja, estímulos simulados. Pode ser abreviado simplesmente para stim.

Snuff: filmes em que há a exibição de cenas de morte, supostamente reais, para fins de entretenimento de um público determinado.

Sprawl: nome dado à megacidade composta pela junção entre todo o terreno urbano existente entre Boston e Atlanta (incluindo Nova York e Washington), nos Estados Unidos. Por isso, também é conhecido pelo nome de BAMA (Boston-Atlanta Metropolitan Axis, ou seja, Eixo Metropolitano Boston-Atlanta).

Toroide, Fuso, Aglomerado: nomes das estações componentes de Freeside; seus nomes são baseados em seus formatos.

Veves: símbolo religioso que representa os loa; cada loa tem uma representação distinta.

Villa: espécie de residência urbana isolada.

Vodu: religião de origem africana, de raiz semelhante ao candomblé praticado no Brasil.

Wonton: massa chinesa fina e recheada com carne de porco moída.

Yakuza: a máfia japonesa.

Zaibatsu: conglomerado multinacional japonês de base familiar.

Zion: referência ao Sião bíblico, hoje Etiópia, sempre referenciado como a terra primordial para os rastafáris.

TIPOGRAFIA:
Replica [entretítulos]
Minion [texto]

PAPEL:
Ivory Slim 65 g/m² [miolo]
Supremo 250 g/m² [capa]

IMPRESSÃO:
Rettec Artes Gráficas e Editora [junho de 2025]
1ª edição: agosto de 2008 [3 reimpressões]
2ª edição: maio de 2017 [9 reimpressões]